Im Frühjahr 804 entsendet Karl der Große seine beiden Missi dominici, Abt Erwin und Graf Childebrand, in die Grafschaft Auxerre, um dort die Heiligen Schriften zu überprüfen und die Einberufung für den Feldzug gegen die Awaren zu organisieren.

Beim Willkommensempfang für die kaiserlichen Gesandten kommt es zum Eklat: Zwischen zwei einflußreichen Familien in Burgund, den Geroldingern und den Nibelungen, Vasallen Karls des Großen, flammen alte Feindseligkeiten wieder auf. Kurz darauf wird an der berüchtigten Teufelsfurt ein Gefolgsmann der Geroldinger tot aufgefunden. Alles sieht nach einem Racheakt aus. Die Einheimischen sind allerdings überzeugt, daß teuflische Dämonen ihre Hand im Spiel hatten. Aber waren es Dämonen der Hölle? Und wer war jener geheimnisvolle schwarzgewandete Reiter, den einige Bauern dort gesehen haben wollen?

Kraft ihres Amtes nehmen Abt Erwin und Graf Childebrand die Untersuchungen selbst in die Hand. Doch die Spuren sind dürftig, und die Aussagen widersprechen sich. Als dann auch noch das junge Liebespaar, Alberich aus dem Hause der Nibelungen und Clothilde, Tochter aus dem Hause der Geroldinger, gemeinsam flieht, gelingt es dem klugen Abt in letzter Sekunde, ein Blutbad zu verhindern und den Mörder, den Urheber allen Übels, zu entlarven …

Marc Paillet, Historiker und Journalist, war Direktor des Wirtschaftsdienstes der *Agence France Presse* und lebt heute in Bazoches bei Paris. Er veröffentlichte Essays, Sachbücher und Romane, darunter bislang sieben historische Kriminalromane um das Ermittlerduo Abt Erwin und Graf Childebrand aus der Frühzeit der Karolinger.

Lieferbare Bände im Fischer Taschenbuch Verlag: ›Mit Dolch und Gift. Abt Erwin und der Tote von der Festtafel‹ (14231), ›Der Salamander. Abt Erwin und die Verschwörer von Lyon‹ (14232), ›Der Säbel des Kalifen. Abt Erwin im Reich der Sarazenen‹ (14233). *In Vorbereitung:* ›Im Zeichen des Neumonds. Abt Erwin und die verschwundenen Frauen‹ (14235 – April 2000).

Unsere Adresse im Internet: www.fischer-tb.de

Marc Paillet

An der Teufelsfurt

Abt Erwin im Land der Nibelungen

Roman

Aus dem Französischen
von Stefan Linster

Fischer Taschenbuch Verlag

Deutsche Erstausgabe
Veröffentlicht im Fischer Taschenbuch Verlag GmbH,
Frankfurt am Main, November 1999

Die Originalausgabe erschien unter dem Titel ›Le gué du diable‹
im Verlag 10 / 18, Union générale d'Editions, Paris 1996

Gesamtherstellung: Clausen & Bosse, Leck
Printed in Germany
ISBN 3-596-14234-2

»Der erhabenste und christliche Herr, Kaiser Karl, hat die erfahrensten und würdigsten Männer unter seinen Großen ausgewählt und sie, je zu zweien, einen Geistlichen und einen Laien, durch sein ganzes Reich entsandt. Und es sollen die Sendboten sorgfältig untersuchen, wenn einer Klage erhebt, daß ihm von einem anderen Unrecht zugefügt sei. Jederzeit, gegen alle und an allen Orten, sollen sie den heiligen Gotteshäusern, den Armen, Unmündigen und Witwen und dem ganzen Volke unverkürzt Gerechtigkeit gewähren nach dem Willen Gottes. Was unsere Sendboten selbst nicht bessern können, das sollen sie vor das Gericht des Königs bringen.«

(Aus einer Handschrift der Kanzlei Karls des Großen)

DIE PERSONEN DER HANDLUNG

Die Missi dominici

Childebrand, *ein Pfalzgraf*
Erwin der Sachse, *ein angelsächsischer Abt*

Deren Gefolgsleute

Bruder Antonius, *genannt der Dickbauch*
Doremus, *ein ehemaliger Aufständischer und Mönch, auch »Markgraf der Lichtungen« genannt*
Timotheos der Grieche, *auch der Fuchs genannt*
Hermant, *Hauptmann der kaiserlichen Wachen*
Dodon, *ein Diakon*

Die Geroldinger

Helma, *Witwe des Ahnherrn Alard und Mutter Isembards*
Isembard, *Oberhaupt des Hauses*
Hilderude, *die Gattin Isembards*
Badfred, *Isembards Sohn*
Chlothilde, *Isembards Tochter*
Wadald und Melior, *Waffenmänner*
Robert, *Isembards Halbbruder*
Benoild, *Meier der Geroldinger*

Die Nibelungen

Frebald, *Oberhaupt des Hauses*
Adelinde, *die Gattin Frebalds*
Frebalds Söhne:
Bernard
Theobald } *Zwillinge*
Heribert }
Gerberga, *die Gattin Theobalds*
Alberich, *Theobalds Sohn*
Malier, *Meier der Nibelungen*
Van, *Ältester der friesischen Leibeigenen*

Die Grafschaft Auxerre

Ermenold, *Graf von Auxerre*

Arger, *Vicarius von Toucy*

Favier, *Ältester der Kolonen auf den gräflichen Ländereien*

Aaron, *Bischof von Auxerre*

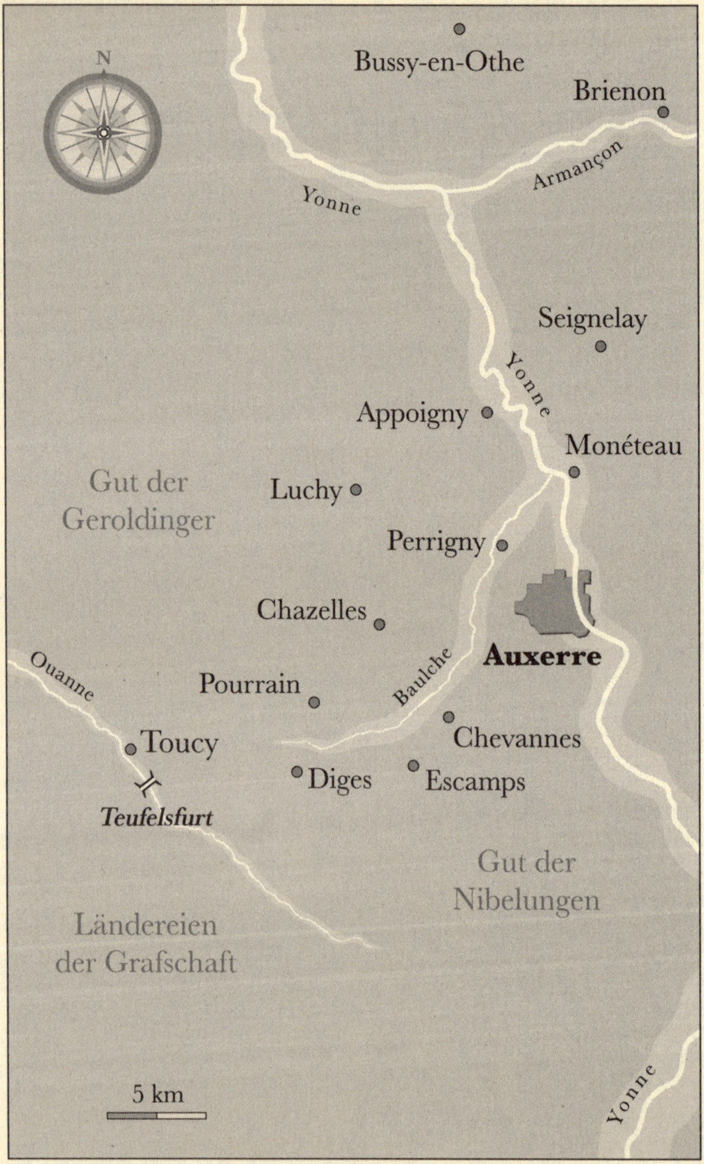
N
Bussy-en-Othe
Brienon
Armançon
Yonne
Seignelay
Yonne
Appoigny
Monéteau
Gut der
Geroldinger
Luchy
Perrigny
Chazelles
Auxerre
Ouanne
Baulche
Pourrain
Toucy
Chevannes
Diges
Escamps
Teufelsfurt
Gut der
Nibelungen
Ländereien
der Grafschaft
5 km
Yonne

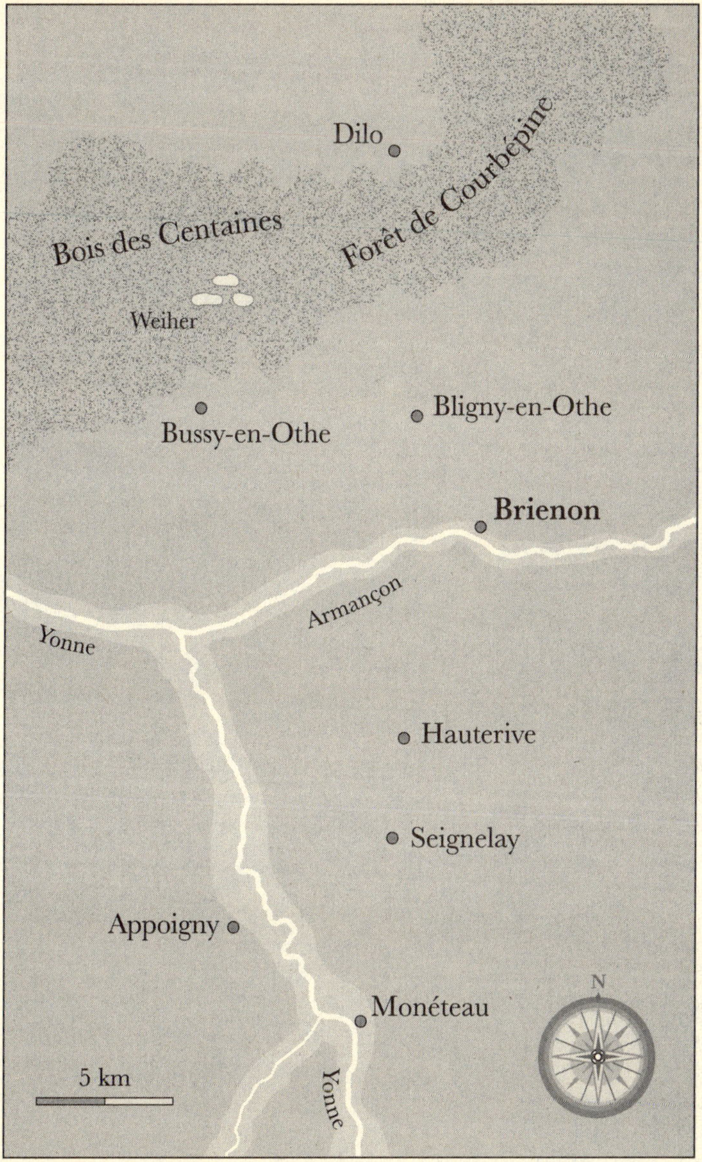
Dilo
Forêt de Courbépine
Bois des Centaines
Weiher
Bussy-en-Othe
Bligny-en-Othe
Brienon
Armançon
Yonne
Hauterive
Seignelay
Appoigny
Monéteau
Yonne
5 km
N

KAPITEL I

War der Mann tatsächlich dermaßen betrunken? Jedenfalls stand er da, den Becher in der Hand, mit feuerrotem Gesicht und haßerfülltem Blick, und stieß, ungeachtet des bestürzten Schweigens der anderen Tafelgäste, eine Beleidigung nach der anderen hervor:

»Frebald? ... Dieser alte Halunke? Aber, beim Blute Christi, was hat denn sein weißes Haar damit zu tun ...? Jung oder alt, ein Lump bleibt ein Lump!«

»Genug jetzt, Wadald!« griff Isembard, das Oberhaupt der Geroldinger, ein.

Doch der Angesprochene fuhr voller Groll fort:

»Seine Heldentaten? ... Bei Gott, ein hundsföttischer Leichenfledderer ist er! Die Gunst Pippins*? Wenn seine Frau keine Nibelungin wär' ...«

Er lachte schallend auf. »Und was für eine Nibelungin!«

»Es reicht jetzt«, unterbrach ihn Isembard forsch. »Setz dich und schweig!«

»Aber diese Adelinde ...«

»Genug!« wiederholte der Herr des Hauses.

»Schade«, brummelte sein Sohn Badfred. »Er war gerade so schön in Fahrt!«

»Fürwahr! Und zwar so schön, daß er sich dabei den Hals gebrochen hat!« murmelte der Waffenmann Melior.

Und während Wadald sich behäbig wieder setzte, legte Melior das gebratene Rebhuhn, das er gerade aß, aus der Hand, blickte den Störenfried von der Seite an und fügte halblaut hinzu:

* Der Leser findet historische Namen und Begriffe im Glossar ab S. 270 kurz erläutert; für weitere Erklärungen dient das Nachwort ab S. 252. *(Anm. d. Übers.)*

»Du hast soeben dein eigenes Todesurteil gesprochen.«

»Ach was ...« erwiderte der »Verurteilte«, erschauerte aber trotzdem unwillkürlich.

»Ich kann dir nur raten, deine Galgenfrist sinnvoll zu nutzen ... Bis deine Worte den Nibelungen zu Ohren kommen, sollst du mit dem Allerhöchsten im reinen sein ... Ich werde dich vermissen ...«

»Glaub ihm kein Wort!« wandte Badfred ein. »Das sind doch Ammenmärchen. Melior will dich nur foppen.«

»Leider nein!« beharrte der Waffenknecht.

Erwin, der Ehrengast bei Isembards Festgelage, hatte diesem Zwischenfall reglos beigewohnt; er hatte sich seelenruhig einige Stücke von der Wildkeule genommen, die vor ihm auf einer Platte lag, und bedächtig weitergekaut. Und sein Gefolgsmann, Timotheos der Grieche, der bei den Waffenknechten saß, trank derweil schlückchenweise seinen Wein und beobachtete unauffällig die Tafelnden. Die Diener machten sich in der lastenden Stille eifrig zu schaffen.

»Ich muß dir bedauerlicherweise gestehen«, wandte sich Robert, Isembards Halbbruder, an den Missus dominicus, »daß unser Verhältnis zu den hiesigen Nibelungen ...«

»In der Tat«, unterbrach ihn Isembard. »Unsere Beziehungen zu Frebald und den Seinen sind durch deren ständige Untaten schwer getrübt: Sie brennen Scheunen nieder, verwüsten Äcker, verletzen Jagdrechte ... Schäden und Kränkungen jedweder Art, das ist unser täglich Brot. Ich könnte dich auf der Stelle zu der Strohhütte eines unserer Kolonen bringen, die Frebalds Leute unter dem Vorwand, sie sei auf ihren Ländereien errichtet, erst kürzlich in Brand gesteckt haben ... Doch es gibt noch Schlimmeres ...«

Abt Erwin hatte ihm offenbar gar nicht zugehört. Er beobachtete die Tafelgäste: Wadald unterhielt sich leise mit den anderen Zechern und trank weiterhin Becher um Becher; Melior wirkte wachsam und ruhig, Robert sah streng und angespannt aus; und Badfred, Isembards Sohn, schien der ganzen Welt die Stirn bieten zu wollen.

»Die Abteien und Klöster dieser Stadt beherbergen zweihundert Mönche und Hunderte von Scholaren und Schülern jeden Alters«, erklärte der Hausherr. »Zweifellos haben sie derzeit mehr Münder zu stopfen und mehr Leiber zu kleiden als früher. Aber glaube mir, das trifft keine Armen: Ihre Ländereien liegen günstig zu beiden Seiten des Yonne, sie bringen gute Erträge und nähren fette Herden. Bei all den Abgaben, die die Äbte einstreichen, haben sie reichlich ihr Auskommen. Weshalb also fordern sie andauernd mehr Land, immer mehr Benefizien?«

»Das ist mal sicher, daß es denen an nichts fehlt«, bestätigte Badfred.

»Und trotzdem ersinnen die Äbte, insbesondere die von Saint-Germain«, fuhr Isembard fort, »seit Jahren immer wieder neue Ränke, um einige jener Hufen, selbstverständlich die ertragreichsten, zurückzuerhalten, die Pippin seinen tapfersten Kampfgefährten als Benefizium übertragen hatte …«

»Zu denen an erster Stelle unser Vater Alard gehörte«, flocht Robert ein.

»Schließlich hat unser Vater seine Hände in die von Pippin gelegt, schließlich hat er diesem König Dienst und Treue geschworen und von ihm selbst sein Benefizium erhalten. Welchen Wert hätte eine solche *commendatio* überhaupt noch, wenn sie nicht die Rechte der Meinen begründete?«

»Nur der Kaiser hat alle Rechte«, wandte Erwin gelassen ein. »Und was die Gesuche der Äbte anbelangt, so sind Frebald und die Seinen doch wohl in derselben Lage wie ihr?«

»In derselben Lage? Wahrhaftig!« spöttelte Robert.

»Die Nibelungen spinnen dauernd neue Ränke«, behauptete Isembard. »Ständig bestürmen sie Ermenold, den Grafen von Auxerre, und auch Bischof Aaron, um für den Fall, daß den Abteien tatsächlich Land und Güter zurückerstattet werden sollten, selbst davon verschont zu bleiben, selbstverständlich zu Lasten unserer Ländereien.«

»Sollte dir entfallen sein, daß weder der Graf noch der Bischof irgendein Wörtchen mitzureden haben, wenn es um Klosterangelegenheiten und um Besitzungen der Krone geht?« erinnerte Timotheos.

»Gewiß, dennoch versuchen sie den Grafen wie den Bischof mit aller Macht auf ihre Seite zu ziehen, damit die beiden sich bei dir, Abt Erwin, für sie verwenden. Schließlich vertreten du und deine Gesandtschaft ja hier des Kaisers Allmacht und Willen«, erwiderte Robert.

Nach kurzem Schweigen fügte Isembards Bruder in einem Ton hinzu, bei dem hinter aller Achtung hörbar Unverschämtheit mitschwang:

»Verbreiten denn die Nibelungen nicht bereits in aller Dreistigkeit, Graf Childebrand könne ihrer Sache ja nur gewogen sein, da er doch demselben Geschlecht angehöre …«

»Das reicht«, donnerte Erwin im Aufstehen. »Vergißt du etwa, mit wem du hier sprichst?«

»Ich werde mich hüten«, entgegnete Robert.

»Bitte, glaube uns …« setzte Isembard an.

»Ich glaube gar nichts«, fiel ihm der Sachse ins Wort, »außer an Gott und an den Ruhm desjenigen, der Ihm hienieden auf Erden so trefflich dient: nämlich Kaiser Karl, König der Franken und Langobarden.«

Unmittelbar danach verließ Erwin ohne ein weiteres Wort die Festtafel. Es war noch hell am Ende dieses Apriltages im Jahre 804, als der Sachse und sein Gefolgsmann nach einem raschen Höflichkeitsbesuch bei Helma, Isembards Mutter, den Wohnsitz der Geroldinger in Luchy hinter sich ließen; die ehrwürdige alte Frau hatte dem Festschmaus nicht beigewohnt und ihr Mahl in Gesellschaft ihrer Enkeltochter Chlothilde eingenommen.

Der Missus und der Grieche ritten eine ganze Weile schweigsam dahin. Unterwegs wurden sie immer wieder von den Kolonen und Leibeigenen ehrfürchtig gegrüßt, die auf den Besitzungen der Geroldinger arbeiteten und nun, Rechen und Hacken geschultert, müden Schrittes ihre Behausungen aufsuchten, während schreiende und plappernde Kinder mit leeren Wegzehrungsbeuteln und Kürbisflaschen in den Händen um sie herumsprangen. Als Erwin und Timotheos endlich in Sichtweite der Kirche Notre-Dame-là-dehors kamen, brachte der Sachse sein Pferd zum Stehen, um seine Blicke lange über die Stadt Auxerre schweifen zu lassen.

»Welch ein Anblick«, sagte er halblaut.

»Wie meinst du das, Herr?« fragte Timotheos nach.

»Drei befestigte Städte wie diese hier fänden mühelos Platz in einem einzigen Viertel Bagdads, nicht wahr?«

»Ganz gewiß ... Oder auch in einem von Konstantinopel.«

Erwin neigte versonnen das Haupt.

»Wie schwach und klein bei uns doch alles ist verglichen mit den vielfältigen Reichtümern, den Volksmengen, der Überfülle an Pracht und Macht, die wir dort unten mit Erstaunen gesehen haben ... Und dennoch, wenn der Allmächtige es so eingerichtet hat, dann ...«

»Ja, Herr?«

»In diesen Landen hier, die mir seit unserer Fahrt ins Morgenland* rauher denn je erscheinen, spüre ich gleichwohl eine neue Kraft, ein Brodeln ... Und während wir in der Pracht dort unten etliche Risse entdecken konnten, nehme ich in unserer strengen Nüchternheit hier eine untergründige Stärke wahr. Schon hat Karl dem Römischen Imperium wieder Leben eingehaucht. Schon kommen hinter seinen mit der Macht des

* Dieses Gespräch spielt auf jene Gesandtschaft Erwins und Childebrands an, die die beiden Missi und ihre Gefolgsleute im Herbst 802 an den Hof des Kalifen Harun ar-Raschid geführt hatte. Nachzulesen im Band ›*Der Säbel des Kalifen. Abt Erwin im Reich der Sarazenen*‹. Fischer Taschenbuch 14233.

Schwertes errungenen Siegen die des Wissens zum Vorschein … Und vor allem schreitet der rechte Glaube, geleitet vom Heiligen Geiste, allerorten voran.«

Mit einem Lächeln auf den Lippen schloß der angelsächsische Abt: »Glaube mir, Jesus Christus wird uns noch oft auf neue Wege führen.«

Die beiden Männer sprachen ein kurzes Gebet, bevor sie ihren Weg nach Auxerre fortsetzten. Nachdem sie die Stadtmauern hinter sich gelassen hatten, folgten sie den leicht abschüssigen schmalen Gassen, in denen Händler und Gaffer ihren jeweiligen Beschäftigungen nachgingen und die Leute bisweilen recht furchtsam, zumeist aber mit einem freundlichen Willkommensgruß zur Seite traten, um sie durchzulassen.

Als sie in der Herberge der kaiserlichen Mission nahe der Yonne anlangten, trafen sie dort auf Graf Childebrand. Erwin berichtete seinem Freund von den Zwischenfällen, die sich in seiner Gegenwart zugetragen hatten, ließ aber Roberts Anspielung auf den Gemeinschaftssinn der Nibelungen bewußt unerwähnt.

Gleichwohl sprach Childebrand auf diese Enthüllungen recht erzürnt an:

»Was ist denn das nun wieder für eine Geschichte? Was hat das zu bedeuten? Man bezichtigt Adelinde und Frebald irgendwelcher Schandtaten? Warum hat Isembard diesen Albernheiten nicht sofort Einhalt geboten?«

»Er hat es zumindest halbherzig versucht«, meinte der angelsächsische Abt.

»Wahrlich, Freund, ist es denn zu dulden, daß so ein grober Flegel während eines Festmahls und in Anwesenheit eines Vertreters des Kaisers solchen Unsinn, solche Schandreden über die Nibelungen von sich gibt?«

»Über wen auch immer, so etwas ist kaum zu dulden.«

»Was sagtest du, wie hieß der Schmähredner?«

»Wadald.«

»Wadald ... Wadald ... dieser Name sagt mir irgend etwas«, erklärte Childebrand nachdenklich. »Gut ... Um aber auf die Angelegenheit selbst zurückzukommen, am ungeheuerlichsten scheint mir dabei, daß dieser ... Wadald derart wüst über Frebald hergezogen ist ... Wer entsinnt sich nicht seiner Feldzüge in Aquitanien an Pippins Seite ...«

»Von seinem Ruf einmal abgesehen ... kennst du Frebald denn gut?«

»Ich kenne vor allem seine Söhne, den ältesten, Bernard, und die Zwillinge, Theobald und Heribert, die um einiges jünger sind als ich. Wir haben in Sachsen bereits das eine oder andere Mal Seite an Seite gekämpft. Ich kenne sie als rauhe Burschen, die sehr stolz auf ihr Geblüt sind und in Sachen Ehre sicherlich keinen Spaß verstehen. Deshalb ... wenn die erst einmal von der Verleumdung ihrer Eltern an der Tafel der Geroldinger erfahren ...«

»Und was genau befürchtest du?« fragte Erwin nach.

»Freund, da kann man das Schlimmste befürchten. Des Vaters Ruhm und die Ehre der Mutter ... da kommt reichlich was zusammen.«

»Zweifellos kommt da einiges zusammen. Und zwei Dinge befremden mich besonders: zunächst diese Zwistigkeiten über Besitzungen, die anscheinend ohne Anlaß ausbrechen. Isembard ist indes keineswegs aus dem Stegreif darauf zu sprechen gekommen: Obwohl ich ihm klar und deutlich meine Mißbilligung zu verstehen gab, hat er seinen Vorstoß unbeirrt zu Ende geführt.«

»Streitigkeiten um des eigenen Vorteils willen sind stets erbitterte Zwiste, das haben wir doch schon hundertmal festgestellt, nicht wahr?«

»Gewiß, aber weshalb gerade in diesem Fall? Zweitens: Aus welchen Gründen ist Wadald über Frebald und Adelinde hergezogen, zumal mit solcher Heftigkeit? Ich will ja gerne glauben, daß er betrunken war ... Aber trotzdem ...«

»Erbitterte Zwiste und aufgewärmte Feindseligkeiten«, meinte der Graf. »Wie dem auch sei, wären mir als Missus dominicus nicht die Hände gebunden, dann würde ich diesem Wadald schon zeigen, aus welchem Holz ein Nibelunge geschnitzt ist.«

»So ist es aber nun einmal, mein Freund, du mußt dich genau wie ich an unsere Pflichten halten, und dazu zählt auch der Besuch, den wir morgen auf dem Gut von Escamps Frebald und den Seinen abzustatten haben.«

Graf Childebrand verzog mißmutig das Gesicht und meinte:

»Für mich ist das fast so etwas wie ein Familienbesuch. Nur steht er jetzt leider unter keinen günstigen Vorzeichen ...«

»... und wird dennoch recht aufschlußreich werden, so möchte ich wetten.«

Am nächsten Morgen, als Graf Childebrand sich bei seinem Freund einfand, weil sie zusammen nach Escamps, dem Wohnsitz der Nibelungen von Auxerre, aufbrechen wollten, machte Abt Erwin, den doch nie etwas aus der Fassung zu bringen schien, einen beinahe verstörten Eindruck. Der Sachse zeigte Childebrand einen Brief von Alkuin, in dem dieser ihm mitteilte, daß er krank, abgemagert und geschwächt sei und den Tod erwarte.

Dieser Ratgeber und Freund Karls des Großen, ein Weiser und ein Mann der Tat zugleich, hatte die Neubelebung der Künste und Wissenschaften des Abendlandes mit großer Inbrunst und Zähigkeit betrieben und sich dabei um Gesundheit und Augenlicht gebracht. »O glaube nur ja nicht«, so schrieb er, »daß ich wegen meines Zustands Betrübnis und Bitterkeit verspüre! Gott hat gewiß meinen Blick für die weltlichen Dinge getrübt, auf daß ich jene himmlische Stadt zu schauen vermag, die der heilige Augustinus dereinst gepriesen hat. So bereite ich nun meinen Leib auf den nahen Tod und meine Seele auf das Gericht Gottes vor. Wieder und wieder lasse ich mir die Heiligen Schriften vorlesen – denn ich habe oft gesündigt –, um meine Hoffnung zu stärken, indem ich Barmherzigkeit erflehe.«

Gleichwohl war Alkuin um den Fortbestand seines Werkes besorgt und beschwor Erwin und Childebrand in seiner Botschaft, weder Zeit noch Mühe zu scheuen, um das begonnene Werk zu bewahren und fortzuführen. »Seid Euch im Geiste wie bei Euren Taten stets bewußt«, gebot er, »daß Ihr einem Herrscher dient, der nicht nur Roms Ruhm wiederbelebt, sondern ein Reich gegründet hat, das unzerstörbar ist, weil es auf den Säulen unseres Glaubens ruht!«

Erwin legte den Brief aus der Hand, und Childebrand hörte ihn, nicht wenig erstaunt, sagen:

»Jetzt wird seine flackernde Lebensflamme also bald verlöschen! Sie leuchtete so hell und klar! Wie bitter wird die Finsternis sein!«

»Kann ein solches Licht je verlöschen?«

Der angelsächsische Abt blickte Childebrand fest an und murmelte: »Um die Wahrheit zu sagen, mein Freund, ich habe großen Kummer in meinem Herzen.«

Er sann eine ganze Weile vor sich hin und sagte schließlich mit müder Stimme: »Darf ich dich bitten, ohne mich nach Escamps zu den Nibelungen zu gehen? Ich will und muß diesen Tag dem stillen Gebet und Gedenken widmen. Alkuin ist für mich weit mehr als jenes Licht, von dem du gerade sprachst. Er war es, der mich aus Northumbria kommen ließ, wo sein eigener *genius* seinen Ursprung hat. Er war es, der meine ersten Schritte am Hofe König Karls leitete, wie du dich sicher entsinnst. Er hat mir beim Gefolge des Herrschers zu Anerkennung verholfen; er hat uns beide einander vorgestellt, mein Freund. Und schließlich und endlich verdanke ich es wiederum nur ihm, daß der König mich auszeichnete und mich zu einem seiner Missi dominici machte – wie dich ... Ich erinnere mich noch deutlich an unsere erste Gesandtschaft in Autun! ...

Und Alkuin war es auch, der dem Kaiser noch vor kurzem riet, uns zum Kalifen von Bagdad zu entsenden. Erst dort unten erfaßte ich im übrigen vollends die Bedeutsamkeit von Alkuins Wirken um jene Erneuerung, der er sein Leben gewidmet hat und an der ich, so gut es eben geht, mit meinen armseligen Verdiensten mithelfe.«

»Armselig keineswegs!« wandte Childebrand ein.

»Jedes Loblied hienieden gebührt Karl, unserem Herrscher, und seinem wunderbaren Diener Alkuin, der nun dahinstirbt. Erlaubst du mir nun, daß ich diesen Tag allein verbringe, in stiller Zwiesprache mit ihm?«

Erwin war schon auf die Knie gefallen und ins Gebet versunken, als Childebrand ihn lautlos verließ.

An der Gemarkung des Gutes von Escamps wurden der Graf und seine Begleitung – der Gefolgsmann Doremus mit einigen Wachen – bereits von einem Dutzend Reiter erwartet. Bernard, Frebalds ältester Sohn, löste sich aus dem Trupp und kam ihnen entgegen.

»Wir sind hoch erfreut und geehrt, Graf Childebrand«, erklärte Bernard. »Geehrt, einen Gesandten des Kaisers unseren Gast nennen zu dürfen, und hoch erfreut, weil es sich dabei um ein herausragendes Mitglied unseres Geschlechts handelt … und stolz auf deine Taten, wie ich noch hinzufügen möchte, mein Vetter.«

»Was Tapferkeit anbelangt, so brauchte euer Vater sich weder deiner noch deiner Brüder, Theobald und Heribert, je zu schämen, und ich weiß, daß auch eure Kinder euch inzwischen alle Ehre machen«, antwortete Childebrand, den Gepflogenheiten gemäß.

»Doch sollte nicht auch Abt Erwin uns besuchen?«

»Leider haben ihn dringende Aufgaben in Auxerre zurückgehalten.«

Auf den Lippen von Frebalds Sohn erschien ein Lächeln.

Dachte er etwa, Graf Childebrand hätte den Sachsen absichtlich ferngehalten, um mit den Seinen allein bleiben zu können? Dieser Verdacht ärgerte den Missus dominicus unterschwellig.

Der kleine Troß schlug nun die Richtung zum Wohnsitz der Nibelungen ein. Bald sahen Childebrand und sein Geleit ein Gefüge von Wohnhäusern, deren Mittelpunkt mehrere herrschaftliche Gebäude bildeten, in denen Frebald selbst, seine drei Söhne und deren Familien lebten; dabei handelte es sich um stattliche Holzbauten, errichtet auf massiven Grund- und Stützmauern aus gebrannten Ziegeln und Bruchsteinen, die bis zum zweiten Stock hinaufreichten. An den beiden Flügeln befanden sich Stallungen, Kornspeicher, Vorratskammern, der Weinkeller und die Gesindehäuser für die Dienerschaft. Etwas abseits lagen die Werkstätten und Unterkünfte der Handwerker, und noch weiter entfernt die Stroh- und Holzhütten der Gartenknechte, Ackersleute und Hirten, beinahe ausschließlich Leibeigene. Alle waren vor die Türen getreten und beobachteten ehrfürchtig aus der Entfernung den eindrucksvollen Trupp, der einem Mächtigeren als der eigenen Herrschaft die Ehre gab: dem furchteinflößenden Gesandten des Kaisers.

Frebald erwartete seinen Gast auf der Schwelle seines Hauses. Ein Mann von hohem Wuchs, so hager und gerade wie ein Wurfspieß, das Gesicht mit dem harten Blick bereits stark vom Alter gezeichnet. Er ging auf Childebrand zu, während dieser absaß, und schloß ihn brüderlich in die Arme. Hinter ihm folgten die Söhne Theobald und Bernard sowie seine sechs Enkelsöhne. Frebald stellte sie dem Grafen nacheinander vor und entschuldigte seinen dritten Sohn, Heribert, der auf einem abgelegenen Flecken ihrer Ländereien aufgehalten worden sei. Als Childebrand in die Gesichter dieser Männer blickte, die Stolz und Kühnheit widerspiegelten, mußte er unwillkürlich an die Befürchtungen denken, die sein Freund Erwin im Hinblick auf die denkbaren Folgen von Wadalds Schimpfrede geäußert hatte. Er schaute sich rasch zu Doremus um, der hinter ihm stand, und erkannte, daß dieser ebenfalls besorgt schien.

In diesem Augenblick sah der Missus dominicus eine Frau von beeindruckend hoher Gestalt in Begleitung der edlen Gemahlinnen ihrer Söhne auf sich zuschreiten. Sie trug ein langes weißes Obergewand und einen breiten, reichverzierten Gurt um den Leib. Ein hauchzarter, von einem edelsteinbesetzten Band gehaltener Schleier bedeckte ihr kräftiges graues Haar.

Sie näherte sich Childebrand und begrüßte ihn mit einer langsamen Verbeugung des Oberkörpers, so wie es sich, der Würde einer Nibelungin entsprechend, gegenüber einem Sendboten des Herrschers ziemte. Als sie dem Grafen ihr Gesicht zuwandte, sah er, daß das Alter dessen Anmut keineswegs beeinträchtigt hatte.

»Willkommen, Herr, sei in diesem Hause willkommen, mein Vetter, und betrachte es als deines, da du unseren Kaiser Karl, den Herrscher allerorten, vertrittst«, sagte sie.

»Karl allein gebührt das Vorrecht des Herrschers allerorten«, erwiderte Childebrand. »Doch ich danke dir, edle Adelinde, für diesen Empfang.«

Frebald hatte von seinem obersten Verwalter, dem Meier Malier, eine lückenlose Bestandsaufnahme sämtlicher Benefizien des Nibelungengeschlechts von Auxerre zur Einsicht für den Missus dominicus vorbereiten lassen: Aufgeführt waren dort die genaue Lage aller Ländereien, Fläche und Art eines jeden Fleckens, die Anzahl der Hufen, Männer und Tiere, einschließlich des Kleinviehs, bereits eingefahrene Ernte wie zu erwartende Erträge und deren Verteilung, handwerkliche Betätigungen, Werkzeug, Dienerschaft und selbstverständlich alle Sonderheiten, die in diesem siebenunddreißigsten Jahr der Herrschaft Karls des Großen mit dem Heerbann zusammenhingen. Dem Grafen blieb nichts erspart. Erwartete der Gebieter des Anwesens etwa ein *satisfecit* – eine Belobigung mit Brief und Siegel? Ihm kam unweigerlich Erwins Bericht über dessen Empfang bei den Geroldingern wieder in den Sinn, und so enthielt er sich jeder Bemerkung.

»Das scheint mir ja mal eine vollständige Aufstellung zu sein«, sagte er lediglich.

»Dein Urteil freut mich«, meinte Frebald dennoch. »Du hast ja nachprüfen können, mit welch strenger Sorgfalt dies Landgut, das wir aus königlichen Händen erhalten haben, verwaltet wird. So muß es im übrigen auch sein! Adelinde hat mich mit drei Söhnen beglückt, und diese haben mir wiederum zehn weitere Nachkommen geschenkt, sechs starke, tapfere junge Männer sowie vier Enkeltöchter, von denen lediglich eine, und zwar Ada, noch nicht vermählt ist. Mein Geschlecht ist also inzwischen recht zahlreich. Was einst für ein Ehegespann großzügig bemessen war, ist nun für mehrere recht bescheiden. Außerdem bestehen diese Ländereien, wie du feststellen kannst, nicht aus einem Stück. Manche Flecken liegen zehn oder sogar fünfzehn Meilen von hier entfernt und sind nur schwer zu beaufsichtigen und zu bewirtschaften.«

»Ich verstehe«, antwortete Childebrand einfach nur. »Doch so ist es nun einmal.«

»Und wird es auch so bleiben?«

Frebald schlug einen vertraulichen Ton an:

»Die Abteien«, murmelte er, »die Abteien! ... Hauptsächlich die von Saint-Germain ... Und erst die Äbte ... Die sind unersättlich ... Immer mehr und mehr Land wollen die. Und wonach schielen sie ganz selbstverständlich? Oh, ich maße mir nicht an, dir, der du das ganze Kaiserreich bereist, irgend etwas Neues offenbaren zu wollen ... Doch es handelt sich um Ländereien, die die Herrscher von einst ihren Kriegsgefährten als Gunstbeweis zu vergeben hatten, und auch um Besitzungen, die an Töchter aus hochedlem Geblüt fielen ...«

Er hoffte auf eine Antwort, die jedoch ausblieb.

»Unglücklicherweise gibt es da auch noch ein unrühmliches

Vorbild«, setzte Frebald erneut an. »Bischof Maurin, Aarons Amtsvorgänger an der Spitze des Sprengels, ist es einst gelungen, Güter für die Abteien Saint-Gervais, Saint-Martin und Saint-Eusèbe zurückzuerlangen! ... Und wenn ich ›zurückerlangen‹ sage ... Ich weiß, daß die Äbte derzeit im stillen alles Erdenkliche in Bewegung setzen, vor allem der Abt von Saint-Germain, wie ich dir ja schon sagte ...«

»Wenn ich dich recht verstehe«, entgegnete Childebrand, ohne auf Frebalds Worte unmittelbar einzugehen, »so hat man es auch auf die Geroldinger und die Nibelungen abgesehen, ich meine, auf ihre Besitzungen ...«

Nach kurzem Schweigen fuhr er mit der schönsten Unschuldsmiene fort: »Folglich habt ihr euch sicherlich abgesprochen, um der von dir erwähnten Gefahr gemeinsam die Stirn zu bieten, sofern eine solche Gefahr überhaupt besteht.«

»Ach, wenn dem nur so wäre!« rief Frebald, heftigen Verdruß bekundend, aus. »Wie soll man sich mit diesen Leuten da verständigen? Isembard ist verschlagen, heimtückisch und zutiefst schlecht. Sein Sohn Badfred ist nicht besser, neigt aber zudem noch zu Streitsucht, zu Gewalttätigkeit, und findet Gefallen daran, immer wieder irgendwelche Untaten auszuhecken. Und was Robert angeht! ... Er ist bloß Isembards Halbbruder, und der läßt ihn das spüren. Robert ist ein galliger und eigenartiger Mensch, er hat jeden guten Ehebund ausgeschlagen. Ein harter und tapferer Kämpe, das streitet ihm niemand ab ... aber was die Gründung einer Familie angeht ...«

»Da malst du mir aber Bildnisse in den düstersten Farben!«

»Nicht so düster wie deren Umtriebe in letzter Zeit. Erst kürzlich kam es in der Nähe vom Flüßchen Baulche zu einem Überfall. Da haben ein halbes Dutzend ihrer Waffenknechte einen ...«

»All das werden wir uns noch genauer ansehen, falls Anlaß dazu besteht«, unterbrach ihn der Missus. »Ich möchte nur wissen, woher dieser ganze Haß kommt?«

Frebald schien kurz nachzudenken, bevor er mit hörbarem Stolz wieder ansetzte: »Der Himmel hat mein Haus gesegnet und mir eine reiche Nachkommenschaft beschert. Dafür danke ich dem Allerhöchsten jeden Tag. Isembard vermag das sicherlich nicht. Alard bekam von Helma einen einzigen Sohn, nämlich Isembard, wobei man freilich einräumen muß, daß Alard schon in jungen Jahren im Kampf gefallen ist. Über Robert habe ich dir ja bereits einiges berichtet. Hilderude, Isembards Gattin, hat lediglich zwei Kinder zur Welt gebracht: Chlothilde – das arme Mädchen – und diesen Badfred, der noch immer nicht verehelicht ist. Einer schönen und achtbaren Braut zieht er die Dirnen der Schenken vor ... oder die Frauen der Kolonen ... Du siehst also, was für Leute die Geroldinger dieser Grafschaft hier sind. Wenn sie auf mein Geschlecht blicken, zerfrißt ihnen der Neid das Herz. Die können sich mit noch so vielen Waffenknechten versehen, es wird ihnen die Söhne nicht ersetzen! ... Was uns nun wieder zu den Abteien und deren Landgier zurückführt.«

»Wie das?«

»Mein Vetter, zum einen ist da ein Gut, das kaum den Bedürfnissen eines fruchtbaren Geschlechts, nämlich der Unsrigen, mit Kolonen, Leibeigenen und Dienerschaft zu genügen vermag; und zum anderen sitzt da auf ausgedehnten, mehr oder minder gut bebauten Ländereien eine blutlose Sippe, die der Geroldinger. Oh! Ich wünsche keineswegs, daß abermals Ländereien, welche auch immer, zugunsten von Klöstern vergeben werden, die schon wahrlich genug Land besitzen; jeder derartige Musterfall wäre mir zutiefst zuwider. Aber, nun ja, wenn es denn – Gott bewahre! – dazu kommen soll, wer müßte dann in aller Billigkeit herangezogen werden? Wer, wenn nicht die Geroldinger, die das auch genau wissen? Zu ihrem Neid gesellt sich also noch diese begründete Furcht hinzu, die sie beständig umtreibt und ihren Groll und ihre Feindschaft noch steigert.«

»Vergiß nicht, daß ich mich hier in meiner Eigenschaft als Missus dominicus von Kaiser Karl aufhalte!« unterbrach ihn Graf Childebrand streng, weil ihn die vertrauliche Anrede »mein Vetter« gereizt hatte. »Und als solcher habe ich nun vernommen, was du für nützlich hieltst mir anzuvertrauen. Nun gut! Kommen wir also auf den Grund meines Kommens zurück: Der Kaiser hat entschieden, dem Aufruhr der Awaren ein für allemal ein Ende zu machen. Die zum Maifeld aufbrechenden Heereskräfte müssen daher zahlreich und die Kämpen trefflichst ausgerüstet sein. Karl hat mir also aufgetragen: ›Dies Jahr muß dem Heerbann ein Mann auf zweien zugeführt werden.‹ Im Hinblick auf diesen Befehl frage ich dich nun: Auf welche Mannen aus deinem Haus und deiner Anverwandtschaft kann ich zählen, mit welchen Waffen und wieviel Verpflegung werden sie ins Feld ziehen?«

Zu Frebald, den beiden bereits anwesenden Söhnen und Doremus ließ Childebrand zur weiteren Besprechung über die Einberufung zum Heerbann nun auch den Vorsteher der Wachen des Anwesens, den Meier Malier und einen Notarius hinzukommen. Der Gestellung von Kriegern selbst stand offenbar nichts entgegen, doch die Frage der Verpflegung und aller anderen Vorräte führte zu längeren Wortwechseln und bot Frebalds Gefolge Gelegenheit zu manch bitterer Bemerkung über ihre beschränkten Mittel und Möglichkeiten.

Nachdem dieser Casus endlich mühsam und bisweilen erbittert ausgehandelt war, wurde Graf Childebrand eingeladen, sich in den großen Empfangsraum zu begeben, um einem eigens für ihn ausgerichteten Festgelage vorzusitzen. An die dreißig Tafelgäste erwarteten ihn dort: die Angehörigen des Gutsherrn, seine unmittelbaren Dienstleute, einige Waffenknechte, die Frebald mit dieser Ehre hatte belohnen wollen, zwei Notarii sowie ein Geistlicher, der die Gottesdienste hier in der Kapelle des Anwesens hielt.

Frebald führte sein Haus als strenger *pater familias.* So waren die Geladenen nach einer ganz bestimmten Rangordnung zu Tischgesellschaften zusammengestellt worden. Die Wahl der Speisen deutete auf einen gewissen Wohlstand frei von aller Verschwendungssucht hin, und die der Weine auf eine zwar verfeinerte, aber keineswegs prahlerische Lebensart: Der Missus mußte eingestehen, daß man die Denare des Reiches in diesen Mauern hier nicht zum Fenster hinauswarf. Die Willkommensrede des Hausherrn fiel dankenswert maßvoll aus; sie beließ Graf Childebrands Antwort den Vorrang, und dieser versäumte nicht, alles und jeden zu loben und die Grafschaft Auxerre, unter Verwendung seines allenthalben passenden Gemeinplatzes, als »Perle der Reiche« zu rühmen.

Bis auf die Gespräche an der Ehrentafel, an der Childebrand, Frebald, Adelinde und die beiden anwesenden Söhne sich mit kräftiger Stimme unterhielten, damit auch wirklich jeder den Honig ihrer Worte zu kosten vermochte, wurde nur halblaut gesprochen, gemurmelt oder gar geflüstert. Von seinem Platz zur Linken des Grafen wachte der Herr des Hauses über das Betragen der Tafelnden wie ein Heerführer über die Zucht und Ordnung seiner Truppen.

Childebrand ließ seinen Blick gelangweilt über diese steifen, gezwungenen Männer und Frauen, über dies trübselige Gelage schweifen und dachte dabei an manchen Festschmaus, dem er auf persönliche Einladung Karls des Großen beigewohnt hatte: in einer Halle aus freundlich goldgelbem Stein, inmitten einer Überfülle an Wandbehängen und Teppichen, an Blumen und Zierat, Tellern und Platten aus Silber, Fläschchen und Trinkgläsern aus edlem Kristall; bei den Klängen munterer Weisen, bei reichlichem und erlesenem Essen, gehaltvollen und auf vielerlei Art gewürzten Weinen; umgeben von kostbar geschmückten und betörenden Frauen, die einen herausragenden Anteil am Geplauder und Getändel nahmen, und in Gesellschaft der gebildetsten, der scharfsinnigsten, der gesittetsten und tapfersten Männer ... und an jeder Tafel nur freie, gelehrte, bisweilen auch heitere Gespräche ... Da konnte man über den Hunger schmausen, sich berauschen, aus vollem Halse lachen und Venus zulächeln ...

Und hier? ... Hier war nur von Land und Titeln die Rede, von Schlachten und Ruhm, Tapferkeit und Verdiensten, Lehen und Hufen ... Und es wollte kein Ende nehmen. Als aller Höflichkeit Genüge getan war und Graf Childebrand sich zu guter Letzt auf den Rückweg machte, stieß er einen tiefen Seufzer der Erleichterung aus. Er wandte sich zu Doremus um, der ihm in ehrfürchtigem Abstand folgte, und forderte ihn auf, an seine Seite aufzuschließen. Zwar hatte der ehemalige Aufständische, der nun seit Jahren schon zu den Ratgebern der Missi dominici gehörte und namentlich an der Gesandtschaft im Morgenland teilgenommen hatte, nichts von einem übermütigen Bruder Lustig, wenngleich es ihm nicht an feinem Spott gebrach. Im gegebenen Falle aber schien er in Childebrands Augen der denkbar heiterste und vergnüglichste aller Weggefährten.

»Was hältst du von dem Ganzen?« fragte der Graf seinen Gefolgsmann.

»Nichts Gutes, Gebieter«, antwortete Doremus. »Diese Feindseligkeit, dieser Haß zwischen den beiden Häusern ... Die Waffenknechte an meiner Tafel redeten von nichts anderem, als sich schlagen zu wollen. ›Wir haben jetzt wirklich genug ertragen, und da die kein Ende finden wollen, werden sie schon sehen, was sie davon haben ... Suchen die Streit mit uns? Nun denn, dann werden sie ihn eben bekommen ...‹ So ging es in einem fort. Von den gepfefferten Bemerkungen über Isembard und die Seinen ganz zu schweigen ... Nein, wahrhaftig nichts Gutes!«

»Unerfreulich, sehr unerfreulich«, grummelte Childebrand, während er sein Pferd in Trab setzte, um nach Auxerre zurückzukehren.

Erwin hatte eine Vulgata in der von Alkuin sorgsam wiederhergestellten, einzig wahren Fassung nach Auxerre mitgebracht. Nach deren Wortlaut sollten alle Bibeln, die in den Klöstern der Stadt und am Bischofssitz in Gebrauch waren, berichtigt werden. Die meisten waren nämlich fehlerhaft, voller eigenmächtiger Ausschmückungen, ja gar Verfälschungen und Auslassungen. Deshalb sollte Abt Erwin unter Mithilfe von Bruder Antonius und einigen kundigen Schreibern im Skriptorium von Saint-Germain die Ausarbeitung einer gesicherten »Muster-Bibel« leiten, damit anschließend, durch das Werk der Kopisten, alle Gotteshäuser und geweihten Stätten des Bistums mit tadellosen Heiligen Schriften versehen werden könnten.

An jenem Tage aber, an dem er die traurige Kunde von seinem alten Lehrmeister erhalten hatte, bat der angelsächsische Abt Bruder Antonius, sich doch allein in die Abtei zu begeben, um mit dem Vorsteher des Skriptoriums, Bruder Florentinus, die notwendigen Vorkehrungen für diese langwierige Fleißarbeit zu treffen und sich mit den Mönchen und Schreibern zu besprechen. Erwin hatte beschlossen, in der Herberge zu bleiben und zu fasten. Als Bruder Antonius gegangen war, widmete er sich ganz dem Gebet und der stillen Andacht. Und während er sonst seine Briefe jemandem zu diktieren pflegte, schickte er sich anschließend an, seine Botschaft für Alkuin selbst niederzuschreiben.

»Darf ich es wagen, dir einzugestehen«, so schrieb der Abt, »wie groß mein Kummer doch war, als ich dein Schreiben las, deine vom Leiden erfüllten Worte, in denen sich offenbart, daß der Tod an deiner Pforte steht? O unwürdiges Mitleid! Du siehst mich nun weit weniger standhaft, gelassen und hellsichtig, als du selbst es in deiner schweren Prüfung bist! Welch schimpfliche Schmähung wäre es doch, einem Mann wie dir Worte irdischer Tröstung zukommen zu lassen, wo du dich gerade rüstest, Ihm gegenüberzutreten, Der dich unter die Auserwählten zu Seiner Rechten setzen wird!

Dessen bin ich gewiß; ich glaube, der Allmächtige hat mich mit dem Licht dieser Zuversicht erleuchtet. Heute morgen, da ich aufbrechen wollte, um mich in die Abtei Saint-Germain zu begeben, fand ich, auf meinem Tische aufgeschlagen, die Handschrift des Evangeliums nach Johannes, die du mir geschenkt hast. Obwohl ich sie doch am Abend, nachdem ich sie zu Rate gezogen hatte, ganz ohne Zweifel zugeschlagen hatte. So trat ich verwirrt näher, und mein Blick wurde sogleich unwiderstehlich von diesen Worten unseres Herrn Jesus an die Apostel angezogen: ›Im Hause meines Vaters sind viele Wohnungen. Wäre es nicht so, hätte ich es euch gesagt; denn ich gehe hin, euch eine Stätte zu bereiten. Und bin ich hingegangen und habe ich eine Stätte bereitet für euch, dann komme ich wieder und werde euch zu mir nehmen, damit, wo ich bin, auch ihr seid.‹ Genau in diesem Augenblick, als mir diese Verse in die Augen sprangen, brachte man mir deine Botschaft. Ich las sie und fiel auf die Knie; ich empfand die herrliche Gewißheit, daß der Himmel mir, durch dich, die wunderbare Verheißung des Erlösers bestätigte.«

Nachdem Abt Erwin den Brief beendet hatte, vertraute er ihn einem Eilboten an und versenkte sich abermals ins Gebet.

Timotheos hielt den ganzen Tag lang seine Ohren offen. Am Morgen hatte er sich zum Markt begeben, um mit den Gemüsegärtnern, Schlachtern, Bauersfrauen und fahrenden Händlern zu plaudern. Mittags stärkte er sich mit einer Specksuppe und nahm dann seine Nachforschungen wieder auf, ohne sich allzu große Hoffnungen auf Ergebnisse zu machen. Doremus hätte es sicher verstanden, das Vertrauen der Leute zu gewinnen. In schlichtem Gewand hätte der ehemalige Aufständische sich ohne Mühe als wohlhabender Kolone oder auch Kaufmann ausgeben können, zumal ihm die Burgunder Mundarten geläufig waren. Timotheos indes, mit seiner hellen Haut, seinem Bartkranz, der einfachen, aber ausgesuchten Kleidung, erregte überall nur Mißtrauen, das er in den Augen der Vorübergehenden zu lesen glaubte. Allerdings dauerte es nicht lange, bis sich herumsprach, er gehöre zu den vor kurzem eingetroffenen Missi dominici. Und schon bald wurde er nicht mehr wie ein Fremder von der Seite angeschaut, sondern flößte nun offene Furcht ein wie jedermann, der der Allmacht diente; doch seiner Jagd nach vertraulichen Auskünften blieben auch weiterhin nur kümmerliche Ergebnisse beschert.

Recht unzufrieden mit sich, begab er sich am späten Nachmittag ins *Gasthaus zum Goldenen Schwan* nahe der Abtei Saint-Germain, wo er sich mit Bruder Antonius verabredet hatte.

Als der Wirt, Meister Gerard, ihn hereinkommen sah, trat er feierlich auf ihn zu.

»Welche Ehre, ein so hervorragendes Mitglied der kaiserlichen Mission hier empfangen zu dürfen«, verkündete er mit einer tiefen Verbeugung.

Der Grieche dachte bei sich, daß er von nun an wohl so bekannt war wie ein scheckiger Hund.

Der Gastwirt deutete auf einen etwas abseits stehenden Tisch: »Setzen wir uns doch in die ruhige Ecke da, dort können wir ungestört einen Krug Loire-Wein trinken, zu dem ich dich mit großem Vergnügen einlade ... und ein wenig plaudern.«

Nachdem sie es sich bequem gemacht hatten, ließ der Wirt von einer Magd zwei Becher und einen Krug sowie Brot und Käse auftragen. Gast und Hausherr tranken nun den Willkommenswein, den Timotheos ganz nach seinem Geschmack fand und gehörig lobte.

Daraufhin beugte sich Meister Gerard näher zu Timotheos.

»Ich freue mich, daß so hochangesehene Missi dominici – die Leute erinnern sich noch lebhaft daran, wie sie in Autun Recht gesprochen haben – und so erfahrene Männer wie du in unsere Stadt gekommen sind«, vertraute der Wirt dem Fuchs an. »Um Auxerre steht es gut, wenn man so will, aber wiederum auch schlecht, so muß man wohl sagen. Gut, weil der Ruhm unserer Heiligen viele Wallfahrer hierherführt und der Wohlstand der Abteien Hunderte von Scholaren anlockt, weil wir Frieden haben und die Einwohnerschaft wächst, weil Handel und Märkte gedeihen ... und – je nun! – das ist auch gut für mich ... Auf der anderen Seite aber ...«

»Laß hören.«

»Nun ja, da wäre dieser leidige Wetteifer, schlimmer noch, diese Feindseligkeit zwischen Frebalds Leuten und denen von Isembard ... Sicher wirst du mich fragen, was mich das angeht?«

»Habe ich denn irgend etwas gesagt?«

»Doch das geht mich schon etwas an, zwangsläufig. Vor ungefähr zwei Monaten, da haben sich Waffenknechte der beiden verfeindeten Häuser hier eine regelrechte Schlacht geliefert, ja, genau hier, wo wir jetzt sitzen! Es endete mit zertrümmerten Tischen und Stühlen, aufgeschlagenen Fässern, eingerammten Türen ... und was sonst noch alles ... Und mit Verletzten, darunter drei in üblem Zustand ... Und wer ist deiner Meinung nach für die Schäden aufgekommen?«

»Du, selbstverständlich.«

»Und neulich erst, bei einem von Graf Ermenold ausgerichteten Fest, da hat Badfred, Isembards Sohn, einen Streit mit Liudwig, Frebalds Enkel, einem der beiden Söhne von Heribert, vom Zaun gebrochen. Mir nichts dir nichts haben sie ihre Waffen geschwungen und sind unter den Blicken des Grafen von Auxerre aufeinander losgestürzt und haben sich Beschimpfungen an den Kopf geworfen. Und was für Beschimpfungen! Keiner blieb da verschont, alles und jeder bekam sein Fett ab. Wenn du die gehört hättest! ... Schließlich mußten gräfliche Wachen einschreiten, um die beiden zu trennen ... mit Gewalt. Aber selbst dann haben die sich noch weiter beschimpft!«

»Schlimm!«

»Zumal manch einer seine diebische Freude daran findet.«

»Wie das?«

Nach kurzem Zögern erklärte der Schankwirt:

»Angefangen beim Grafen von Auxerre, Ermenold, dem zweiten dieses Namens. Hierzu muß man wissen, daß einer seiner Ahnen, Abt Folcrad, dem seligen König Pippin gedient hat. Wie gemunkelt wird, soll Ermenold der Ansicht sein, das der Grafschaft Auxerre zu Lehen gegebene Land sei zu klein, das heißt, verglichen mit den Gütern, über die die Geroldinger und Nibelungen verfügen. Selbstverständlich erscheint ihm alles, was den beiden Geschlechtern schadet, schlichtweg herrlich. Er schlachtet jeden Zwischenfall aus. Du kannst dir also vorstellen, wie er erst frohlockt, wenn es zu einem so aufsehenerregenden Ärgernis oder gar zu Schlimmerem kommt!«

»Hilft er da bisweilen auch ein bißchen nach?«

»Von nachhelfen habe ich nichts gesagt ...«

»Und Bischof Aaron, und die Äbte?«

»Du weißt ja, wie das ist: Auf der einen Seite das Ziborium mit dem Schreibzeug, auf der anderen das Schwert, und jeder will der Erste sein.«

»Gäbe es nur das Erdenleben ...«, murmelte Timotheos zwischen den Zähnen.

»Wenn du erlaubst«, meinte Meister Gerard im Aufstehen, »werde ich mich jetzt mal wieder an meine Bratspieße begeben. Die Zeit des Nachtmahls rückt näher, und meine Stammgäste werden bald kommen. Wünschst du noch ein weiteres Krüglein?«

»Dein Wein ist ganz vorzüglich, doch ich habe ja schon einige Becher geleert. Wenn du aber einen beileibe nicht mageren Mönch in deine Schenke eintreten siehst, der übrigens auch ein Gefolgsmann der Missi ist, dann kannst du dem gleich zwei Krüge bringen, nur damit er sich die Kehle etwas befeuchtet ... Oh! Und sag ihm, wo ich sitze!«

Kaum hatte der Schankwirt Timotheos verlassen, sah dieser einen sehr jungen, doch kräftig gebauten blonden Mann auf sich zukommen. Sein freundliches Gesicht mit den dunkelblauen Augen drückte sowohl Tatkraft als auch eine gewisse Traurigkeit aus. Er trug ein Obergewand aus gutem Stoff und einen schlichten ledernen Gurt um den Leib.

»Darf ich mich zu dir setzen?« fragte er Timotheos unvermittelt.

»Wenn du willst.«

Der junge Mann blieb eine Weile stumm, bis er unvermittelt sagte:

»Es ist Frühling; wir haben schon April, und bald kommt das Maifeld. Man hat mich noch nicht einberufen.«

»Beklag dich nicht darüber. Hab es nicht so eilig, ins Feld zu ziehen, selbst unter Kaiser Karls Befehl. Krieg bedeutet Beute und Ruhm, aber auch viele Tote, selbst unter den Tapfersten!«

»Oh! Ich beklage mich gar nicht, und eilig habe ich es auch nicht. Ich fragte mich einfach nur: Jedes Jahr, wenn die Blätter und Blüten – und bald auch die ersten Früchte – zurückkehren, dann kommt auch der Krieg, mit Beute und Ruhm, und auch mit Blut und Tod. Gibt es denn sonst nichts auf der Welt?«

»Was können wir dafür?«

»Ausgerechnet du, ein Gefolgsmann der Missi dominici, sagst so etwas? Ja, welchen Nutzen hat dann eure Mission?«

»Ganz einfach, sie dient dem Kaiser: durch die Niederlage seiner Feinde und zum Frieden aller, über die er waltet.«

»Ja, ja«, erwiderte der andere versonnen. »Der Friede aller, über die der Kaiser waltet ... Aber weißt du eigentlich, daß dieser Friede hier, in unserem Landstrich, arg gefährdet ist?«

»Woher sollte ich das wissen?«

»Na, hör mal, ein Mann wie du, den man so wißbegierig und scharfsinnig nennt, soll nichts davon bemerkt haben? Nein, wirklich! ... Nun gut, sei's drum, ich für mein Teil behaupte nicht nur, daß diese Gefahr besteht, sondern daß sie zum Greifen nah ist, ja unmittelbar bevorsteht ... Hör mir zu: Deine

Gebieter müssen unbedingt etwas unternehmen, sie müssen das Unheil verhindern, das über unseren Köpfen schwebt. Sie haben doch unbegrenzte Macht.«

»Aber keine übersinnlichen Kräfte! Also, wie soll ich denn wissen, was wir tun können, wenn du mir nicht verrätst, um was es hier überhaupt geht?«

»Ach! Wenn ich das selbst genau wüßte ... Doch es ist ein heimtückisches Übel: Es kann jederzeit und überall hereinbrechen. Es hat die Fratze der Zwietracht und des Hasses. Ich spüre es, ich weiß, daß es auf uns, auf mich herniederfahren wird, und ich weiß nicht ...«

Der junge Mann senkte den Kopf; er schien völlig verzweifelt.

»Was kann ich da tun?« rief der Grieche aus.

»Glaubst du, daß ich alles getan habe, was ich tun konnte und mußte?« murmelte der junge Mann.

»Nur du allein kannst darüber richten ... Aber wie heißt du eigentlich?«

Der Unbekannte war indes jählings aufgesprungen und hatte sich bereits aus dem Staub macht. Timotheos rief nach Meister Gerard und fragte den Herbeieilenden:

»Wie heißt dieser Bursche, mit dem ich mich gerade unterhalten habe und der so schnell verschwunden ist?«

»Das ist Alberich, der jüngste Sohn von Theobald, welcher wiederum ...«

»... Frebalds Sohn ist, ich weiß.«

»Ein besonnener und gefestigter, für sein jugendliches Alter sehr reifer Mann, das genaue Gegenteil dieser blindwütigen Hitzköpfe, von denen ich dir eben berichtet habe, die ihr Schwert für nichts und wieder nichts zücken.«

»Dank dir, Freund! ... Nun dürfte Bruder Antonius sicher bald kommen. Führe ihn bitte sofort an meinen Tisch!«

Tatsächlich hätte der Mönch, da die Nacht bereits hereingebrochen war, schon vor einer ganzen Weile in der Schenke eingetroffen sein müssen. Doch er ließ weiter auf sich warten, und der Grieche wurde zwischen widersprüchlichen Gefühlen – »Sollte dieser Strohkopf vergessen haben, was wir abgemacht hatten?« – und unguten Vorahnungen hin und her gerissen. Schließlich fand er sich damit ab, sein Nachtmahl allein einnehmen zu müssen; und als er es gerade mit Kichererbsen in Geflügelbrühe beendete, sah er seinen Freund, den Dickbauch, mit der Schnelligkeit und Macht eines angreifenden Elefanten herbeikommen. Schon von weitem rief der Mönch ihm zu:

»Schnell, Fuchs, wir müssen sofort zu unserer Herberge! Dodon hat mich gerade in der Abtei benachrichtigt. Anscheinend gibt es Neuigkeiten ... und zwar sehr häßliche.«

Das Frohlocken in Bruder Antonius' Stimme war unüberhörbar. Zwar verabscheute er gelehrsame Arbeit keineswegs, doch er schätzte auch (»vor allem«, behauptete Timotheos) abenteuerlichere Unternehmungen, bei denen er etwa sein besonderes Können als Bogenschütze einsetzen oder seine unerbittlichen Wurfmesser verwenden konnte.

Nachdem der Mönch sich trotz alledem noch mit einem großen Becher Wein erquickt hatte, verließen die beiden Männer die Schenke, um rasch in die Unterkunft der Missi zurückzukehren.

Am selben Nachmittag, die Stunde des Nachtmahls war bereits herangerückt, hatte Arger, Vicarius des Grafen Ermenold für den Markflecken Toucy, noch mit einigen Händlern zusammengesessen, die zu ihm gekommen waren, um sich über die ihrer Ansicht nach zu hohen Wegezölle und Platzgelder zu beklagen. Der Vicarius, ein kleinwüchsiger Mensch mit galliger Gesichtshaut und ebensolcher Gemütsart, verteidigte gerade erbittert seine Steuereintreiber, als Favier, der Älteste der Kolonen, die die Hufen rund um Toucy bewirtschafteten, wie ein Wirbelwind in den Raum gestürmt kam. Heilloses Entsetzen stand ihm ins Gesicht geschrieben, er zitterte am ganzen Leib, fuchtelte wie wild herum, und die Augen schienen ihm vor Grauen beinahe aus den Höhlen zu treten. Der Vicarius und die Kaufleute waren bei seinem plötzlichen Erscheinen verdutzt herumgefahren und starrten den Mann entgeistert an, aus dessen Mund nur unverständliches Gestammel drang.

»Der Teufel ... der Teufel ...« preßte der Alte schließlich mühsam hervor.

»Was soll mit dem Teufel sein?« rief Arger aufgebracht aus. »Und was sind das überhaupt für Sitten, hier einfach so hereinzuplatzen wie in einen Stall?«

»... an der Teufelsfurt ...«

»Schon wieder diese Teufelsfurt! Sind da wieder mal ein paar Weiber von einem brünftigen Teufel angesprungen worden?«

»Nein, Herr, eine Leiche ... da liegt eine Leiche, das ist mal sicher!«

»Bist du etwa betrunken?«

»O nein! Ganz und gar nicht!« erwiderte Favier. Er hatte sich wieder gefaßt und erklärte nun: »Wir haben auf der Höhe von Vernoy gearbeitet, aber auf der anderen Seite des Ouanne, gegenüber also, auf deinen Äckern ...«

»Komm zur Sache!«

»Da haben wir irgendwas Merkwürdiges bei der Furt gesehen, wie ... Wohl war uns dabei nicht, aber dann haben wir uns trotzdem hingeschlichen ... Nicht zu nah heran, weil wir nämlich einen Mann gesehen haben, der hat leblos dagelegen, halb im Wasser, mit den Beinen ... Also, der hat sich wirklich gar nicht mehr gerührt! Der ist tot, das ist mal sicher!«

»Bist du dir wirklich sicher?« fragte der Vicarius ärgerlich, denn er sah sein Nachtmahl schon in weite Ferne rücken. »Wehe euch, wenn ihr mir wieder irgendwelche Ammenmärchen über den Fluch dieser Teufelsfurt erfunden habt!«

»Ich hab's doch gesehen, mit meinen eigenen Augen gesehen!«

»Meinetwegen!« sagte Arger im Aufstehen und warf dem Ältesten dabei einen finsteren Blick zu. »Laßt uns gehen, da es ja offenbar sein muß! Falls du aber ...«

Er beendete seinen Satz mit einer drohenden Gebärde.

Vor dem Haus des Vicarius standen bald fünfzehn Frauen und Männer zusammen und ließen sich lautstark über das Ereignis aus, während sie auf Favier warteten. Als Arger erschien, verstummten die Gespräche auf der Stelle. Der Vicarius befahl zwei Stadtwachen, zu den Stallungen zu eilen und drei Pferde, eines für ihn und zwei für sie selbst, sowie einen Ochsenkarren herbeizubringen. Nachdem er sein Reittier bestiegen hatte, schlug er, von den beiden Wachen eingerahmt, den Weg zur Teufelsfurt ein; eine kleine Schar aus Kolonen, den Händlern, die sich bei Arger beschwert hatten, und ein paar Neugierigen folgte ihnen unter Führung des Ältesten Favier zu Fuß hinterher. Nach einer Viertelstunde Weges gelangten sie in Sichtweite des Flusses Ouanne. Favier stimmte schnell ein Gebet an, in das alle Anwesenden einstimmten, um jegliches Höllengezücht in die Flucht zu schlagen. Nahe der Furt blieben die Leute indes stehen und ließen, vom ununterbrochenen Gemurmel ihrer Litanei begleitet, den Vicarius, die beiden Waffenknechte, den Ältesten und zwei weitere Männer sich vorsichtig dem Flüßchen nähern.

Unentwegt den Schutz des Himmels erflehend, führte Arger sein verängstigtes Pferd kurz vor der Teufelsfurt behutsam in den Bach. Und tatsächlich erblickte er dort im Schlamm einen leblosen Körper in der von Favier beschriebenen Lage: Der Oberkörper ruhte rücklings auf der Uferböschung, die Beine bis zu den Knien im Ouanne. An der Kehle klaffte eine tiefe, grauenerregende Wunde. Der Kopf war derart zurückgeworfen, daß das Gesicht des Opfers kaum zu erkennen war. Doch plötzlich erfaßte der Vicarius, wer da lag.

»Herr im Himmel!« rief er aus. »Aber das ist ja Wadald! O mein Gott, Wadald!«

Als hätte Arger durch den Umstand, sich in Gegenwart der Leiche eines Menschen und nicht etwa irgendeines Monstrums zu befinden, jäh sein inneres Gleichgewicht wiedergewonnen, traf der Amtmann augenblicklich die nötigen Maßnahmen, die die Entdeckung dieses Mordes erforderlich machte. Einen der Wachenknechte sandte er eiligst nach Luchy, zum Wohnsitz der Geroldinger, um Isembard zu benachrichtigen. Dann ordnete er an, Wadalds Leiche umgehend nach Toucy zu schaffen, wo sie für die weiteren Untersuchungen aufgebahrt werden sollte. Er selbst machte sich sogleich im Hetzgalopp nach Auxerre auf, um den Grafen Ermenold, seinen Herrn, von diesem entsetzlichen Vorkommnis zu berichten.

Erwin fragte den Grafen von Auxerre gerade auf fränkisch, wo man Wadalds Leichnam aufgefunden habe, als Bruder Antonius und Timotheos den Empfangsraum in der Unterkunft der Missi betraten.

»An der Teufelsfurt«, antwortete ihm Graf Ermenold. »Das Flüßchen Ouanne bildet die Grenze zwischen den Ländereien meiner Grafschaft am linken Ufer und den nördlich gelegenen der Nibelungen sowie dem Land der Geroldinger, das sich nach Osten hin erstreckt. Auf dieser Seite führen zwei Wege zur Furt. Der eine kommt von Luchy, dem Wohnsitz der Geroldinger, und führt durch ihre Äcker, Wiesen und Wälder hindurch, und der andere kommt von Escamps, wo die Nibelungen leben. Die beiden Wege vereinigen sich ungefähr fünfzig Schritt vor der Furt zu einem einzigen. Es ist allgemeine Auffassung, daß dieser Abschnitt niemandem im besonderen gehört, wie auch die Furt selbst im übrigen.«

»Und genau an der Stelle berühren sich auch die Besitzungen der Geroldinger und der Nibelungen?« fragte Erwin.

»So ist es.«

»Und genau auf diesem gemeinsamen Wegabschnitt, der rechtsseitig zum Ouanne führt, ist die Leiche gefunden worden?« fragte Childebrand.

»In der Tat.«

»Aber weshalb ausgerechnet durch Kolonen, die doch auf deinen Äckern am linken Ufer arbeiteten?«

»Gestern abend waren sie in der Nähe der Teufelsfurt am Werk. Die Leute vermeiden es gemeinhin, der Furt zu nahe zu kommen, weil sie in einem unheilvollen Ruf steht. Weshalb sie es gestern doch getan haben, muß noch aufgeklärt werden.«

»Was meinst du mit ›unheilvollem Ruf‹?« griff der Sachse ein.

»Manche behaupten, an dieser Stelle sei der Teufel in Gewitternächten einigen Verwirrten oder Zurückgebliebenen, vor allem Frauen, inmitten von Flammen und Blitzen erschienen. Dabei habe er das Grollen des Donners übertönt, entsetzliche Fratzen geschnitten, unflätige Beleidigungen und Drohungen ausgestoßen. Angeblich soll er sogar versucht haben, einige Mädchen zu schänden, die die Wundmale seiner Krallen, die wie Verbrennungen aussahen, vorzeigen konnten.«

Erwin schwieg eine Zeitlang gedankenvoll.

»Befindet sich der Leichnam noch an Ort und Stelle?« fragte er schließlich.

»Nein«, antwortete Vicarius Arger. »Ich habe sofort angeordnet, ihn nach Toucy zu schaffen. Wir konnten ihn doch nicht da liegen lassen. Ich wollte unbedingt verhindern, daß Leichenfledderer sich an ihm vergreifen und auch … daß ihn die Dämonen bei Nacht mit einem bösen Fluch belegen. Und außerdem, einen Christenmenschen halb im Wasser liegen zu lassen, bei all dem herumstreichenden Nachtgetier, diesen höllischen Aasfressern …«

»War der Körper schon kalt, als die Kolonen ihn entdeckt haben?«

»Die haben sich wohl gehütet, ihn zu berühren. Sie sind sogar ein gutes Stück von ihm ferngeblieben. Nicht einmal ich habe ihn untersucht.«

»Selbstverständlich ... Das heißt ... es besteht also kein Zweifel ... du hast Wadald mit Sicherheit erkannt.«

»Da besteht nicht der geringste Zweifel: Es war Wadald.«

Es folgte ein langes Schweigen, als ob ein jeder die Bedeutung und die Auswirkungen dieses Mordes zu ermessen versuchte. Genau in diesem Augenblick und geradezu als Bestätigung aller Befürchtungen, die die Ermordung dieses Waffenmannes heraufbeschwor, stürzte Isembard in den Raum. Er konnte sich nur mit größter Mühe zügeln und schrie sogleich:

»Ich hatte dich gewarnt, Graf Ermenold! Ich habe es euch allen ja gesagt: Frebald und die Seinen sind zu allem fähig! Wadald, sie haben Wadald grausam getötet! Wie viele Schandtaten und Verbrechen haben sie nicht schon auf dem Gewissen! Nur das Schlimmste bislang noch nicht ... Einen Mord! Und was für ein Mord: einer meiner wackersten Vasallen! Das war ihr letzter Streich! Welche Schande, welche Niedertracht!«

»Erscheint man so vor den Abgesandten des Kaisers?« schritt Childebrand barsch ein. »Und was gibt dir eigentlich das Recht, solch ernste Anschuldigungen zu äußern? Ist der Mörder gesehen, erkannt, mit Sicherheit ermittelt worden? Könntest du ihn beim Namen nennen?«

»Was mir das Recht dazu gibt?« rief Isembard. »Wadald hat sich doch zur Teufelsfurt begeben, weil er dort einen Abgesandten Frebalds treffen sollte, vorgeblich, um Unterhandlungen zu beginnen ... O ja! ... Unterhandlungen! Frebald! ... Dieser niederträchtige Lump! ... Ich hatte wirklich Grund, mich in acht zu nehmen ...«

Er lachte höhnisch auf.

»Ein Hinterhalt war das, sonst nichts! Eine Freveltat, eine

Falle, ein Verbrechen! Aber ich bin bereit zum Gegenschlag: Wenn ich zu diesem Zeitpunkt auch noch nicht mit Gewißheit sagen kann, wer von den Nibelungen der Schuldige ist, so wird die Untersuchung, die ich unverzüglich vorantreiben werde, den Übeltäter schon bald entlarven. Diese Ungeheuerlichkeit wird nicht lange ungesühnt bleiben!«

»Du selbst wirst überhaupt keine Untersuchung vorantreiben«, wandte Erwin nun in aller Ruhe ein. »Wadalds Ermordung stellt eine offenkundige und unstrittige Verletzung des Königsbanns dar. Folglich kannst du deine richterlichen Befugnisse in dieser Sache nicht länger geltend machen. Die weiteren Nachforschungen wird Ermenold, der Graf von Auxerre, durchführen.«

»Wie!« schrie Isembard entrüstet. »Der soll die Untersuchung durchführen? Einer der Meinigen ist ermordet worden, und ich soll meiner Rechte enthoben werden? Was ist denn das für eine Gerechtigkeit?«

»Die des Kaisers«, unterbrach ihn Erwin. »Sie gewährleistet Unvoreingenommenheit! Wie alle Untertanen wirst auch du dich ihr unterwerfen!«

»Ermenold soll unvoreingenommen sein? Das ist der Gipfel! Ausgerechnet er? Ist es schon so weit mit uns gekommen?« ereiferte sich Isembard.

»Es reicht!« warf der Sachse ein.

Dann wandte er sich an Ermenold und befahl:

»Du, Graf von Auxerre, bist von nun an kraft der allgemeinen Bestimmungen der kaiserlichen Kapitularien damit betraut, so rasch wie möglich eine Untersuchung zur Ermordung Wadalds, Isembards Vasallen und Waffenmann, durchzuführen.«

»Das werde ich tun«, antwortete Ermenold befriedigt. »Ich werde nichts unversucht lassen, auf daß der Mörder entdeckt und bestraft werden möge, gemäß dem guten Brauch meiner Gerechtigkeit.«

»Deiner Gerechtigkeit?« äffte ihn Isembard mit empörter Miene nach. »Muß ich mich tatsächlich auf deine Gerechtigkeit verlassen? ... Welch ein Jammer!«

Das Oberhaupt der Geroldinger kehrte den Anwesenden den Rücken und verließ schimpfend den Raum.

KAPITEL II

Der Graf von Auxerre hatte seine Untersuchung in Toucy, im Amtssitz des Vicarius Arger, begonnen und war dabei derart ruppig mit den Kolonen, die Wadalds Leiche entdeckt hatten, umgesprungen, daß er nichts aus ihnen herausbekam.

Doremus wohnte auf Verlangen der Missi den Vernehmungen bei und mußte feststellen, daß Graf Ermenold die Zeugen nur in Angst und Schrecken versetzte, worauf er den Grafen bat, »ein oder zwei Fragen stellen zu dürfen«.

»Nur zu!« willigte der Herr der Grafschaft forsch ein.

Der ehemalige Aufständische fuhr sich mit der Hand über den kahlen Schädel, drehte sich dem Ältesten Favier zu und erkundigte sich rundheraus:

»Und das Pferd?«

»Welches Pferd?«

»Ich nehme doch nicht an, daß Wadald zu Fuß von Luchy herkam. Folglich war er zu Pferde. Falls er also an der Teufelsfurt oder in der Nähe getötet wurde, frage ich mich: Wo ist sein Reittier abgeblieben?«

»Niemand, ich meine, keiner von uns hat irgendwo ein Pferd bemerkt. Vielleicht ist es davongelaufen? Es wird sicher bald gefunden. Womöglich bringt man es gerade den Geroldingern zurück.«

»Womöglich ... Kommen wir nun zu einem anderen Punkt: Hat man Wadald irgend etwas entwendet?«

»Feine Frage!« rief Ermenold herablassend aus. »Wie soll jemand darauf antworten können, da man nicht einmal weiß, was Wadald bei sich trug, als er ermordet wurde?«

»Und gleichwohl gibt es da zumindest etwas, das er unbedingt hätte bei sich haben müssen«, erwiderte Doremus betont. »Und zwar eine oder mehrere Waffen, zumindest ein

Kurzschwert, eine Streitaxt vielleicht ... Sollte nämlich zutreffen, was man über die Beziehungen zwischen den beiden Häusern munkelt, so kann ich mir nur schwerlich vorstellen, wie Wadald sich völlig wehrlos, ohne irgendwelche Vorsichtsmaßnahmen, zu einem Treffen – noch dazu an einem so verrufenen Ort – begibt.«

»Wir haben nichts dergleichen gefunden«, meinte Arger. »Doch vielleicht sollten wir die Nachforschungen wiederaufnehmen?«

»Gewiß!« entschied Ermenold ohne Federlesens.

Dann warf er, an Doremus gewandt, ein:

»Bist du mit deinen Fragen fertig?«

»Noch nicht ganz, sofern du erlaubst ... An dieser Furt treffen also dein Land, das der Geroldinger und das der Nibelungen zusammen. Wadalds Leiche wurde nun dort aufgefunden. Das bedeutet jedoch nicht unbedingt, daß er auch an der Stelle ermordet worden ist. Unter Umständen wurde er erst als Toter zum Ufer des Ouanne geschafft ... Es könnte also sein, daß sich auf dem Besitz des einen oder anderen, womöglich gar auf dem der Grafschaft, aufschlußreiche Vorkommnisse zugetragen haben ...«

»Ja gewiß, gewiß ...« räumte der Graf von Auxerre ein. »Arger, hast du von irgendeinem merkwürdigen Vorfall, von irgendwelchen Begebenheiten reden hören, die Licht in unsere Ermittlungen bringen könnten?«

»O Herr«, erwiderte der Vicarius von Toucy, »an Zwischenfällen und sogar Zusammenstößen mangelte es hier, auf diesen Ländereien, die seit langem Gegenstand erbitterter Streitigkeiten sind, wahrlich nicht. Und zwar bis in die jüngste Zeit hinein. Es ist gerade mal eine Woche her, da wurden an die zwanzig Schafe mit durchschnittenen Kehlen gefunden.«

»Mit durchschnittenen Kehlen?«

»... Wenn ich es dir sage, Herr, und zwar auf einer Weide, deren Nießbrauch umstritten ist.«

»Wem gehörten sie?«

»Den Nibelungen. Eine ernste Sache. Die Schäfer haben Isembards Männer bezichtigt, aber nicht etwa die Hüteknechte, weil sie meinten, Hirten könnten niemals eine solche Abscheulichkeit begehen.«

»Wer dann?«

»Irgendwelche Leute der Geroldinger, haben manche behauptet.«

Arger senkte die Stimme.

»Andere haben sogar von einem Werk des Teufels gesprochen ... Doch die meisten haben Wadald und Badfred die Sache angelastet. Es ist schon wahr, daß beide keinen guten Ruf haben. Die Leute reden über ihre üblen Streiche und haben Angst. Selbst hier bei uns kennt man sie nur mit Beleidigungen auf den Lippen, der Peitsche in der Hand und gezücktem Hieber ...«

»Zumindest einer von den beiden wird nun nichts mehr zücken«, murmelte Doremus vor sich hin.

»Die Bauersleute sagen auch, die beiden würden bei der Jagd, wenn sie dem Wild nachsetzen, rücksichtslos Äcker und Gärten verwüsten und nichts und niemanden achten, nirgendwo ...«

»Ich verstehe dich schon«, unterbrach ihn der Graf. »Haben sich Frebalds Leute nach solchen Vorkommnissen bei Isembard beklagt?«

»Ich glaube, sie haben es schließlich Malier, ihrem eigenen Meier, gemeldet«, antwortete der Vicarius.

»Und was hat der daraufhin unternommen?«

»Das weiß ich nicht, Herr.«

»Die Hirten waren empört, sagst du. Könnten sie so weit gegangen sein und Wadald aufgelauert haben, um es ihm heimzuzahlen? Dabei könnte die Rauferei ausgeartet sein, ein Sichelhieb seine Kehle getroffen haben ...«

Der Vicarius überlegte sich seine Antwort reiflich.

»Unmöglich ist das nicht, Herr«, räumte er schließlich ein. »Nur hat man es bisher nie so weit getrieben. Ich weiß wohl, daß blinder Zorn zum Schlimmsten führen kann. Allerdings sind die Hirten und Ackersleute auf den hiesigen Ländereien der Nibelungen Friesen, Kriegsgefangene, gut untergebrachte Leibeigene. Friedfertige, besonnene und fleißige Leute, die zufrieden sind, mit einem Stückchen Land belehnt worden zu sein ... Zwanzig Schafe sind selbstverständlich recht viel, zumal dieser Verlust zu allem übrigen hinzugerechnet werden muß ... Doch zum einen gehören ihnen die Schafe nicht; sie hüten ja nur Frebalds Vieh. Und außerdem, nur um der Vergeltung willen alles, was sie haben, in Gefahr zu bringen, wobei ihnen die härtesten Strafen und die entsetzlichste Marter drohen würden ...«

»Das ist weise gesprochen«, erkannte Doremus an. »Doch vielleicht wäre es nun an der Zeit, sich Wadalds Leichnam genauer anzusehen. Er ist doch sicher hier aufgebahrt?«

Der Graf von Auxerre knurrte eine Einwilligung.

Man hatte den Toten auf einen einfachen Tisch aus Böcken und mit einem Laken bedeckten Brettern gelegt. Der Hieb, der Wadald die Kehle durchschnitten hatte, mußte mit solcher Heftigkeit geführt worden sein, daß der Kopf fast vom Rumpf abgetrennt worden war. Die Leiche war bis auf Leibhemd und -hosen entkleidet. Rock, Hose und Beinbinden lagen auf einem Hocker, und die Schuhe, mit den Füßlingen darüber, standen daneben auf dem Boden. Doch nirgends war ein Helm oder eine Waffe zu sehen. Nur eine Scheide für ein Kurzschwert.

Doremus ließ den Toten völlig entkleiden und untersuchte ihn dann peinlich genau, ohne ein Wort zu sagen. Ermenold sah ihm mit überheblicher Miene zu. Als Doremus seine Leichenbeschau beendet hatte, fragte der Graf spitz:

»Und? Welch wundersame Beobachtung war dir vergönnt?«

»Nichts, was du nicht auch hättest sehen können!«

Der Graf von Auxerre wandte dem Gefolgsmann der Missi mit Nachdruck den Rücken zu und verkündete:

»Dann laßt uns jetzt an Ort und Stelle, nämlich an der Teufelsfurt, nachsehen, ob es dort nicht lohnendere Hinweise zu entdecken gibt als hier!«

Von Arger, dem Ältesten Favier und einigen Kolonen begleitet, verließ Ermenold Toucy und schlug die Richtung zur Furt ein, wo er kurze Zeit später eintraf. Doremus blieb in einem gewissen Abstand hinter ihnen zurück und schien zu trödeln. Der Graf, sein Vicarius und Favier durchquerten das Flüßchen, um zu der Stelle zu gelangen, wo man Wadald ermordet aufgefunden hatte. Ohne abzusitzen, warfen sie einen flüchtigen Blick auf das Bachbett und die Umgebung der Furt. Doremus hingegen saß ab und begann, den auf dem Besitz der Grafschaft gelegenen Pfad zur Furt gründlich zu erforschen.

Nach einer Weile ließ er Arger zu sich kommen.

»Ich nehme an«, meinte Doremus, indem er auf herumliegende frische Kuhfladen deutete, »daß der Karren, der die Leiche dieses unglücklichen Wadald nach Toucy bringen sollte, mit Ochsen bespannt war.«

»Was sonst!« erwiderte der Vicarius und zuckte mit den Schultern.

Doremus durchquerte den Ouanne ohne Mühe und setzte seine Erkundungen auf der anderen Seite fort. Die beiden Wege, die unweit des Flusses zusammenliefen, umschlossen im Dreieck eine Art Erdhügel mit einem recht kurzen Steilpfad, der inmitten von dichtem Gestrüpp hinaufführte. Oben angelangt, entdeckte er eine freie Stelle, von der die Furt selbst und die umliegenden Felder gut zu überblicken waren. Er brachte eine Weile damit zu, den Erdboden sowie das umgrenzende Buschwerk genau in Augenschein zu nehmen. Dann kehrte er wieder zu dem Wegabschnitt zurück, der unmittelbar zum Bach führte, und suchte dort weiter nach irgendwelchen Anhaltspunkten, doch die Fußstapfen der Kolonen, die den

Leichnam entdeckt und später weggeschafft hatten, schienen alle anderen Spuren verwischt zu haben.

Der Graf von Auxerre hatte seine Ermittlungen allem Anschein nach bereits beendet.

»Ich möchte mich noch rasch dort drüben umschauen«, erklärte er und wies in die Richtung, in der die Ländereien der Nibelungen lagen. »Ja, ich würde gerne einmal sehen, wie diese friesischen Leibeigenen aussehen, die du, Arger, als so fleißig und friedfertig bezeichnest.«

Unter Führung des Vicarius folgten sie einem Feldweg und gelangten nach mehreren hundert Schritten an ein frisch bestelltes Kornfeld, auf dem ein Dutzend Ackersleute, Männer und Frauen, gerade jäteten. Als diese die herannahende kleine Schar erblickten, liefen sie, ganz offensichtlich erschreckt, in alle Richtungen auseinander. Einen Augenblick später waren sie allesamt verschwunden, bis auf einen Burschen indes, der wahrscheinlich mutiger oder einfach nur neugieriger war als die anderen. Er stand vor dem spitzen Ausläufer eines Waldstücks, so daß er sich jederzeit mühelos ins Dickicht schlagen konnte. Ermenold und sein Gefolge ritten langsam näher. Als sie fast bis auf hundert Schritt herangekommen waren, machte sich der Mann aus dem Staub.

»Na, sag mal, Vicarius«, rief der Graf von Auxerre, »diese Friesen da scheinen aber doch kein so ruhiges Gewissen zu haben!«

Doremus schaute schweigend zu.

»Nun gut, wir werden ihnen bestimmt nicht nachjagen«, setzte der Graf hinzu. »Wir wissen ja, wo sie zu finden sind! Also, Arger, du wirst ihren Ältesten und zwei oder drei andere von ihnen nach Auxerre schaffen. Ich will Licht in diese Sache bringen. Und sollten sie irgend etwas zu beichten haben, so werden sie nicht lange säumen, es mir zu sagen, da kannst du sicher sein!«

In aller Frühe hatte Erwin sich in Bruder Antonius' Gesellschaft erneut ins Skriptorium der Abtei Saint-Germain begeben, um dort gemeinsam mit Bruder Florentinus und dessen Gehilfen die Überprüfung des Evangeliums nach Johannes wiederaufzunehmen. Die Arbeit ging langsam voran. Obwohl er den von Alkuin wiederhergestellten Text vor Augen hatte, wurde der angelsächsische Abt bisweilen von argen Zweifeln befallen. Manch vorgefundener Zusatz zeugte vom brennenden Glauben des Urhebers, und etliche der *comentarii,* die mit dem eigentlichen Bericht des Evangelisten ganz eindeutig im Übermaß verwoben worden waren, bewiesen ein beachtliches Verständnis der Botschaft des Johannes. Gleichwohl mußte immer wieder entschieden werden. Und wenn er dieses Evangelium auch von einer durchaus geistreichen Auslegung befreien mußte, um ihm seine ursprüngliche Reinheit zurückzuverleihen, so verhalf er der Schrift, wie Erwin sich zum Trost sagte, doch erneut zu der Fähigkeit, Hunderte weiterer Deutungen anzuregen.

Häufig hielt er im übrigen eine ganze Weile über einem Vers inne, während die Schreiber, das Pult auf den Knien und die Feder in der Hand, geduldig warteten; dabei murmelte er Überlegungen vor sich hin, denen ein jeder lauschte, da man ihn ja als Schüler Alkuins kannte. Einige der Anwesenden hielten seine Worte überdies heimlich fest. Zwei- oder dreimal fiel der Abt sogar, wie von einer Erleuchtung beseelt, in Gebete.

Da einige der Anwesenden sich darüber zu wundern schienen, erklärte er: »Kann man eine solche Aufgabe denn ausführen, wie wenn nicht jeder Vers, wie wenn nicht jedes Wort einen Schatz offenbarte und den Gerechten die Pforten zur ewigen Seligkeit öffnete? Erst vor kurzem ist uns in Lyon das Glück zuteil geworden, Ciceros Schrift *De oratore* in ihrer fehlerfreien Fassung wiederherzustellen, eine herrliche Sprache, eine wunderbare Schrift, ein erhabener Geist fürwahr! Doch was war das neben dem Werk, das wir hier vollbringen?«

Und er fügte hinzu: »Sagen zu können: Hier liegt nun das wahre Evangelium nach Johannes vor uns ... ist das nicht kühn? O wie begreiflich ist mir, daß Alkuin seine ganze Geisteskraft darauf verwandte, seine ganze Seele hineinlegte und seine Kräfte dabei verausgabt hat. Doch welche Zweifel müssen ihn bisweilen geplagt haben!«

In der Mitte des Morgens, zur vierten Stunde, sah Erwin Bischof Aaron feierlich, mit besorgter Miene, in das Skriptorium treten. Er war allein gekommen. Obgleich es Erwin betrübte, sein fesselndes Tagwerk auch nur für einen Augenblick unterbrechen zu müssen, ging er dem Würdenträger höflich entgegen.

»Glaube mir getrost«, erklärte der Bischof von Auxerre, »daß ich es überaus bedauere, einen Gesandten des Herrschers, einen ehrwürdigen Abt, Gelehrten, Vertrauten des Kaisers und Freund Alkuins zu einem Zeitpunkt stören zu müssen, da er sich an dieser Stätte einer heiligen Mission hingibt ...«

Aaron schöpfte Atem.

»... Glaube mir, ich wäre niemals hergekommen, hätte ich nicht ernste Gründe hierfür. Sehr ernste, ehrlich gesagt! Aber könnten wir uns nicht einen Augenblick in eine der Zellen zurückziehen, wo ich dir fern neugieriger Ohren berichten kann, was mich mit solcher Sorge erfüllt?«

Erwin mußte sich, wenn auch widerwillig, einverstanden erklären.

Sobald sie allein waren, setzte Aaron wieder an:

»Es geht hier, wie du sicher vermutest, um diesen unerhörten Mord. Mein Bistum wird leider seit Monaten schon von Streitigkeiten jedweder Art beunruhigt. Bisher aber war die Lage noch nicht so vergiftet, daß daraus ein Mord erwuchs. Nun ist das Schlimmste eingetreten, und es kann noch Schlimmeres folgen.«

»Ich hoffe nicht«, wandte der Sachse ein.

»Ich auch nicht ... Wie es sich ziemt, wurde der Graf von

Auxerre mit der Untersuchung betraut. Doch ist er hierfür auch wirklich der geeignete Mann, der seine Sache als unvoreingenommener Richter, als Ermittler, der über jeden Verdacht erhaben ist, betreibt?«

»Vergiß nicht, daß du von demjenigen sprichst, der im Namen des Kaisers hier die Macht ausübt!«

»Ich vergesse nichts. Im übrigen verläßt sich Karl bei der Verwaltung dieses Landstrichs ja ebenso auf mich, den Bischof dieses Sprengels, wie auf Ermenold«, erwiderte Aaron recht selbstzufrieden. »Ungeachtet dessen drängen sich einige Bemerkungen auf: Zum einen ereignete sich der Mord nahezu auf dem Besitz der Grafschaft.«

»In der Tat.«

»Ich weiß, hieraus lassen sich keinerlei gesicherte Schlüsse ziehen. Aber, nun ja, verwirrend ist es dennoch. Auf den Ländereien des Grafen und in deren Umgebung hat Wadald mehr als eine Missetat verübt; insbesondere hat er – ich wage kaum, daran zu erinnern – mehrere Frauen und Töchter von Leibeigenen und sogar von Kolonen geschändet. Aus hunderterlei Gründen hat er Groll, Haß und das Verlangen nach Rache gesät. Wie soll man unter solchen Umständen wissen, welche Hand den tödlichen Schlag ausgeführt hat? Weshalb nicht ein zur Grafschaft gehörender Mann?«

»Reine Mutmaßung!«

»Die jedoch soviel Gewicht hat wie jede andere auch. Die Leute der Geroldinger und der Nibelungen sind nicht die einzigen, die man verdächtigen könnte. Stellen wir uns doch nur einmal vor, Ermenold entdeckt irgendwelche Hinweise, die einen der Seinigen belasteten.«

»So wird er seiner Pflicht als Richter nachkommen.«

»Dessen würde ich gerne sicher sein!«

»Muß ich mir noch mehr anhören?« grollte der Missus dominicus.

»Ja, sofern du erfahren möchtest, weshalb der Richter Ermenold selbst Betroffener und somit befangen ist. Ist dir bekannt, daß er sich als benachteiligt ansieht, was seinen Besitz und sein Benefizium angeht? Seine Gemahlin Bertha, eine eitle, ehrgeizige und gierige Frau, setzt ihm unentwegt zu, damit er seine Ländereien vergrößert, sich von diesem oder von jenem mal einen Flecken nimmt ... Gewährleistet ein solches Verhalten die Unvoreingenommenheit, deren eine Untersuchung von derart folgenschwerer Bedeutung bedarf?«

Der angelsächsische Abt wahrte lange Schweigen, bevor er antwortete:

»Hat man mir nicht versichert, die königlichen Abteien würden nicht eine Gelegenheit auslassen, um die Rückgabe von Gütern zu fordern, wobei sie auf diesem Gebiet ja im übrigen bereits recht beachtliche Erfolge erzielt haben sollen ...? Hat man mich nicht ebenfalls darauf hingewiesen, die Bischöfe dieses Bistums fühlten sich, genau wie der Graf, nicht ausreichend geliebt und mit Benefizien schlecht ausgestattet ...? Sollen denn alle, die Ansprüche auf Land erheben, mit Argwohn betrachtet werden?«

»Gewiß nicht!« entgegnete Aaron. »Wahrscheinlich habe ich mich nicht verständlich genug ausgedrückt. Ich wollte nur hervorheben, daß weder die Äbte noch ich selbst mit dieser Untersuchung betraut sind. Graf Ermenold hingegen ja!«

Der Prälat hüllte sich in Würde. Der Sachse aber beschränkte sich auf eine Antwort, die dem Bischof alle Waffen aus der Hand schlug:

»Also sind wir uns ja einig: Er ist mit ihr betraut!«

Erwin überdachte noch immer die verschiedenen Lehren aus seiner Unterredung mit Aaron, als er bereits zum Wohnsitz der Mission zurückkehrte. Zu seiner Überraschung erwartete ihn dort Frebald, das Oberhaupt der Nibelungen.

»Wir sind alle tief betrübt über diesen grauenhaften Mordfall«, erklärte dieser nach den üblichen Höflichkeiten. »Dieses Verbrechen ist um so unseliger, als es zu einem Zeitpunkt geschehen ist, da ihr, die Gesandten des Kaisers, gerade erst bei uns eingetroffen seid ...«

»Eine bemerkenswerte Feststellung!« warf Erwin ein.

»... Während überall Festlichkeiten und Freude herrschen sollten, wurdet ihr von Blut und Trauer begrüßt, was Anlaß gab zu einer leidigen Untersuchung ... Wir sind, ehrlich gesagt, nicht nur tief betrübt, sondern sehr besorgt: Wadalds Ermordung droht unser bereits überaus gespanntes Verhältnis zu den Geroldingern noch zusätzlich zu vergiften.«

»Das fürchte ich auch ... So unerfreulich es auch sein mag, ich muß wohl oder übel auf die zahlreichen Zwischenfälle zu sprechen kommen, die euch entzweien ...«

»... Schandtaten, die die Geroldinger zu verantworten haben.«

»... Den uns vorliegenden Auskünften zufolge sollte ein Bevollmächtigter der Geroldinger mit jemandem von deinen Leuten zusammentreffen, um den Weg für Unterhandlungen zu ebnen und dadurch zu verhindern, daß die Verschlechterung der Beziehungen zwischen den beiden Häusern in einem entsetzlichen Unglück mündet.«

»Was bedauerlicherweise nun eingetreten ist!«

»Es könnte noch Schlimmeres geschehen ... Nun, gut! Wußtest du von einem derartigen Vorhaben? Oder bist gar du selbst auf den merkwürdigen Einfall gekommen, einen so übel beleumdeten Ort wie diese Teufelsfurt für eine derart knifflige Unterredung zu wählen?«

»Ich habe weder den Anstoß zu einem solchen Treffen gegeben, geschweige denn den Ort bestimmt«, erwiderte Frebald.

»Schwer zu glauben!«

»Dennoch ist es so! Es war Malier, unser Verwalter. Ich habe ihm die gesamte Verantwortung für diese ... heikle Angelegenheit überlassen! Und wie heikel sie war, beweist sich ja nun!«

»Und du weißt tatsächlich nicht, mit wem und wie er all das besprochen hat!«

»Nein, ich habe nichts darüber erfahren und wollte davon auch nichts wissen.«

»Selbst als die Unterredung beschlossen war, sagte dir niemand, daß sie an einem bestimmten Tag und zu einer bestimmten Stunde an dieser Furt stattfinden würde?«

Der Sachse blickte das Oberhaupt der Nibelungen durchdringend an und sagte: »Das ist zumindest sonderbar!«

»Ich wollte in keiner Weise darin verwickelt sein.«

»Dann ist dir nicht einmal bekannt, wer dein Geschlecht, also dich, bei einer Begegnung von solcher Bedeutung vertreten sollte?«

»Sofern es überhaupt zutrifft, daß jemand von meinem Haus daran teilnahm, konnte er keinesfalls geltend machen, in meinem Namen zu verhandeln.«

Erwin schüttelte zweifelnd das Haupt.

»Hoffe nicht, daß ich dir das glaube«, erwiderte er halblaut.

»Trotzdem ... Es mag dir merkwürdig erscheinen, aber wenn du wüßtest, wie unser Verhältnis zu Isembard und den Seinen seit langer Zeit schon war, dann würde dich mein Verhalten nicht so befremden.«

Der angelsächsische Abt rieb seine langen Hände aneinander.

»Nehmen wir es einmal so hin ... zur Stunde jedenfalls ... Laß uns nun zu der Untersuchung kommen. Zweifelsohne weißt du bereits, daß die Ermittlungen dem Grafen von Auxerre übertragen wurden?«

»Ich habe es erfahren und bin nicht glücklich darüber. Ich habe kein Vertrauen zu ihm, weder in seinen Scharfblick noch in seine Unvoreingenommenheit«, bekräftigte Frebald.

»Die Untersuchung fällt ihm von Rechts wegen zu! ... Als er heute morgen an der Spitze aller Beteiligten über dein Land ritt, sah er auf einem frischen Kornfeld Ackersleute friesischer Herkunft, die bei seinem Anblick erschreckt davonstürmten.«

»Der Graf ist ein gefürchteter Mann ... Und da sich die Hintergründe und die näheren Umstände von Wadalds Ermordung meiner Kenntnis bislang entziehen, weiß ich auch nicht, was diese Leibeigenen zu fürchten hatten.«

»Aber du bist doch ihr Herr, oder?« fragte der Sachse mit einem Anflug von Verwunderung im Blick.

Frebald erhob sich und tat ein paar Schritte durch den Raum.

»Wie soll man wissen, was da geschehen ist?« sagte er schließlich. »Sicher hatten hundert Leute, von den einfachsten bis hin zu den edelsten, mehr als nur einen Grund, Wadald zu hassen ...« Er hielt absichtsvoll inne.

»... Wie kann ich da ausschließen, daß er Kolonen, Hirten, ja vielleicht sogar Leibeigene zum Äußersten getrieben hätte? ... Dieser Gedanke geht mir nicht mehr aus dem Sinn.«

»Man hat uns die Friesen als ruhige Arbeiter und recht besonnen in ihrer Art beschrieben«, merkte Erwin an.

»Gewiß! Nur was haben sie nicht alles erduldet! Rohe Gewalt, Plünderungen, Verwüstungen ... und dann noch die Schändungen ihrer Frauen, ihrer Töchter ...«

»Davon hat man mir berichtet.«

»... Du kannst also verstehen, daß ich weder auf etwas schwören noch mich für irgend jemandes Unschuld verbürgen kann ... und daß mich das mit Sorge erfüllt.«

»Weißt du, daß drei oder vier Leibeigene von den Wachen des Grafen zum Verhör nach Auxerre gebracht wurden?«

»Man hat es mir gerade mitgeteilt.«

»Wird dich die Sorge, von der du sprachst, in den Gerichtssaal der Grafschaft führen, um den Vernehmungen beizuwohnen?«

»Ich denke noch darüber nach.«

»Daß du darüber nachdenken mußt, gibt mir zu denken«, erklärte Erwin mit einem strengen Blick auf Frebald.

Der Abt erhob sich, um zu bedeuten, daß die Unterredung beendet war, und fügte hinzu:

»Da dein Meier sich, deinem eigenen Bekunden zufolge, eine so gewichtige Verantwortung aufgebürdet hat, will ich ihn so schnell wie möglich hier vor mir sehen.«

Die vier von den gräflichen Wachen aufgegriffenen Friesen waren zum Kerker von Auxerre geschafft und in einen Käfig mit dicken Eschenholzwänden gesperrt worden. Der Käfig stand in einer Ecke des Raumes, in dem die Verhöre durchgeführt und die Verdächtigten oftmals der »peinlichen Befragung« unterzogen wurden.

Graf Ermenold hatte entschieden, zunächst die Kolonen zu vernehmen, die auf den Äckern und Feldern seiner Ländereien in der Nähe des Ouanne arbeiteten. Mit dem Vicarius von Toucy an seiner Seite, thronte er hinter einem großen Tisch, an dessen Enden zwei bewaffnete Wachen standen. Ein Gerichtsschreiber hatte sich mit seinem Schreibzeug etwas abseits niedergelassen. Doremus saß unauffällig im Hintergrund des Saals auf einem Hocker. Und der Scharfrichter lehnte mit nacktem Oberkörper, die Peitsche in der Hand, an einer Wand in der Nähe des Käfigs, in dem die Friesen festgehalten wurden.

»Tritt näher, Clemens«, sagte der Graf zu einem seiner Kolonen, der sich offenkundig unwohl in seiner Haut fühlte. »Und du auch, Emil! Na, na, zittert doch nicht so! Euch droht doch keine Gefahr, nein, wirklich! Ich verlange lediglich von euch, daß ihr aussagt! Aber seid vorsichtig: Ich dulde kein Wenn und Aber oder irgendwelche anderen Ausflüchte!«

»Wir sind dir treu ergeben, Herr … Aber diese Furt … wo ehedem … und dann dieser Mord …« stammelte Clemens.

»Genug!« donnerte Ermenold. »Wir sind jetzt nicht an der Teufelsfurt, sondern hier in diesem Gerichtssaal, in Sicherheit. Was die Geschichten angeht, die über die Furt in aller Munde sind … Aber lassen wir das! Und kommen wir zu dem, was mich tatsächlich beschäftigt … Seht euch die da, ja, die in dem Verschlag, genau an! Erkennt ihr sie wieder?«

»Aber sicher«, sagte Emil. »Das sind Friesen, und sie arbeiten für die Nibelungen auf den Feldern rechts des Ouanne. Der älteste von ihnen, der mit dem weißen Haar, heißt Van.«

»Also kennt ihr sie«, hob der Graf von Auxerre hervor. »Jetzt gebt acht: Hielten sie sich gestern in der Nähe der Furt auf, ich meine ausdrücklich gestern, im Laufe des Nachmittags? Denkt so gründlich nach, wie ihr müßt!«

»Das heißt ...« stammelte Emil. »Wir selbst waren ja ziemlich weit weg, wir halten uns lieber von dort fern ... wie sollen wir daher wissen, wo sie waren?«

»Hör mir gut zu, du Schwachkopf«, herrschte Ermenold den Mann an. »Auf den Feldern bleibt nichts verborgen. Folglich müßtet ihr wissen, ob und wo die Friesen ihrer Arbeit nachgingen! Paßt auf, was ihr sagt!«

»Wenn ich es recht überlege, so glaube ich wohl, daß sie beim Jäten waren ...« murmelte Emil. »Ja, genau: Sie haben gejätet!«

»Ich sehe, daß dein Erinnerungsvermögen zurückkehrt«, bemerkte der Graf und ließ eine Weile verstreichen, während der Scharfrichter mit dem Stock und dem daran angelegten Riemen seiner Peitsche auf beängstigende Weise in seine linke Hand schlug.

»Dann sind die da ganz ohne Zweifel die Unkrautjäter«, ließ sich Ermenold bestätigen.

»Die da und noch ein paar andere vielleicht. Van war jedenfalls dabei.«

»Das wäre also geklärt ... Aber sagt mal, ihr beiden, haben sie den ganzen Tag mit Jäten zugebracht?«

»Ob sie den ganzen Tag mit Jäten zugebracht haben? ...« setzte Clemens in zögerndem Ton an, da er nicht wußte, worauf der Graf hinauswollte.

»Ich habe dir eine Frage gestellt!«

»Alles in allem könnte es schon sein, daß sie nicht den ganzen damit zugebracht haben.«

»Demnach konnten sie sich zeitweise auch ganz woanders aufgehalten haben?«

»Das kann schon sein, doch, doch.«

Der Graf unterbrach die Vernehmung für einen Augenblick, um einen Becher *cervesia* zu trinken und Doremus welches anzubieten, der jedoch höflich ablehnte. Dann wandte Ermenold sich erneut seinen Kolonen zu.

»Und habt ihr im Laufe des Nachmittags keine Reiter gesehen?«

»Reiter?« wiederholte Emil, während er in seinem Gedächtnis zu forschen schien. »Ja! Ich meine, es waren drei.«

»Wie? Drei Reiter?«

»Zwei auf dem Besitz der Geroldinger, die Richtung Ouanne unterwegs waren, und etwas später ein dritter, auf dem Land der Nibelungen, der von Osten kam und zum Bach ritt.«

Ermenold gönnte sich etwas Zeit zum Überlegen.

»Beginnen wir zunächst mit dem, was im Norden geschah«, sagte er daraufhin. »Bist du sicher, daß zwei von dort kamen?«

»Offen gestanden, wir haben ja auf deinen Äckern gearbeitet, Herr, und die liegen ziemlich weit von der Furt. Da sind Hohlwege, dichte und hohe Rainhecken ...«

»Demnach könnte es auch nur ein einziger Mann zu Pferde gewesen sein.«

Clemens kratzte sich am Kopf.

»Wie Emil schon gesagt hat, es ist sehr schwierig, alles genau zu beobachten ...«

»Du wirst mir jetzt nicht wieder mit ›weit‹ und ›nicht weit‹, mit Büschen, Hecken und was weiß ich noch alles kommen! Es gibt überhaupt keinen Grund, weshalb zwei Reiter von dort gekommen sein sollen! Ich sage: Es war nur ein einziger!«

»Ich wollte gerade sagen, Herr, daß wir freilich geglaubt haben, zwei zu sehen, und vielleicht haben wir die ja auch gesehen, und daß es trotz allem möglich ist, daß da nur ein einziger war.«

»Was ist denn das nun wieder für ein blödsinniges Zeug!« rief der Graf verärgert aus.

Clemens murmelte schaudernd:

»O nein, Herr! Kein blödsinniges Zeug ... Bei allem, was danach vorgefallen ist ... Und wenn der zweite Reiter ... wenn der ... wenn das der Leibhaftige war! ... Wenn er das gewesen ist! ...«

Der Graf musterte den mittlerweile am ganzen Leibe zitternden Zeugen scharf.

»Woran mir hier liegt, ist die Frage: War da nun ein einziger Reiter oder nicht ... Und reiß dich wieder zusammen, sonst werde ich dich schon zu beruhigen wissen!«

Clemens gelang es endlich, sein Entsetzen zu bezwingen.

»Ja, ja, es ist genau so, wie du sagst«, brachte er mühsam hervor. »Da war nur ein einziger auf dem Land der Geroldinger, und der ritt zur Teufels... nun ja, zur Furt eben.«

»Und dann wollt ihr also auf dem Besitz der Nibelungen einen zweiten Mann zu Pferde gesehen haben, der von Osten kam und sich ebenfalls dem Ouanne näherte?«

»Ja, Herr! Ein wenig später als die ... äh, als der andere, meine ich«, bestätigte Emil.

»Das paßt ja nun schon besser! Jetzt laß uns aber wieder zu diesen Friesen zurückkommen! Die waren also erst mit Jäten beschäftigt, dann haben sie das Kornfeld in der Nähe des Bachs verlassen, auf dem sie gearbeitet haben, nicht wahr?«

»So ist es, Herr.«

»Es war ihnen demnach ein leichtes, sich der Furt zu nähern.«

»Genau, wie du es sagst. Diese sonderbaren Wesen fürchten den Teufel nicht, wo sie doch selbst ...«

»Genug damit! Zurück zu unserer Sache! Zu welcher Stunde könnten sich die Friesen der Furt genähert haben? Zur selben Zeit, als ihr die Reiter erblickt habt?«

»Weißt du, Herr, nach einem Tagwerk von zehn oder zwölf

Stunden, vor allem Jäten ist besonders mühselig, der Rücken, die Arme, die Beine werden hart wie Holz … Bei der Müdigkeit, wenn man schon nicht mehr klar aus den Augen kucken kann …«

»Ich will von dir kein Geplapper über Feldarbeit hören. Ich will von dir wissen, zu welcher Stunde die da …« – der Graf zeigte auf die eingesperrten Leibeigenen – »sich dem Ouanne genähert haben. Würdest du so um die zehnte Stunde sagen?«

»Ja«, stimmte ihm Clemens endlich zu. »Es muß so um die zehnte Stunde gewesen sein, die Sonne stand schon tief. Aber …«

»Habt ihr irgendeine Ahnung, aus welchem Grund sie ihre Felder verlassen haben? Konntet ihr beobachten, was sie daraufhin am Ufer des Ouanne gemacht haben?«

»Wie wir bereits gesagt haben«, brachte Emil mit zögerlicher Stimme vor, »ist das Gestrüpp dicht und hoch …«

Ganz im Gegensatz zu den Befürchtungen des Kolonen schien der Graf mit dieser Antwort zufrieden, denn er bemerkte:

»Infolgedessen war es euch unmöglich zu sehen, was dort am Wasser vorgefallen ist.«

»Genau! Unmöglich! Wie du es sagst!«

Graf Ermenold gönnte sich eine weitere Verschnaufpause und trank abermals einen Becher Cervesia. Dann erhob er sich, schritt mit drohendem Blick zu den Friesen hinüber, ging einige Male auf und ab und kehrte, mit sichtlich entschlossener Miene, zu den Kolonen zurück.

»Dieser Reiter, den ihr auf dem Land der Geroldinger gesehen habt, war das nicht zufälligerweise Wadald? Ihr kanntet ihn ja und hättet ihn daher leicht wiedererkennen können.«

»Wadald? Nein, das wissen wir nicht, wir wissen nichts!« rief Clemens erschreckt aus. »Wie sollten wir jemanden erkennen? Wir konnten doch nichts sehen. Ich schwöre dir, Herr. Wir waren zu weit weg, viel zu weit weg. Wir haben uns diesen Reitern überhaupt nicht genähert, nie und nimmer! Wir haben nichts gesehen, überhaupt nichts!«

»Und was den anderen betrifft, der von den Nibelungen her kam, da habt ihr auch nichts gesehen?«

»O nein! Nein! Der war ja noch weiter weg!«

»Und jetzt gebt gut acht! Würdet ihr sagen, die beiden Reiter sind sich an der Furt begegnet? Ich sage es euch nochmals, denkt genau nach!«

»Das heißt ... der von Osten kam, also aus der Richtung von Frebalds Besitz, den haben wir später bemerkt als die ... als den anderen, der von Norden gekommen ist. Vielleicht eine halbe Stunde danach«, erklärte Clemens.

»Aber bei meiner Treu, das schließt doch ein Zusammentreffen nicht aus! Der als erster ankam, kann doch auf den anderen gewartet haben. In jedem Fall konntet ihr dies ja gar nicht sehen, wie ihr mir mehrfach versichert habt.«

»So ist es, von unserem Feld aus konnten wir die Furt gar nicht sehen.«

»Und habt ihr anschließend wieder jemanden fortreiten sehen?«

Clemens blickte kurz zu seinem Freund hinüber und antwortete:

»Was den Mann angeht, der von Frebalds Seite kam, den haben wir ganz sicher wieder davonreiten gesehen, und zwar nach Osten.«

»Und wie war das auf Isembards Seite? Und mit Wadald?«

Der Mann kratzte sich am Schädel.

»Da wird die Sache jetzt schwierig, Herr«, entgegnete er mit unsicherer Stimme. »Wie wir schon gesagt haben, haben wir von der Seite ja zwei zu dieser Furt reiten gesehen, allein von der Seite schon zwei ...«

Auf Ermenolds Stirnrunzeln hin berichtigte der Kolone eilfertig:

»Selbstverständlich haben wir uns getäuscht ... Nun ja, jedenfalls war es so, daß anschließend ein einziger, wirklich nur einer, wieder nach Norden geritten ist. Weil wir aber geglaubt hatten, es wären zwei gewesen ... nun ja, jedenfalls haben wir uns eine Menge Fragen gestellt ... Waren da nicht zwei gewesen? Wenn aber nur ein einziger wieder fortgeritten ist, was war dann aus dem anderen geworden? Und der davonpreschte ... schien der nicht irgendwie merkwürdig auszusehen ... War das zu unser aller Unglück vielleicht ... Du verstehst sicher, Herr! Nach allem, was an dieser Furt geschehen war ...«

»Und dann?« fragte der Graf ungeduldig.

»Wir haben es mit der Angst zu tun bekommen ... wir haben unschlüssig hin und her überlegt ... uns miteinander beratschlagt. Und dann haben wir uns trotzdem durchgerungen. Wir konnten die Dinge doch wirklich nicht einfach so auf sich beruhen lassen. Ja, wir haben uns entschieden, alle miteinander nachsehen zu gehen. In der Abenddämmerung sind wir dann losgezogen und haben dabei ganz laut Gebete gesungen, damit uns der Allerhöchste gegen die Geister des Bösen beistehen sollte ... Und als wir endlich die Unglücksfurt sehen konnten, haben wir am anderen Ufer die Leiche erblickt, die halb im Bach auf dem Rücken lag. Das ist mal sicher, haben wir uns gedacht, das kann nur das Werk des Gottseibeiuns sein, das war dieser sonderbare Reiter, der wie ein Schatten in die Nacht geflohen war.«

»Der oder irgendein anderer Dämon. Selbstverständlich habt ihr in der Nähe des Ouanne keine Menschenseele mehr gesehen noch gehört. Und auch sonst nichts Eigenartiges?«

»Nichts! Da war nur ein scharfer und ekelerregender Gestank von Verwesung und Morast, von Fluch und Unheil ...«

»Gut, gut!« unterbrach ihn Ermenold. »Jetzt werden wir mal sehen, was die da zu sagen haben. Laßt den Friesen da vortreten, ja, den mit dem weißen Haar.«

Der Scharfrichter holte den Leibeigenen aus dem Käfig und stieß ihn bis zum Tisch, an dem der Graf von Auxerre saß.

»Angeblich hast du ja einen Namen«, sagte Ermenold in Burgunder Mundart zu dem Mann vor ihm.

»Herr, du kannst Fränkisch sprechen«, antwortete der Leibeigene. »Das verstehe ich besser als die Sprache von hier.«

»Ich habe dich gefragt, ob du einen Namen hast!«

»Man nennt mich Van.«

»Also, Van, erste Frage: Kanntest du Wadald?«

»Alle kannten ihn, Herr.«

»War er beliebt?«

»Alle verabscheuten ihn, Herr.«

»Sieh an, sieh an! Das ist ja ein aufschlußreiches Geständnis. Und weshalb?«

»Weil er zusammen mit anderen seines Schlags immer wieder nur Böses tat.«

»Bei euch wurden kürzlich bald zwanzig Mutterschafen die Kehle durchschnitten.«

»Ja, Herr; das waren aber nicht unsere Schafe, sie gehörten unserem Herrn Frebald und waren uns zur Zucht anvertraut.«

»Das ist doch einerlei! Warst du der Meinung, Wadald und ein paar seiner Gefährten hätten das getan?«

»Nein, Herr! Wadald und seine Leute vergreifen sich an anderen.«

»Damit meinst du wohl besonders an Frauen und Mädchen, die sie entehren?«

Van schossen Tränen in die Augen.

»Ja«, flüsterte er mit brüchiger Stimme. »Die sie mit Gewalt nahmen.«

Doch er faßte sich wieder und fügte hinzu:

»Und wenn sie betrunken waren, dann verwüsteten sie alles, legten Feuer an die Heudiemen, rammten die Strohhütten ein … Lauter Bosheiten!«

Der Graf frohlockte.

»Aber da gab es ja Gründe über Gründe für Rachegelüste«, schmetterte er.

»Ja, Herr. Aber nicht nur bei uns.«

Er deutete auf die Kolonen der Grafschaft.

»Die da hatten nicht weniger Grund als wir!«

»Hüte deine Zunge!«

»Das ist die Wahrheit, Herr. Wenn du ihren Ältesten befragst, wird er es dir bestätigen.«

»Ist es etwa an einem viehischen Dummkopf wie dir, mir zu sagen, was ich zu tun habe!«

»Wir, die friesischen Leibeigenen, wir haben beschlossen, über all das mit unserem Meier zu reden, damit er es dem Oberhaupt der Nibelungen berichtet und ihm zuträgt, was man seinem Besitz und auch uns alles angetan hat, damit er etwas unternimmt.«

»Und ihr habt euch darauf beschränkt, mit dem Meier darüber zu sprechen?«

»Was hätten wir denn sonst tun können?«

Auf ein Kopfnicken des Grafen hin, versetzte der Scharfrichter dem Friesen Van einen heftigen Schlag mit dem Peitschenstock.

»Ich sage es dir noch einmal, Leibeigener, paß auf, wie du mit mir sprichst ... Doch sage mir, habt ihr denn nie nach Rache geschrien, nach allem, was Wadald euch angetan hat?«

»Einem Leibeigenen steht es nicht zu, darüber zu urteilen.«

Ein weiterer Schlag strafte diese mit fester Stimme geäußerte Klarstellung.

»Zweite Frage«, tat Ermenold kund. »Wart ihr gestern nachmittag auf dem frisch bestellten Kornfeld, von dem gerade die Rede war?«

»Ja, Herr.«

»Seid ihr die ganze Zeit dortgeblieben?«

»Bis zum Abend. Dann sind wir wieder zu unserem Weiler zurückgekehrt. Ohne Umweg!«

»Du lügst! Ihr habt euch dem Bach genähert. Meine Kolonen haben euch doch gesehen!«

Van warf einen Blick hinüber zu Emil und Clemens.

»Sie konnten uns gar nicht sehen«, erwiderte der Friese. »Sie haben es dir doch selbst gesagt: Die Rainhecken sind zu hoch, die Furt liegt tiefer. Von deinen Feldern aus konnten sie überhaupt nichts beobachten.«

»Als ihr euer Saatfeld verließt, war es euch demnach ein leichtes, euch in der Umgebung der Furt zu verbergen!«

»Herr, ich flehe dich an, mir zu glauben. Weshalb sollten wir dort hingegangen sein? Die Furt liegt doch am anderen Ende des Pfads, den wir beim Heimweg nehmen. Und außerdem meiden wir diese Furt, wenn es nur geht.«

Zum drittenmal schlug der Scharfrichter dem Mann auf den Bauch, daß dieser das Gesicht verzog.

»Ihr Friesen macht euch doch verflucht wenig aus diesem ganzen Geschwätz über den Teufel!« schrie Ermenold. »Die Wahrheit ist, als ihr auf den Fluß zugingt, habt ihr euren Erzfeind Wadald erkannt, der, wie du ja eingestanden hast, euch so viel Böses angetan hat. Die Wahrheit ist, daß daraufhin ein bewaffneter Reiter aus der Richtung von Frebalds Haus auftauchte und ebenfalls den Weg zur Furt einschlug. Die Wahrheit ist, ihr seid ihm gefolgt und habt euch in den Büschen am Ouanne versteckt. Der Wortwechsel zwischen den beiden Reitern ist in offene Händel ausgeartet, und nichts spricht dagegen, daß ihr demjenigen geholfen habt, der Wadald niedermetzelte, ja, es ist sogar durchaus denkbar, daß ein Sichelhieb von einem von euch ihm die Kehle durchschnitten hat!«

»Herr, Herr, so glaub mir doch!« flehte Van. »Mit alldem haben wir nichts zu tun! Wir haben uns dem Fluß auch nicht genähert. Unser Tagewerk war beendet. Danach sind wir wieder in unseren Weiler heimgekehrt. Wir haben nichts getan, wir haben nichts gesehen!«

»Dann sag mir doch einmal«, brüllte der Graf, »weshalb ihr, wo ihr doch unschuldig seid, bei unserem Anblick Reißaus genommen habt ... wie schuldige Missetäter!«

»Wir, die wir einst dort oben freie Männer waren und hier nun Leibeigene sind, wir leben ständig mit der Angst. Nichts, was unvermutet über uns kommt, ist je gut, sondern stets schlecht, voller Gefahren … Sieh doch, Herr! Gestern noch befanden wir uns friedlich unter freiem Himmel auf einem Feld und haben gearbeitet. Und heute sind wir hier, in diesem Verschlag, und werden bezichtigt, wir wären bei Wadalds Ermordung dabeigewesen, wir wären dem Mörder sogar zur Hand gegangen oder hätten ja vielleicht noch Schlimmeres gemacht, obwohl wir überhaupt nichts getan haben. Gott weiß, was nun aus uns wird. Haben wir denn nicht Gründe genug, um ständig in Angst zu leben?«

»Gründe? Jetzt fängt das auch noch an zu denken! Das lügt und denkt! Wir werden dir schon beibringen, so zu denken, wie es sich ziemt. Scharfrichter: Erteile diesem Denker da doch eine kleine Denkunterweisung!«

An einem Balken an der Decke war eine Rolle mit einem kräftigen Seil daran befestigt, dessen beide Enden bis zum Boden reichten. Der Scharfrichter fesselte die Handgelenke des Leibeigenen mit dem einen Ende zusammen und zog den Körper des Unglücklichen in die Höhe, bis dessen Fußspitzen kaum noch den Boden berührten und die Rückenmuskeln aufs äußerste angespannt waren. Dann riß er ihm das Kittelhemd herunter.

»Jetzt werden wir noch einmal ganz von vorn anfangen«, bekräftigte der Graf. »Aber diesmal ernsthaft. Frage: Habt ihr auf dem Land, das den Geroldingern gehört, Wadald gesehen, als er zur Furt ritt?«

»Nein, Herr, keiner von uns hat ihn gesehen. Von dem Feld aus, auf dem wir gearbeitet haben, war das nicht möglich.«

Ein erster, mit voller Wucht ausgeführter Peitschenhieb entriß dem Friesen einen Schmerzensschrei.

»Ich wiederhole meine Frage: Hast du Wadald erspäht, habt ihr ihn erkannt?«

»Nein, Herr. Ich kann dir das nicht bestätigen.«

Ein zweiter Peitschenhieb hinterließ auf Vans Rücken eine blutige Strieme.

»Kommen wir zu einer anderen Frage: Habt ihr einen Reiter bemerkt, der von Osten, aus der Richtung von Frebalds Wohnsitz oder dessen Umgebung kam?«

»Ja«, antwortete der Leibeigene mit schwächerer Stimme.

»Hast du ihn erkannt?«

»Das konnte ich nicht. Er war zu weit entfernt.«

»Wirklich?« spöttelte Ermenold und senkte dabei die Hand.

Der dritte Hieb jagte den Gemarterten ein heftiges Zucken durch den Körper.

»Fahren wir fort! Frage: Seid ihr diesem Reiter, diesem Waffenmann, den du nicht wiedererkannt zu haben behauptest, bis zum Ouanne gefolgt, habt ihr einen Zusammenstoß mit Wadald beobachtet?«

»Nein, Herr ...« brachte Van unter Mühen hervor. »Wir sind ... wieder in unseren Weiler heimgekehrt ... sofort nach der Arbeit ...«

»Du wirst es vor mir müde sein«, sagte Ermenold in katzenfreundlichem Ton und wies den Scharfrichter an, erneut zuzuschlagen. »Also, weitere Frage: Habt ihr an diesem Händel teilgenommen?«

Der Scharfrichter deutete mit dem Peitschenstock auf den Gemarterten. Sein Kopf war auf die Brust gesunken: Er hatte das Bewußtsein verloren. Der Scherge schickte sich gerade an, nach einem mit Wasser gefüllten Eimer zu greifen, um den Unglücklichen wieder aufzuwecken, als eine Wache hinzutrat und dem Grafen etwas ins Ohr flüsterte.

»Wir werden die Sache später fortsetzen«, verkündete Ermenold. »Laßt diesen Reiter hereinkommen.«

Ein Waffenmann stellte sich nun ein, grüßte den Grafen von Auxerre höflich und blickte sich im Raum um. Sein Blick hielt bei dem gemarterten Friesen inne, der noch immer ohnmächtig und mit blutigem Rücken an den Händen aufgehängt war. Dann erst wandte sich der Ankömmling Ermenold zu und erklärte:

»Ich heiße Melior, Vasall des Herrn Isembard. Er hat mich beauftragt, dir diese Botschaft hier zu übermitteln.«

Daraufhin entrollte er ein Pergament und las:

»Ich, Isembard, Vasall des Kaisers Karl, lege hiermit Zeugnis ab, daß ich einen der Meinen damit betraut habe, Fühlung mit einem Unterhändler der Nibelungen aufzunehmen, um sich über alle uns entzweienden Streitfälle Klarheit zu verschaffen, auf daß eine Lösung für sie gefunden werden möge. Dies Treffen sollte am gestrigen Dienstag, zur zehnten Tagesstunde, an der Furt des Ouanne stattfinden.«

»Ist das alles?« fragte Graf Ermenold.

»Ja, Herr, was die Botschaft selbst betrifft.«

»Sie bestätigt allerdings nicht, daß Wadald als Unterhändler der Geroldinger auserkoren wurde, noch mit wem er zusammentreffen sollte!«

»In der Tat, Herr«, antwortete Melior. »Doch ich wurde einzig und allein damit beauftragt, dir diese Botschaft vorzutragen, und weiß im übrigen auch nicht mehr. Indes bin ich befugt, folgendes hinzuzufügen: Im Verlauf eines Willkommensmahls, das Herr Isembard zu Ehren Abt Erwins, des Missus dominicus unseres Kaisers Karl, gab, hat Wadald Reden geäußert, die unzweifelhaft mit seiner Ermordung in Zusammenhang stehen dürften.«

»Und was waren dies für Reden?«

»Da sie im Beisein von Abt Erwin geäußert wurden, gebührt ihm allein das Recht, deren Wortlaut zu enthüllen, sofern du dies für notwendig erachtest.«

Graf Ermenold setzte eine beleidigte Miene auf.

»Ist das alles?«

»Ja, Herr. Wenn du keinen anderen Wunsch mehr an mich hast, werde ich mich zurückziehen.«

»Tu das!«

Als der Bote den Raum verlassen hatte, rief der Graf von Auxerre mit zufriedener Miene aus:

»Ich bin also auf der richtigen Spur.«

Dann drehte er sich dem Scharfrichter zu und schrie ihn an:

»Worauf wartest du noch, du Tölpel, um mit dem Verhör fortzufahren?«

In diesem Augenblick erhob sich aus dem hinteren Teil des Saales eine Stimme.

»Das kommt nicht in Frage!« hatte Doremus gerufen, während er bereits auf den Grafen zuging.

»Mit welchem Recht ...?« fragte Ermenold wutschnaubend.

»Ein vertrauliches Gespräch wird dir, wie auch mir, sicher lieber sein«, erwiderte der Gefolgsmann der Missi weise.

Stille trat ein. Der Graf zögerte zunächst, willigte dann aber doch ein. In einem Nebenraum angelangt, zog Doremus wortlos ein Pergament aus einem Futteral und reichte es Ermenold. Das Schriftstück war im Namen Kaiser Karls verfaßt, trug Abt Erwins Petschafte sowie die von Graf Childebrand und verlieh Doremus als Vertreter der Missi dominici die Vollmacht, in den Verlauf der Untersuchung einzugreifen, »sofern er dies für notwendig und dringend befände«.

»Na und? Was ist denn jetzt so notwendig und dringend?« stieß der Graf, der innerlich kochte, hervor.

»Ich könnte dir nun antworten, dies unterliege ganz allein meinem Ermessen – freilich nur unter der Vormundschaft meiner Herren«, erwiderte Doremus betont. »Aber sei's drum, so höre meine Gründe. Primo: Es würde überhaupt nichts nützen, diesen friesischen Leibeigenen noch weiter auszupeitschen. Du wirst nicht mehr aus ihm herausbekommen, und er wird sterben.«

»Pff, ein Leibeigener ... und dazu noch ein Friese ...«

»Secundo: Tatsächlich ist der Mann ein Leibeigener, und auch ein Friese, aber vor allem ein Zeuge.«

»Ein Leibeigener vermag kein Zeuge zu sein.«

»Verzeih!« wandte der ehemalige Aufständische ein. »Zwar kann seine Aussage nicht verbindlich berücksichtigt, aber dennoch angehört werden. Du willst ihn zwingen, etwas zu gestehen, das er vielleicht nicht getan hat; andererseits aber hat er uns mit Sicherheit einige beachtenswerte Tatsachen zu berichten. Ich will die Untersuchung keinesfalls um diese Aussage noch um die der anderen Friesen bringen. Also, keine Peitsche mehr für niemanden, keine peinliche Befragung mehr, in welcher Form auch immer! Der Medicus unserer Gesandtschaft wird unverzüglich vorbeikommen und sich um die Wunden dieses Gemarterten kümmern. Er muß überleben!«

Der Graf wirkte wie vor den Kopf geschlagen. Er vermochte nur noch zu sagen:

»Der Kaiser wird von alldem in Kenntnis gesetzt werden, da kannst du sicher sein.«

»Wie dem auch sei, meine Herren werden ihm sowieso bald Bericht erstatten. Aber erwarte nicht zuviel davon, du hast deine Untersuchung nämlich auf eine recht merkwürdige Weise durchgeführt und …«

»Solltest du mich etwa bezichtigen, ich hätte …«

»Mitnichten! Indes, was ich festgestellt und vernommen habe, genauso wie du im übrigen, würde mich wohl kaum dazu verleiten, einem Leibeigenen mittels Peitschenhieben den Garaus machen zu lassen. Das einmal dahingestellt, wollte ich dieses vertrauliche Gespräch, damit du die erforderlichen Befehle so zu geben vermagst, als kämen sie von dir.«

Doremus nahm sein Pergament wieder an sich, verstaute es seelenruhig in seinem Futteral und verneigte sich.

»Ich grüße dich, Graf von Auxerre, ehrfürchtig zum Abschied«, setzte er in eisigem Ton hinzu. »Ich muß den Gesandten des Herrschers nun augenblicklich Rechenschaft ablegen über den Verlauf dieser Ermittlungen … wie ja auch du es zweifelsohne wünschst.«

Als der Gefolgsmann der Missi dominici in der Herberge seiner Herren eintraf, war einer der Wachleute am Eingang in einen heftigen Wortwechsel mit einem Reiter verwickelt; der Mann war von seinem Pferd gestiegen und hielt es am Zügel.

»Nein!« schrie der Krieger. »Wer du auch sein magst, ohne Weisung kommst du hier nicht herein!«

Welch ein merkwürdiger Reiter, dachte Doremus noch im Näherkommen.

»Guter Gott«, murmelte er plötzlich. »Das ist ja eine Frau!«

Sie trug Halbstiefel, durch überkreuzte Beinbinden enggefaßte Hosen, ein Obergewand nebst Leibriemen, eine Art Haube und ein Kurzschwert. Doch die eindeutigen Formen ihres Körpers ließen keinerlei Zweifel zu. Als Doremus schließlich nahe genug heran war, entdeckte er eine junge Frau mit smaragdgrünen Augen, von erstaunlicher Schönheit. Sie blieb dem Krieger keine Antwort schuldig.

»Du dreimal vermaledeiter Schafskopf!« wetterte sie. »Laß mich endlich durch! Seht euch diesen viehischen Trottel an! Glaubst du, ich hätte mein Pferd nur deshalb im dreifachen Hetzgalopp zuschanden geritten, um hier auf einen Schwachkopf wie dich zu stoßen, wo es doch auf jeden Augenblick ankommt? Wie muß ich es dir denn noch sagen? Laß mich endlich durch! Ich muß auf der Stelle mit einem deiner Herrn sprechen.«

»Kommt nicht in Frage!«

Doremus trat hinzu und fragte: »Was gibt es?«

»Was geht dich das an!« schleuderte die Reiterin ihm ins Gesicht.

»Ich glaube, dir helfen zu können: Ich gehöre zu den Gefolgsleuten der Missi dominici.«

Die Jungfer musterte ihn.

»Dann führe mich zu ihnen, falls du der bist, für den du dich ausgibst! Ich bin Chlothilde, Tochter von Isembard. Was da geschieht, kann sich zum Schlimmsten wenden. Ich bitte dich.«

»Du brauchst mich nicht zu bitten: Folge mir!«

Graf Childebrand saß gerade mit Timotheos zusammen und empfing sie augenblicklich. Chlothilde verneigte sich tief für eine ehrfürchtige Begrüßung. Dabei fiel ihre Haube zu Boden und ließ ihre pechschwarze Haarpracht hervorwallen. Behende richtete sie sich wieder auf und warf dabei mit einer raschen Kopfbewegung ihr Haar zurück.

»Als ich Luchy verlassen habe, Herr ...«

»Das ist der Ansitz der Geroldinger«, erinnerte der Grieche. »Sie ist Isembards Tochter und heißt Chlothilde.«

»Fahre fort!« sagte der Graf.

»Ja sicher, als ich den Hof meines Vaters verlassen habe«, setzte sie wieder an, »scharte mein Bruder Badfred gerade an die zwanzig Waffenknechte zusammen und trug sich mit der Absicht, sich nach Escamps zu Frebalds Wohnsitz zu begeben, um den Mord an Wadald mit Schwert und Pfeil zu rächen.«

»Wieviel Zeit ist seither verstrichen?« fragte Childebrand aufs höchste aufgeschreckt.

»Nun, so viel, wie ich im Galopp bis hierher benötigte: gute anderthalb Stunden.«

»Und wie lange braucht man von Luchy nach Escamps?«

»Über Pourrain beinahe zwei.«

Der Graf sprang auf.

»Ruf Hermant herbei«, befahl er Timotheos. »Er soll zwei Dutzend Wachen kampfbereit machen! In voller Rüstung! Du selbst brichst augenblicklich zum Wohnort der Nibelungen auf! Weise sie auf die drohende Gefahr hin! Du, Doremus, du benachrichtigst sofort Freund Erwin und Bruder Antonius! Sie werden die Maßnahmen ergreifen, die sie für nötig erachten.«

Childebrand wandte sich wieder Chlothilde zu.

»Ich denke, wir werden noch rechtzeitig einschreiten können«, versicherte er. »Nur frage ich mich, weshalb ausgerechnet du herbeigeeilt bist, um Lärm zu schlagen? Warum nicht dein Vater?«

»Er befand sich nicht in Luchy. Es war keine Zeit zu verlieren.«

»Sollte zutreffen, was du uns eben gemeldet hast ...«

»Es trifft zu!«

»Wenn es also zutrifft, dann ist in der Tat keine Zeit zu verlieren!«

Childebrand lächelte dem jungen Mädchen zu und meinte:

»Du hast dir Ruhe und Trost verdient. Maria-Flora, unsere Wirtschafterin, wird sich deiner annehmen. Hab Vertrauen, Chlothilde!«

»Wie sollte ich in einen Missus dominicus wie dich kein Vertrauen haben!« bekräftigte sie und verbeugte sich.

Mit zufriedener Miene gürtete Childebrand sein Schwert.

»Laßt uns losziehen!«

KAPITEL III

Graf Childebrand hatte befürchtet, daß es ihm kaum gelingen würde, Badfred und seinen Trupp noch abzufangen, bevor diese den Wohnsitz der Nibelungen erreicht hätten. Daher machten sich die Wachen der Gesandtschaft unter Hermants Führung auf dem schnellsten Wege und ohne Roß und Reiter zu schonen nach Escamps auf. Als sie bei dem Weiler anlangten, zu dem Frebalds Wohnsitz mit seinen etlichen Nebengebäuden im Laufe der Jahre angewachsen war, fanden sie dort bereits Isembards Sohn und die Seinen vor. Annähernd dreihundert Fuß vor den ersten Behausungen hatten sie eine bedrohliche Reihe gebildet. Ihnen gegenüber waren die Nibelungen in Verteidigungsstellung gegangen: ungefähr zwanzig Reiter mit Brünne, Rundschild und Kurzschwert, und zwischen ihnen, von Großschilden geschützt, sicher dreißig Fußkämpfer und Bogenschützen.

»Hab Dank, Herr«, rief der Missus dominicus aus. »Sie haben noch nicht begonnen, sich gegenseitig aufzuschlitzen.«

Plötzlich erhob sich in der beängstigenden Stille, die nur vom Schnauben der Pferde gestört wurde, eine ferne Stimme. Childebrand und Hermant ritten näher heran. Auf halbem Wege zwischen den beiden feindlichen Linien stand ein einsamer Reiter, den Geroldingern zugewandt. Hermant raunte seinem Gebieter zu:

»Das ist Isembard. Soll ich die Unsrigen auf seine Höhe aufschließen lassen, um einen Riegel zu bilden?«

»Noch nicht!« antwortete der Missus. »Die Wachen mögen sich mit blankem Schwert zum Eingreifen bereithalten! Aber erst auf mein Zeichen.«

Als die Reiter der kaiserlichen Mission aufgetaucht waren,

hatten sich alle, die Mannen der Geroldinger wie die der Nibelungen, einen Augenblick lang zu dieser beeindruckenden Streitschar aus furchterregend gewappneten Hünen umgeschaut. Alle bis auf Isembard! Er hatte seinen Blick unbeirrt auf seinen Sohn und die von ihm aufgewiegelten Waffenknechte geheftet. Und mit einemmal rief er ihm zu:

»Weißt du, was Rache bedeutet? Die Väter unserer Väter haben sie leider am eigenen Leibe erfahren: Streitaxt, Schwert, ja selbst der heimtückische Hieber und der vergiftete Pfeil lösten weiland jeden Zwist; Mord beantwortete man mit Mord, Hinterhalt mit Hinterhalt, Gemetzel mit Gemetzel ... Sicherheit war nirgendwo mehr zu finden. Die Geschlechter löschten sich gegenseitig aus, und innerhalb der Geschlechter die Verwandten untereinander; selbst der Gemahl tötete die Gemahlin und der Sohn den Vater! So breitete sich Verheerung und Tod von Landstrich zu Landstrich aus. Unser ehedem so gefürchtetes Volk wurde zum Gespött des Erdenrunds.«

Isembards Stimme trug weit, und alle lauschten inzwischen aufmerksam seinen Worten.

»Die Könige haben uns Recht und Ordnung zurückgebracht, und Karl der Große hat diese höchsten Güter gefestigt. Die Geschlechter, die Reiche und das Kaiserreich werden nun, da sie in ihrer Macht wiederhergestellt sind, erneut gefürchtet und geachtet.«

Dann wandte sich der Herr der Geroldinger an seinen Sohn und schleuderte ihm entgegen:

»Und diesen Frieden willst du brechen, in schlimmster Weise durch Ungehorsam, Jähzorn und Unvernunft verletzen? ... Wadalds Ermordung wird bestraft und sein Wergeld beglichen. Die Anwesenheit der Missi ist uns unumschränkte Gewähr hierfür! Also beende diesen Aufstand sofort!«

Isembard hob noch einmal die Stimme und befahl:

»Laßt die Schwerter wieder in ihre Scheiden zurückkehren

und die Pfeile in die Köcher, hebt die Spieße wieder in die Höhe!«

Lediglich von Hermant begleitet, der das Banner der kaiserlichen Gesandtschaft trug, schloß Graf Childebrand nun mit dem Oberhaupt der Geroldinger auf und verharrte, ein beeindruckender Krieger von mächtiger Gestalt und erhabener Erscheinung, an dessen Seite. Seine Wachen hatten im Dreieck Stellung bezogen – ein mit tödlichem Eisen gespickter Keil. Und ganz allmählich, gleichsam wie mit Bedauern, gehorchten die Waffenknechte, die Badfred gefolgt waren, den erteilten Befehlen. Sie ließen ihre Reittiere in einer Vierteldrehung umschwenken und reihten sich zu einem Troß auf. Doch als Isembards Sohn sich schließlich anschickte, die Spitze zu übernehmen, fuhr sein Vater ihn an:

»Nein, du nicht!«

Dann wandte er sich Childebrand zu und sagte:

»Hier ist nichts anderes vorgefallen als ein Streit zwischen Vater und Sohn. Allerdings solltest du wissen, daß ich den Tod meines Vasallen und Waffengefährten Wadald nicht minder beklage als er, daß der Zorn in meinem Herzen brodelt und in mir erst wieder Frieden einkehrt, wenn der Gerechtigkeit Genüge getan ist.«

Isembard entbot dem Missus dominicus noch einen Abschiedsgruß und ritt im Galopp zum Troß seiner Waffenleute hinüber, um selbst deren Führung zu übernehmen. Schließlich entfernte sich dieser gemächlich gen Norden, in Richtung des Ansitzes der Geroldinger.

Frebald hatte die ganze Zeit über vor den Seinen ausgeharrt und näherte sich nun, von Timotheos gefolgt, dem Grafen. Nach einer höflichen Begrüßung erklärte er:

»In eigener Sache wie auch im Namen der Nibelungen danke ich dir, Graf Childebrand, Missus dominicus unseres Kaisers Karl, daß du so trefflich eingeschritten bist. Zweifelsohne hat dich die Vorsehung gesandt, zumal ich von diesem

Angriff völlig überrascht wurde und dich nicht mehr hatte benachrichtigen können.«

Er wartete auf eine Stellungnahme, die jedoch ausblieb.

»Überdies ist dein griechischer Gehilfe ...«

»Er heißt Timotheos.«

»... dein Gehilfe Timotheos noch vor den Angreifern eingetroffen, so daß er uns rechtzeitig warnen konnte. Dadurch wurden wir in die Lage versetzt, der Gefahr die Stirn zu bieten, und hätten den Störenfrieden, falls sie zum Sturm übergegangen wären, eine bittere Niederlage zugefügt. Das Gefecht wäre aber auf jeden Fall mörderisch gewesen. Dieser verbrecherische Vorstoß der Geroldinger hätte den Heerbann einige wakkere Krieger gekostet. Deshalb bin ich darüber sehr glücklich, daß diese dünkelhaften Angreifer dank deines Eingreifens und unserer Entschlossenheit ihren Schneid verloren und kehrtgemacht haben.«

Childebrand brachte diese Darstellung der Ereignisse leidlich in Harnisch, so daß er barsch richtigstellte:

»Und ich für mein Teil bin darüber sehr glücklich, daß Isembard die Seinen mit der Stimme der Vernunft zur Besinnung gebracht hat.«

»Selbstverständlich!« pflichtete Frebald ihm widerstrebend bei. »Soll ich die Meinigen herrufen, damit sie dir ihre Aufwartung machen?«

»Nein! Es ist meine Pflicht, zwischen den Lagern zu bleiben, weder diesen noch jenen zu bevorzugen. Unvoreingenommenheit ist meine Richtschnur! ... So sei gegrüßt, Frebald! ... Timotheos, zu mir!«

»Auch ich grüße dich, Childebrand«, antwortete der Herr der Nibelungen von Auxerre, wobei er seinen Verdruß nur dürftig verbarg.

Der Missus dominicus machte kehrt und schlug in Gesellschaft seines Gefolgsmannes den Rückweg zur Stadt ein, während Hermant sein Geschwader wieder ausrichtete und seinem

Gebieter an der Spitze des Trosses in geringem Abstand nachfolgte.

»Na, Herr Grieche, was hat unser Fuchs denn beobachtet?« fragte der Graf schließlich.

»Zwei oder drei Kleinigkeiten, Herr Abgesandter des Kaisers. Zunächst trifft es zu, daß Frebald und die Seinen überrumpelt wurden. Sie hatten kaum Zeit, sich in Verteidigungsstellung zu begeben.«

»Ansonsten? Ich kenne dich doch, du hältst das Beste immer bis zum Schluß zurück.«

»Ansonsten muß ich dir das Fehlen zweier Männer vermelden. Zunächst das von Robert, Isembards Bruder. Er befand sich nicht an Badfreds Seite. Im übrigen kann ich mir auch kaum vorstellen, daß der sich für ein so tölpelhaftes Unternehmen dem Befehl seines Neffen unterstellt. Hätte er sich nach Escamps aufgemacht, so doch gewiß nur an Isembards Seite. Und da war er nicht.«

Er verstummte kurz und führte sein Reittier noch etwas näher an Childebrands Pferd heran.

»Die zweite Abwesenheit macht mich jedoch weit stutziger: nämlich die von Meier Malier. Abt Erwin hatte dem Oberhaupt der Nibelungen befohlen, sein Verwalter solle schnellstmöglich vor ihm erscheinen.«

»Wirst du endlich zur Sache kommen, du Tropf?« drängte Childebrand ungeduldig.

»Also, soweit ich weiß, ist bisher niemand zu euch gekommen«, antwortete Timotheos. »Ich habe mich ja auch schon um die Sache gekümmert und habe bei den Nibelungen verlangt, ihn zu sehen, um ihm eure Einbestellung persönlich zu übermitteln. Und zweimal hat man mir geantwortet, Malier befinde sich gerade am anderen Ende der Ländereien, Gott weiß warum ... Daher hat mich seine Abwesenheit heute, unter solch ernsten Umständen, nicht nur erstaunt.«

»Ja und?«

»Wie soll ich sagen ... Ja, doch, sie hat mich nicht nur erstaunt.«

»Hm«, grummelte Childebrand.

Die Missi dominici und ihre Gefolgsleute hatten auch diesmal ihr Nachtmahl gemeinsam eingenommen, wie sie es immer hielten, wenn sie den Stand der Dinge klären wollten. Abt Erwin trug wie üblich seine abwesende Miene zur Schau, die von großer Nachdenklichkeit zeugte, und alle anderen achteten sein Schweigen. Childebrand trommelte mit den Fingern auf den Tisch, Bruder Antonius klaubte Krapfen aus einer Schüssel, die man ihm eigens hingestellt hatte, Timotheos strich sich bedächtig über seinen Bartkranz und Doremus über seinen kahlen Schädel. Mit einemmal fuhr der Sachse aus seiner Versenkung hoch, trank einen Schluck Met und sagte:

»Diese Sache mit den Reitern ... Ganz offenkundig muß das Ganze von dieser Frage her angepackt werden ... aber keineswegs, um Ermenolds Vorgehensweise zu folgen ... das sicher nicht! Doremus hat uns ja anschaulich aufgezeigt, daß Ermenolds Standpunkt schon feststand, noch bevor er auch nur einen einzigen Zeugen gehört hatte: Wadalds Ermordung mußte den Nibelungen angelastet werden! Zur Begründung konnte Ermenold die Streitfälle und den Haß anführen, die die beiden Häuser entzweien. Wobei der Graf noch nicht einmal von der Schmährede wußte, die dieser Wadald, ein wirklich absonderlicher Waffenmann, gegen Frebald und seine Gemahlin Adelinde geführt hat. Die hätte er mit Sicherheit als handfesten Beweis für die Richtigkeit seiner Ansicht auszuschlachten gewußt.«

»Diese Schmährede bleibt allerdings weiterhin unverständlich«, betonte Doremus.

»Bislang jedenfalls! Nun, Ermenold suchte einem friesischen Leibeigenen also ein entsprechendes Geständnis zu entreißen, da er mit aller Gewalt folgendes nachweisen wollte: Ein

Treffen zwischen Wadald und einem Unterhändler der Nibelungen an der Furt des Ouanne hätte eine üble Wendung genommen, wäre in einen offenen Zusammenstoß ausgeartet, und Wadald wäre dann bei dem Kampf, mit oder ohne Beihilfe der Friesen, die Kehle durchschnitten worden.«

Erwin hielt kurz inne, legte seine langen Hände zusammen und fuhr fort:

»Wenn aber auf dem Weg über das Land der Geroldinger nicht ein Reiter, sondern tatsächlich zwei einherkamen, also Wadald und irgendein anderer, so geriet er mit seiner Darstellung der Ereignisse in erhebliche Schwierigkeiten: Wer war dieser zweite Reiter, was machte er da, welche Rolle spielte er? Mir wurde zugetragen, in welchem Ruch diese Furt steht. Dabei glaubte ich indes zu verstehen, der Leibhaftige triebe sein schreckliches Unwesen und seine brünstigen Übergriffe nur in ganz besonders stürmischen Gewitternächten. Soweit ich weiß, wurde der Mord an Wadald jedoch gegen Ende des Tages, bei klarem Himmel ohne Blitz und Donner verübt. Wir können also mit Fug und Recht zu bodenständigeren Erwägungen zurückkehren. Dem Grafen von Auxerre ging es folglich darum, sich den zweiten Reiter irgendwie vom Halse zu schaffen. Offensichtlich fand er, es wäre wohl das beste, dessen Vorhandensein schlichtweg zu leugnen. Er wollte von dieser Seite nur einen einzigen: nämlich Wadald! Aus diesem Grund hat er seinen eigenen Kolonen so zugesetzt und sie sogar bedroht, damit sie ihre Äußerungen widerriefen und ihre Aussagen abänderten, was sie ja auch getan haben, wenn auch ziemlich linkisch und widerborstig. Und von der Behandlung, die er diesem unglücklichen friesischen Leibeigenen angedeihen ließ, will ich gar nicht erst reden.«

Doremus räusperte sich, wie er es häufig tat, wenn er die Aufmerksamkeit auf sich lenken wollte.

»Die Sichtweise, die der Graf von Auxerre aufzuzwingen sucht«, gab der ehemalige Aufständische zu bedenken, »ist ja nicht nur mit diesem recht lästigen zweiten Reiter unvereinbar. Ich versuche gerade, mir den Ablauf aus Ermenolds Blickwinkel vorzustellen: Da kommt also auf dem Pfad der Geroldinger Wadald einher, und auf dem der Nibelungen deren Unterhändler. Sie treffen an der Furt zusammen, sie besprechen sich zunächst, überschütten sich dann mit Schmähungen, ziehen blank und geraten tüchtig aneinander ... Plötzlich stürzt Wadald mit durchschnittener Kehle zu Boden, der ausblutende Körper kommt halb im Bach zu liegen ... Dies reimt sich indes ganz und gar nicht mit meinen dortigen Beobachtungen, die Graf Ermenold im übrigen auch hätte machen können, wenn ihm daran gelegen gewesen wäre. Erstens habe ich weder an den Sträuchern, die die Furt umsäumen, noch auf den Kieseln des Weges irgendeinen Blutspritzer ausgemacht; hingegen war das Gras auf jenem Erdhügel, von dem ich euch bereits erzählt habe, reichlich mit getrockneten schwärzlichen Blutlachen besudelt, und auch auf den Blättern des Buschwerks, zwischen dem der Steilpfad vom unteren Weg den Hügel hinaufführt, konnte ich Spritzer erkennen. Und die Pferdeäpfel auf diesem Erdhügel dürfen ebenfalls nicht außer acht gelassen werden.«

»Folglich scheint alles darauf hinzudeuten«, griff Timotheos ein, »daß Wadald dort oben, auf diesem Hügel, niedergemetzelt und daß sein Körper erst anschließend bis zur Böschung geschleift wurde.«

»Zweifellos! Und was den Hergang des Mordes selbst angeht, so stellte sich die Leichenschau, die ich in Graf Ermenolds Beisein durchgeführt habe, als äußerst aufschlußreich heraus. Der Körper wies keine andere Verletzung auf als die, die zum Tode geführt hat, keine Spuren von Schlägen, keinerlei Quetschungen. Wahr ist allerdings, daß ich nicht den Mut besaß, diesen mehr als nur halb enthaupteten Leichnam umdrehen zu lassen, um den Rücken zu untersuchen ... Was ich aber bereits so festgestellt hatte, vermittelte mir die Überzeugung, daß Wadald seiner Verletzung auf der Stelle erlegen sein mußte: Obergewand, Leibhemd, Beinkleid und sogar seine Leibhosen waren mit Blut getränkt! Er wurde regelrecht abgeschlachtet ... auf grausamste Weise.«

Doremus seufzte.

»Ist er überrumpelt worden, bevor er vom Pferd absaß? Konnte sein Widersacher, bei einem Schwertkampf etwa, ihm mit einer außergewöhnlichen Finte eine so tiefe Wunde an der Kehle zufügen?«

»Unmöglich!« rief Childebrand aus. »Du, ein tüchtiger Recke, weißt doch genau, daß ein solcher Streich unvorstellbar ist, insbesondere gegenüber jemandem wie diesem Wadald. Daß sein Widersacher ihn meuchlings überrumpelte und ihm von hinten die Kehle durchschnitt, das ja, das ist denkbar!«

»Und was meinte der Graf von Auxerre?« fragte Timotheos.

»... Daß ihm selbstredend nichts entgangen sei«, antwortete Doremus, indem er Ermenolds herrischen Tonfall nachahmte.

»Und diese Scheide ohne Kurzschwert? Sollte Wadald seine Waffe etwa vergessen haben?« verwunderte sich Childebrand. »Ohne sie fühlt sich ein Reiter doch gewissermaßen nackt. Wurde sie ihm vielleicht entrissen, als man über ihn herfiel?«

»Das ist schwer vorstellbar«, befand Bruder Antonius. »Entweder hatte er aus Vorsicht blankgezogen, oder aber er hatte sein Schwert noch in der Scheide stecken. In beiden Fällen hätte der Angreifer durch den Versuch, sich der Waffe zu bemächtigen, jede Überraschungswirkung zunichte gemacht.«

»Das leuchtet ein! Demnach wurde sie von dem Mörder wahrscheinlich nach der Tat mitgenommen.«

»Ja, aber warum?« wandte Timotheos ein.

»Dem Anschein nach hat all dies den Grafen von Auxerre kaum beirrt«, bekräftigte der angelsächsische Abt. »Nicht mehr als folgende andere Frage: Weshalb wurde als Ort der Begegnung eine Furt am Ouanne festgelegt? ... Laßt uns das genauer betrachten! Wir haben Aussehen und Lage der Besitzungen mittlerweile recht gut im Kopf. Der Großteil des Landes der Geroldinger liegt nördlich eines Bächleins, der Baulche, nicht des Ouanne. Die Güter der Nibelungen befinden sich südlich dieses Rinnsals. Demnach wäre es eigentlich naheliegend, wenn eine Unterredung sich irgendwo an dieser Baulche zugetragen hätte. Statt dessen ...«

»Das mag ja seine Bedeutung haben«, räumte Childebrand ein. »Dennoch möchte ich auf eine ganz einfache Frage zu sprechen kommen: Weshalb wurde Wadald ermordet? Die Streitigkeiten, die Nibelungen und Geroldinger untereinander entzweien, sowie die mit Bischof Aaron, den Äbten und dem Grafen Ermenold verliere ich dabei keineswegs aus dem Blick. Genausowenig wie die Geschichten um in Brand gesteckte Heudiemen und Scheunen, um verwüstete Ernten und was weiß ich noch, und auch die abscheulichen Schändungen, selbst wenn sie an Leibeigenen begangen wurden, kurzum dieser ganze Haß! Aber so weit zu gehen und einem Waffenmann deswegen die Kehle durchzuschneiden? ...«

»In der Tat«, erwiderte Erwin, wobei sein Mienenspiel große Ratlosigkeit erkennen ließ. »Das alles ist ein bißchen viel, und doch nicht genug. Zu viel für einen einfachen Mord, vor allem, wenn man den Hergang berücksichtigt; die Zwistigkeiten hätten einen regelrechten kleinen Krieg auslösen können, doch der, den Badfred anzetteln wollte, war schlichtweg lachhaft ... Und gleichzeitig nicht genug, um schlüssig zu erklären, wie die Streitigkeiten zu diesem viehischen Mord führen konnten ... Folglich stellt die Feindseligkeit zwischen Geroldingern und Nibelungen in keinem Fall einen hinreichenden Beweggrund dar, folglich ist die Schuld nicht allein in dieser Richtung zu suchen, folglich darf keiner von denen, die in diese Zwiste und zuvorderst in die Besitzstreitigkeiten verwickelt sind, unbesehen aus dem Kreis der Verdächtigen ausgeschlossen werden.«

»Folglich ist es nun mehr als begreiflich, weshalb der Graf von Auxerre seine Untersuchung so feinsinnig angepackt hat!«

fügte Childebrand an. »Ihm ist sehr daran gelegen, Nibelungen und Geroldinger aufs schwerste zu belasten, sie als schädliche Unruhestifter zu zeichnen, sie und nur sie allein in den Mittelpunkt eines abscheulichen Verbrechens zu stellen … und sich selbst somit aus allem herauszuhalten! O ja, Vasallen des Kaisers in Verruf zu bringen verschafft ihm nur Gewinn, ob es nun darum geht, deren Ländereien der Begehrlichkeit der Äbte preiszugeben, oder sei es, weil er sich selbst einen Vorteil bei den Benefizien verspricht!«

»In jedem Fall lasten die Erkenntnisse aus unseren Überlegungen schwer auf ihm«, hob der Sachse hervor. »Er hat seine Nachforschungen auf überhastete und oberflächliche Weise durchgeführt; er hat bedeutsame Anhaltspunkte einfach übergangen und deren Tragweite, ob in voller Absicht oder nicht, mißachtet. Entscheidende Zeugenaussagen hat er nicht berücksichtigt, um jedoch andere, völlig aus der Luft gegriffene, zu erzwingen. Somit hat er eindeutig bewiesen, daß er seine Untersuchung keineswegs im Geiste der Gerechtigkeit, die allein ja sein Tun beseelen müßte, durchgeführt hat, sondern mit Voreingenommenheit, zum Nutzen seiner eigenen Belange … Kann ihm unter solchen Umständen weiterhin das Vertrauen des Herrschers zuteil bleiben, den wir in diesem Landstrich derzeit vertreten? Verfügt er noch über die erforderlichen Tugenden und die nötige *auctoritas,* um in dieser Sache noch länger zu ermitteln und anschließend Recht zu sprechen?«

»… Und können wir folglich umhin, Ermenold, dem Grafen von Auxerre, die Gerichtsbarkeit zu entziehen?« setzte Childebrand hinzu. »Zugegeben, wir sind ja nicht in diese Grafschaft gekommen, um uns mit der Untersuchung in einer Strafsache zu befassen. Ich sollte und muß mich auch weiterhin um die Gestellung für das Maifeld kümmern, und du, Freund, um die von Alkuin vorgeschriebenen heiligen Werke. Und dennoch … Ich sehe keine andere Lösung als folgende: Ist Ermenold die Gerichtsbarkeit erst einmal entzogen, so müssen wir selbst die Verantwortung für die Nachforschungen und das Gerichtsverfahren übernehmen!«

»Dann ist die Sache also entschieden«, schloß Erwin. »Wir werden Dodon einen Bericht zur Niederschrift geben, in dem wir den Kaiser um seine Billigung im Hinblick auf dieses Verfahren bitten, das wir aber gleichwohl augenblicklich ins Werk setzen. Der Graf von Auxerre, Ermenold, der zweite dieses Namens, wird umgehend eine schriftliche und mit unseren Petschaften besiegelte Mitteilung über diesen Beschluß erhalten.«

Anderntags in der Früh beendete Timotheos im *Gasthaus zum Goldenen Schwan* gerade sein Morgenmahl, einen köstlichen Eintopf mit Geflügelkröpfchen, als ein Knabe mit wachem Blick unversehens an seinen Tisch trat und ihn fragte:

»Du bist doch Timotheos der Grieche?«

Der Fuchs bestätigte dies, worauf der Knabe ihm mit folgenden Worten ein Schreiben reichte:

»Mir wurde aufgetragen, dir dies vom Meier Malier zu übergeben.«

»Wer hat dir das aufgetragen?«

Doch der Botenjunge war bereits davongelaufen.

So entrollte Timotheos das Pergament und las: »Wenn du erfahren willst, wer sich mit Wadald treffen sollte, dann suche mich noch heute morgen unverzüglich beim Kresseteich von Diges auf. Mehr kann ich dir nicht schreiben.«

Timotheos untersuchte die Nachricht eingehend; sie war in schöner Handschrift verfaßt und trug kein Siegel. Anschließend rief er den Schankwirt herbei:

»Kanntest du diesen jungen Burschen, der soeben hinausgerannt ist und mir dies hier ausgehändigt hat?« erkundigte er sich.

»Den habe ich noch nie in der Gegend gesehen. Er sah ziemlich aufgeweckt aus.«

»Ziemlich, in der Tat.«

Ohne zu säumen, kehrte der Grieche in die Unterkunft der Missi zurück, wo er Childebrand sogleich von dem Vorkommnis berichtete. Der Pfalzgraf wartete gerade auf den Grafen von Auxerre, um ihm die Aberkennung seiner Gerichtsbarkeit mitzuteilen, und war wegen der anstehenden Unterredung recht übler Laune.

»Was ist denn das nun wieder für eine Geschichte?« grummelte Childebrand. »Ich weiß nicht, was hier vor sich geht, aber das Ganze mißfällt mir mehr und mehr ... Nun ja, trotzdem mußt du dich wohl oder übel dorthin begeben. Laß dich aber von zwei Wachen begleiten! Man weiß ja nie ...«

»Danke Herr ...« meinte der Fuchs still lächelnd. »Ich glaube aber, unserem Bruder Antonius wird die Zeit bei den allzu ernsten Werken in der Abtei etwas lang ... Würdest du ihm gestatten, sich mir anzuschließen ... mitsamt seinen furchtbaren Wurfmessern, meine ich? In ihrer Gesellschaft fürchte ich niemanden.«

»Ja, ich gestatte es, du Schlitzohr«, willigte Childebrand ein. »Das gilt aber nur für Bruder Antonius, nicht für deinen anderen Spießgesellen. Ich könnte Doremus brauchen, um mit Abt Erwin, der wieder ins Skriptorium von Saint-Germain zurückgekehrt ist, in Verbindung zu bleiben.«

»Wir werden unverzüglich aufbrechen. Diges liegt, wie man mir sagte, vier Meilen von hier ... und das kräftige Reittier, das unseren Mönch auf seinem Rücken trägt, zeigt wenig Neigung zum Galopp.«

»So geht denn!«

Der Grieche ließ Bruder Antonius benachrichtigen, und kurze Zeit später trafen sie sich in den Stallungen.

»Ich danke dir im Namen von Leonia ...« – so nannte er seine Stute in etwas unehrerbietiger Anspielung an den Namen von Papst Leo III. »Hier wurde es ihr allmählich langweilig. Ein bißchen Auslauf wird ihr guttun. Selbstverständlich reißt du mich äußerst grausam aus einer äußerst gelehrsamen

Arbeit ... Aber sei's drum, ich werde eben versuchen, darüber hinwegzukommen.«

Er zeigte schalkhaft auf die beiden Holzflaschen mit Wein, die er mitgebracht hatte, und fügte hinzu: »An Trostspender habe ich auch gedacht!«

Dann tastete er nach den Messern am Leibgurt und dem Knauf seines Kurzschwerts und überprüfte mit einem raschen Blick, ob auch Timotheos seine Waffe nicht vergessen hatte. Schließlich machten sich die beiden Gefolgsleute der Missi auf den Weg. Um die Gassen der Stadt zu meiden, folgten sie dem Lauf des Yonne ungefähr eine halbe Meile flußaufwärts und schlugen, nachdem sie südlich um Auxerre herumgeritten waren, die Richtung nach Chevannes ein. Unter der bereits recht warmen Sonne dieser letzten Apriltage bot der Frühling dem Auge einen festlichen Anblick. Die sprießenden Blätter an den Bäumen gaben ein Farbenspiel zum besten, das vom hellen Ocker bis zum zarten Grün reichte; die Büsche und Sträucher hatten sich mit weißen und rosa Blüten geschmückt, das junge Getreide stand schon dicht auf den Feldern, und zahllose Herden weideten im hohen Gras. Beim Vorbeikommen der beiden Reiter richteten sich die über die Erde gebeugten Männer und Frauen auf, unterbrachen Ackersleute wie Hirten ihr Tagewerk für einen Augenblick und grüßten die fremden Besucher mit großen Gebärden. Manche nutzten die Gelegenheit, um sich zu recken, sich die Stirn abzuwischen oder auch um sich einen Krug Wasser über den Kopf zu halten und den erquickenden Strahl in den Mund fließen zu lassen.

Dies regte den Dickbauch jedesmal an, sich die Kehle ebenfalls leidlich zu benetzen, wenn auch mit dem Saft der Rebe; allerdings vergaß er nie, auch seinem Gefährten einen Schluck anzubieten. Die Heiterkeit dieses Morgens verlieh ihrem stillen Einverständnis eine muntere Zunge. Dabei blieb es nicht aus, daß sie allerlei Erlebnisse aus der Vergangenheit wachriefen wie etwa jenes lukullische Lanzenstechen, bei dem der burgundische Mönch einst einem Bagdader Vielfraß gegenübersaß ... Bruder Antonius war aus dem damaligen Wettstreit als Sieger hervorgangen, obschon er doch einige Mühe gehabt hatte, sich an die Speisen des Morgenlands zu gewöhnen.

Doch trotz der heiteren Stimmung ging ihnen die derzeitige Mission mit ihren bedrohlichen Geheimnissen nicht aus dem Sinn. Von Zeit zu Zeit schaute Bruder Antonius nach der stetig abnehmenden Länge der Schatten, woraufhin er sein sanftmütiges Pferd jedesmal von neuem anspornte, damit sie noch rechtzeitig zu ihrem sonderbaren Stelldichein gelangten.

»Ich wäre hoch erfreut, wenn wir diesem eigenartigen Verwalter endlich begegnen würden; er hat uns ja schon zweimal versetzt«, meinte der Fuchs. »Wie Frebald behauptet, soll sich Malier in seinem Auftrag um die Verhandlungen mit den Geroldingern gekümmert haben. Wollte er diese selbst übernehmen? Oder hat vielleicht jemand anderes in die Sache eingegriffen? Nur wer? Ich hoffe, diese Fragen werden nun bald restlos geklärt sein.«

»Das wolle Gott!«

Als sie sich in Chevannes nach dem weiteren Weg Richtung Diges erkundigten, beschlossen sie, einen Führer zu nehmen, da ihnen die beschriebene Strecke über Feldwege allzu ungewiß erschien. Ein paar kleine Münzen konnten den ansässigen Hufschmied und Besitzer eines Pferdes bewegen, sie zu ihrem Ziel zu geleiten.

»Hast du auch einen guten Hieber?« fragte ihn Bruder Antonius.

»Ja freilich!«

»Pah! Dann nimm ihn doch mit!« riet ihm der Mönch, indem er dem Schmied seine Reiseflasche reichte. »Aber trink erst mal einen Schluck und gib mir meinen Nektar dann zurück!«

»Deinen was?«

»Meine Flasche!«

Der Mann kam einige Augenblicke später, auf einem kräftigen Pferd hockend, wieder. Und an der Seite trug er ein beeindruckendes Messer in seiner Scheide.

»So laßt uns aufbrechen!« meinte Timotheos. »Zeig uns die besten Wege und vergiß nicht, daß wir in Eile sind! Weißt du, wo genau sich der Kresseteich von Diges befindet?«

»Ja gewiß! Unterhalb des Fleckens.«

»Dort müssen wir hin.«

Nachdem sie in einiger Entfernung am Wohnsitz der Nibelungen vorübergezogen waren, dessen stattliche Gebäude sie auch von weitem deutlich erkennen konnten, folgten die beiden Gefolgsleute der Missi hinter ihrem Führer einem verzwickten Weg, bis sie schließlich in Diges eintrafen.

Timotheos wie auch Bruder Antonius überkam sogleich ein eigenartiges Gefühl. Sie hielten an und blickten sich verdutzt um.

»Zum Donnerwetter noch mal, hier ist ja gar keiner! Der Ort sieht ja wie ausgestorben aus!« rief der Mönch.

»Das gefällt mir überhaupt nicht, Freund«, setzte der Grieche noch drauf, zog sein Schwert blank und forderte den Dickbauch auf, es ihm gleichzutun.

Sich vorsichtig nach allen Seiten umblickend, ritten sie in den Marktflecken hinein. In einigen der Behausungen entdeckten sie endlich ein paar betagte Frauen und kleine Kinder. Beim Hufschlag der Pferde, der laut auf dem Gestein der Gasse schallte, waren die einen oder anderen an die Türschwellen getreten und starrten nun ängstlich, reglos und schweigend die fremden Reiter an, die mit dem Schwert in der Hand an ihnen vorbeizogen.

Kaum hatten sie den Marktflecken wieder verlassen, brachte der Hufschmied sein Pferd zum Stehen. Die ganze Sache schien ihm nicht geheuer. Er wies mit der Hand auf einen absteigenden Weg in Richtung Süden.

»Jetzt sind wir schon fast angekommen«, erklärte er. »Folgt dem Weg da! Nach fünfhundert Schritt trefft ihr zur Linken auf einen Pfad. Der führt euch geradenwegs zum Kresseteich. Ich für mein Teil mach' hier kehrt. Meine Schmiede wartet auf mich. Ich hab' so schon genug Zeit verloren!«

Ein paar zusätzliche Münzen belohnten seinen Eifer. Augenscheinlich erleichtert, riß der Mann die Zügel herum und entfernte sich in aller Eile.

Die beiden Gefolgsleute der Missi erreichten schließlich die von ihrem Führer genannte Wegkreuzung und erblickten dort, etwas weiter zu ihrer Linken, eine Ansammlung friedlich wirkender Dörfler. So steckten sie ihre Schwerter wieder zurück in die Scheiden und ritten gemächlich voran. Doch jählings, als würden sie einer gemeinsamen Anwandlung gehorchen, wandten sich ihnen alle Gesichter zu. Tiefe Stille trat ein. Als Timotheos und Bruder Antonius die Menge erreichten, öffneten ihnen diese Männer und Frauen mit ernsten und verängstigten Gesichtern unvermutet eine Gasse zu einem Rinnsal, das sich zu einem Kresseteich verbreiterte. Die beiden Ankömmlinge ritten im Schritt vorwärts …

Am selben Morgen, während die verschiedenen Arbeitstrupps sich auf dem Marktplatz der Ortschaft in der Dämmerung zusammengefunden hatten, um gemeinsam auf die Felder zu gehen, hatten die Leute mit einigem Erstaunen Meier Malier den Weg von Escamps zu Fuß heraufkommen sehen. Er war am Dorfbrunnen stehengeblieben, um etwas zu verschnaufen, und hatte sich dann zu Julian begeben, einem Freien, der mehrere Hufen besaß und dem Meier als Sachwalter für Diges und dessen Umgegend diente. Malier tat dem Mann offenkundig recht besorgt kund, er müsse eine wichtige und dringende Botschaft unauffällig nach Auxerre bringen lassen.

»Ich weiß, daß dein Lucian trotz seiner Jugend ein ausgezeichneter Reiter und ganz gewitzter Bursche ist«, erklärte der

Verwalter. »Du hast ja sicherlich erfahren, daß derzeit zwei Missi dominici in der Stadt sind. Sie haben drei Gefolgsleute in ihren Diensten, einen Mönch von der dickleibigsten Sorte, den Bruder Antonius, einen Kahlkopf namens Doremus und einen Griechen, Timotheos, den man leicht an seinem Bartkranz erkennt. Dieser Grieche nimmt seine Mahlzeiten häufig bei Meister Gerard ein. Lucien soll auf der Stelle nach Auxerre reiten und es so einrichten, daß er einem der drei so bald wie möglich begegnet, um ihm dies hier zu übergeben.«

Bei diesen Worten reichte Malier dem Mann ein Holzkästchen mit einem Schreiben darin.

»Niemand sonst als einer der Gefolgsleute der Missi darf dies Schriftstück in die Hände bekommen. Dein Lucian muß den Auftrag so schnell er kann ausführen und darf sich dabei von nichts und vor allem von niemandem aufhalten lassen! Ich baue auf ihn. Ich baue auf dich. Du wirst dafür eine stattliche Belohnung erhalten.«

»Nicht nötig! Das tu' ich dir und unserem Herrn Frebald zum Gefallen.«

»Meinetwegen! Ich werde es dir nicht vergessen.«

Überaus stolz, daß ein anscheinend so wichtiger Auftrag gerade ihm anvertraut worden war, machte Lucian sich, das kostbare Kästchen zwischen Obergewand und Leibhemd wohl verborgen, im Galopp nach Auxerre auf. Was den Meier betraf, so nahm er zunächst einen von Julian angebotenen Becher Wein an und schlug daraufhin den nach Süden absteigenden Weg ein, um schließlich dem Pfad zu folgen, der zum Kresseteich führte ...

Die alte Arminia wohnte in einem baufälligen Gemäuer am Rand der Ortschaft. Sie war Witwe, ohne Nachkommen und arm. Sie lebte kärglich vom Ertrag eines kleinen Gemüsegartens, zog drei, manchmal vier Hühner und ein paar Kaninchen. Das bißchen Mehl, Öl und Speck in ihrer Vorratskammer verdankte sie der Barmherzigkeit. Ihre fast an Besessenheit grenzende Sorge aber galt dem Feuerholz, um kochen, um sich wärmen zu können. Sie beschaffte sich ihre Reisigbündel zumeist in der Gegend um den Kresseteich. Dort konnte sie sicher sein, welches aufzulesen. Der Ort stand nämlich arg in Verruf. Nur wenige wagten sich dorthin. Man erzählte sich mit Schaudern, bösartige Geister hausten da im Unterholz, und männliche und weibliche Dämonen gäben sich dort Hexensabbaten hin, zu denen sie Reisende und Vorbeiziehende lockten, um sie bei sündhaftesten Vereinigungen der ewigen Verdammnis anheimzugeben. Selbst das Wasser des Rinnsals galt als unheilbringend: Zum Beweis wurde allgemein die Tatsache angeführt, daß man in diesem Weiher, obgleich er doch den Namen »Kresseteich« trug, seit Menschengedenken nicht die winzigste Wasserpflanze hatte gedeihen sehen. Daß Arminia sich trotz alledem zu einem so berüchtigten Ort begab, um abgestorbenes Gezweig zu sammeln, lag einzig daran, daß sie keine Wahl hatte. Hätte sie jemand anderswo dabei ertappt, so wäre sie bestraft worden.

An diesem Morgen stieg sie also, ungefähr eine Stunde nachdem sie den Verwalter Malier hatte vorübergehen sehen, zum Kresseteich hinunter, um etwas Leseholz zu sammeln. Und wie sie die besagte Wegkreuzung erreichte, von der der Pfad zum Teich abzweigte, schien es ihr, als läge neben dem Rinnsal ein Körper im Gras. Von Neugierde getrieben, ging sie näher heran. Mit einemmal entfuhr ihr ein Schrei, da sie den allem Anschein nach toten Meier erkannte, der doch kurz zuvor noch an ihrem Haus vorbeigekommen und quicklebendig gewesen war.

Völlig entsetzt sandte sie sogleich laute Gebete zum Himmel und floh. Ihrer Meinung nach bestand da kein Zweifel: Malier hatte die Höllenbrut herausgefordert, und diese hatten es ihm mit dem Tode heimgezahlt; ihr selbst würde ein ähnliches Schicksal zuteil, falls sie sich nicht schnellstens von diesem verfluchten Ort entfernte. Und hörte sie denn nicht auch deutliches Knurren, Kichern, eigenartiges Wimmern im Gestrüpp? Obwohl sie auf ihrem Weg zum Dorf einen recht steilen Hang erklimmen mußte und trotz ihres hohen Alters, rannte sie, getrieben von heilloser, lauthals herausgeschriener Furcht, in Windeseile bis auf den Marktplatz von Diges und rief dort die Einwohnerschaft zusammen. Ihr Gestammel war aber derart wirr, daß man zunächst glaubte, ein jäher Anfall von rasendem Irrsinn hätte sie um den Verstand gebracht. Der herbeigeeilte Julian hörte aus ihren Worten indes nach und nach die Wahrheit heraus, da die alte Arminia andauernd besagten Meier Malier erwähnte, von dem Julian ja wußte, daß er noch in der Früh in Diges gewesen war.

Rasch scharte er einige Dörfler zusammen, und mit einigem Widerstreben brach der kleine Trupp zum Kresseteich auf, wobei manch einer unterwegs aus Furcht wieder kehrtmachte. Julian schritt den anderen voraus und entdeckte schließlich, ohne allzu nah heranzugehen, den neben dem trägen Wasser liegenden Mann. Begleitet von zwei Holzfällern, recht verwegenen, mit Äxten bewehrten Männern, wagte er sich noch etwas vor. Malier lag auf der Seite. Sein Rücken wies drei Verletzungen auf. Obergewand und Leibhemd waren von den Hieben weit aufgerissen worden und inzwischen mit Blut durchtränkt. Er rührte sich nicht mehr, atmete nicht mehr. Einer der beiden Holzfäller war auch Heilkundiger. Er beugte sich über den Körper und bestätigte, daß der Verwalter sein Leben ausgehaucht hatte. Zwischenzeitlich mußte die Neugierde die Angst besiegt haben, denn der ganze Marktflecken lief allmählich herbei. Die zunächst noch schweigende Menge brummte schon bald wie ein Bienenstock, weil ein jeder seine Meinung zu dem Vorfall zum besten gab. Julian traf sofort Vorkehrungen, damit die Leute von dem Leichnam fernblieben, und schickte einen Reiter nach Escamps, um die Nibelungen zu benachrichtigen. Was die Missi dominici betraf, so würden sie sicher von ihren Gefolgsleuten Bescheid erhalten, die, wie manche munkelten, zur Zeit gerade nach Diges unterwegs waren und in Bälde dort eintreffen sollten …

Wie die Schaulustigen nun zur Seite traten, um die beiden Gefolgsleute durchzulassen, bekamen Timotheos und Bruder Antonius einen Pferdekarren zu Gesicht; darauf ruhte, auf Stroh gebettet, ein halb mit einem Tuch bedeckter Leichnam. Daneben stand ein Mann reiferen Alters, dessen kostbares Obergewand aus feiner Wolle von einem reichverzierten Leibgurt zusammengehalten wurde. Er war gerade dabei, dem Wagenlenker Anweisungen zu geben, und drehte sich überrascht zu den Ankömmlingen um. Nachdem er sich die beiden genauer angesehen hatte, sagte er:

»Ich habe euch erwartet.«

Während der Grieche vom Pferd stieg, deutete er auf den Dickbauch, der mit einer Behendigkeit absaß, die seine Leibesfülle wahrlich nicht vermuten ließ, und erklärte:

»Dies ist Bruder Antonius.« Und an den Mönch gewandt, fügte er hinzu: »Und dies ist Bernard, Herrn Frebalds erstgeborener Sohn.«

Timotheos wies auf den Toten auf dem Karren und fragte:

»Malier?«

Bernard nickte bestätigend.

»Wie und weshalb ist er zu Tode gekommen?«

Frebalds Sohn setzte eine betretene Miene auf und verkündete:

»Ihr seht mich in einiger Verlegenheit. Jede Verletzung des Königsbanns, wozu ja bereits Wadalds Ermordung zu zählen ist, fällt nämlich unter die Zuständigkeit des Grafen von Auxerre. Maliers Tod – und sämtliche Anwesenden werden euch versichern, daß es sich hierbei allem Anschein nach um Mord handelt – unterliegt ebenfalls seiner Gerichtsbarkeit. Daher muß ich meine Beobachtungen und die von mir gesammelten Aussagen zuallererst dem Grafen übermitteln. Ich werde den Leichnam unseres unglücklichen Verwalters zu unserem Wohnsitz begleiten. Von dort werde ich dann einen Boten losschicken, um Graf Ermenold zu benachrichtigen.«

Diese unvermutete Klarstellung hatte wahrhaftig ihre Tükken. Die beiden Gefolgsleute der Missi traten etwas zur Seite und beratschlagten sich halblaut. Timotheos gab zu bedenken, sie dürften Graf Ermenolds Enthebung ohne die ausdrückliche Erlaubnis ihrer Herren auf keinen Fall enthüllen.

»Gewiß, gewiß«, murrte der Dickbauch. »Nur müssen doch auch die Aussagen dieser Leute hier auf der Stelle aufgenommen werden, bevor noch Erfindungsreichtum und Einbildungskraft alles auszuschmücken beginnen! Wie wurde der Meier getötet? Können und dürfen wir uns mit dem begnügen, was andere uns erzählen werden? Auf diesem Gebiet kann niemand unsere Augen und Ohren ersetzen!«

Also entschieden sie, der Grieche solle sich dem Troß, der das Opfer zurück nach Escamps bringen würde, anschließen, um Maliers Leiche untersuchen und das Verhalten der einen und anderen beobachten zu können. Der Mönch wollte seinerseits eine rasche Ermittlung durchführen und sich dann schleunigst nach Auxerre begeben, um ihren Gebietern Bericht zu erstatten. Timotheos setzte Frebalds Sohn von den mit Bruder Antonius abgesprochenen Maßnahmen in Kenntnis. Bernard indes sträubte sich. Er konnte nicht erkennen, inwiefern Maliers Ermordung die Gesandten des Herrschers unmittelbar anginge. Falls sie auf dem laufenden gehalten werden müßten, so stünde es Graf Ermenold zu, dies zu tun.

»Bereits zweimal haben die Missi dominici euren Meier einbestellen lassen«, erwiderte der Grieche. »Und beide Male schützte man vor, er halte sich irgendwo in der Ferne auf, weshalb das Gespräch verschoben werden müsse ... Nun wurden wir aber heute morgen durch eine geheimnisvolle Botschaft aufgeschreckt, in der uns versichert wurde, wir könnten den Verwalter nun endlich bei diesem Quell treffen, so daß Bruder

Antonius und ich, mit Bevollmächtigung des Grafen Childebrand, hierhergeeilt sind ... Und jetzt finden wir ihn doch tatsächlich ohne einen Hauch von Leben und bereits aufgebahrt auf dem Strohbett eines Karrens vor, mit dem du ihn zu eurem Ansitz zu schaffen gedenkst! Kannst du dir vorstellen, wie unsere Herren uns empfangen werden, wenn wir nach Auxerre zurückkehren und ihnen sagen müssen: ›Folgendes haben wir flüchtig mitbekommen, doch mehr können wir euch nicht sagen, da wir nicht versucht haben, uns genauer Aufschluß zu verschaffen‹? In jedem Fall sind wir es uns schuldig, sie in Kenntnis zu setzen, und zwar so umfassend wie nur möglich. Also werden wir uns darum bemühen. Solltest du die Absicht haben, dich dem zu widersetzen?«

»Selbstverständlich nicht«, grummelte Bernard.

»Das ist weise von dir ... und um so klüger, als die ganze Angelegenheit über die Maßen heikel ist.«

Der kleine Leichenzug setzte sich daraufhin in der von den Leuten geöffneten Gasse in Bewegung: Frebalds Sohn übernahm die Führung; ihm schloß sich zu Fuß der Wagenlenker an, der das Pferd des Totenkarren am Zügel führte. Die beiden Waffenknechte, die Bernard begleitet hatten, ritten nebenher, und Timotheos folgte in geringem Abstand.

Bevor sich die Dörfler noch zerstreuten, wandte sich Bruder Antonius eilig an die umstehenden Leute. Sie hatten den Wortwechsel mit Bernard verfolgt und beäugten den Gottesmann ehrfürchtig und erstaunt zugleich: Dieser Gehilfe der Missi dominici, dieser mächtige und dickbauchige Mönch mit dem gutmütigen Gesicht und dem sonderbar durchdringenden Blick, dem Kurzschwert an der Seite, seinen Messern im Leibgurt und der Wegflasche stets in Reichweite, stachelte die Neugierde der Dörfler gehörig an.

»Kann mir irgend jemand von euch sagen, wie der Meier getötet worden ist, zu welcher Zeit und unter welchen Umständen seine Leiche aufgefunden wurde?« rief er in die Runde.

Niemand antwortete. Alle schienen von irgendwelchen dunklen Ängsten gehemmt.

»Wie ihr ja wißt«, setzte Bruder Antonius erneut an, »diene ich den Gesandten des Kaisers, die sich zur Zeit in Auxerre aufhalten; sie untersuchen gerade den Mord an Wadald und werden auch zu diesem Verbrechen hier, dem Malier gerade zum Opfer gefallen ist, umgehend Nachforschungen anstellen. Selbstredend verdächtige ich keinen von euch. Dennoch müßt ihr mir Zeugnis über euer Wissen ablegen. Was ist euch nun lieber? Entweder ihr macht jetzt hier, vor mir, eure Aussage, oder ich werde genötigt sein, die Wachen der Gesandtschaft herzuholen, um ein gut Teil von euch nach Auxerre zu schaffen; und dort werdet ihr dann wohl oder übel gezwungen sein, all das zu preiszugeben, was ihr gesehen, gehört und bemerkt habt!«

Von den anderen angestoßen und ermuntert, trat Julian schließlich vor den Mönch. Er nannte seinen Namen und erklärte sich bereit, alle Fragen zu beantworten, die der Mönch ihm stellen mochte.

»Komm noch etwas näher, mein Sohn«, wies ihn Bruder Antonius an und hielt ihm dabei seine Flasche hin. »Trink einen ordentlichen Schluck dieses ausgezeichneten Weins, um deine Stimme zu ölen, und laß uns zur Sache kommen!«

Julian ließ sich nicht lange bitten. Er trank, schnalzte zufrieden mit der Zunge, um den Tropfen zu würdigen, dankte dem Dickbauch und erklärte schließlich:

»Du fragst dich sicher, weshalb sich niemand traut, den Mund zu öffnen, nicht wahr, Pater? …«

Der Mönch nickte.

»Das liegt an dem grauenhaften Mord bei der Teufelsfurt und auch an dem, was hier am Kresseteich geschehen ist … Wer weiß da schon was Genaues, he? Mitunter könnt' der Gottseibeiuns ja hier oder dort herumstreifen, er selbst oder vielleicht einer seiner unheilbringenden Geister, die ihm dienen und … mitunter könnt' ja auch sein, daß uns irgendeiner hier belauscht …«

Der Mönch stieß einige teufelsbannende Beschwörungen aus, womit er großen Eindruck machte, und rief dann:

»Ich bin mit dem Wort des Allmächtigen auf den Lippen und dem Schwert des Glaubens an der Seite zu euch gekommen. Seid also völlig unbesorgt … Schon haben die bösartigen Geister die Flucht ergriffen …«

»Dank sei Gott«, murmelte die Menge.

»Und du, mein Sohn, würdest du jetzt vielleicht mit dem Anfang beginnen?«

Julian berichtete nun von Maliers Eintreffen in Diges und von dessen Wunsch, eine Botschaft nach Auxerre bringen zu lassen – was er zum Anlaß nahm, seinen Sohn nebenbei über den grünen Klee zu loben; anschließend erzählte er, wie der Meier wiederum zu Fuß zum Rinnsal des Kresseteichs aufgebrochen war, wie die alte Arminia dessen Leiche entdeckt hatte und was danach geschehen war. Endlich fügte er hinzu:

»Dann seid ihr gekommen, und die Menschen waren hier zusammengelaufen, um unseren Meier ein letztes Mal zu sehen. Der Rest ist dir bekannt.«

»Das hast du sehr gut erklärt«, würdigte Bruder Antonius. »Fassen wir zusammen: Im Morgengrauen kommt Malier in den Flecken, er besucht dich, dein Sohn bricht nach Auxerre auf, der Meier schlägt den Weg zum Kresseteich ein. Das muß wohl so um die zweite Tagesstunde gewesen sein, oder nicht?«

»Doch, Pater, so ungefähr.«

»Und als Arminia dann – wie soll ich sagen – Lärm geschlagen hat? Was meinst du, war das um die dritte Stunde?«

Julian bejahte.

»Demnach wurde Malier zwischen der zweiten und dritten Stunde ermordet.«

»So sieht es aus.«

»Nächste Frage: Hat irgend jemand zur dritten Stunde oder

etwas später einen Mann gesehen, der die Gegend zu Fuß oder zu Pferd hinter sich ließ?«

Ein Finger fuhr in die Höhe.

»Ich, Herr!« sagte eine betagte Frau in einem geflickten Kittelgewand.

»Pater genügt«, berichtigte der Dickbauch.

»Ich, Pater. Ich wollt' gerade meine Ziege dort drüben, am Waldrand, an den Pflock binden. Da hab' ich in der Ferne einen Reiter gesehen, der ist in die Richtung da weggeritten ... man hätt' meinen können, der sah aus wie ein Schatten auf dem Schatten von einem Pferd ... Als wär' er irgendwie durchsichtig gewesen. Da hab' ich mich schleunigst aus dem Staub gemacht.«

»In die Richtung geht's zu Frebalds Hof«, erläuterte Julian. »Dazu muß ich dir sagen, Pater, daß wir in letzter Zeit auf Feldern arbeiten, die ziemlich weit weg von hier liegen. Wenn also diese Ziege nicht gewesen wär', die an den Pflock gemußt hat, dann hätt' Laetitia so einen Reiter gar nicht erspähen können.«

Der Mönch drehte sich wieder der Menge zu, dankte den Zeugen und rief:

»Hört mir zu, ihr Leute! Auf daß die Gespenster und Höllengeister für immer aus dieser Gegend vertrieben und wieder zurück in die ewige Finsternis geworfen werden, darum laßt uns unseren Herrn anflehen! Auf daß Er eines jeden Heim und eines jeden Tagewerk segnen möge! O Allmächtiger, schaue auf Deine Söhne und Töchter herab, die Dir mit ganzer Seele ergeben sind, und gewähre ihnen Deinen Beistand, nimm sie unter Deinen Schutz!«

»Amen!« bekräftigten die Anwesenden.

»So laßt uns denn auf die Knie fallen und gemeinsam das *Paternoster* sprechen!«

Nach diesem voller Inbrunst verrichteten Gebet stieg der Mönch wieder auf sein Pferd, segnete die Versammelten noch mit einem alles umfassenden Kreuzzeichen und machte sich gemächlich auf den Rückweg.

Childebrands üble Laune hatte sich in der Zwischenzeit keinen Deut gebessert. Seine Unterredung mit Ermenold war äußerst stürmisch verlaufen. Der Graf von Auxerre hatte die Aberkennung seiner Gerichtsbarkeit schlecht aufgenommen und in hitzigem Ton bekräftigt, eine solche Maßnahme könne nur erfolgen, um ernste, offenkundige und wiederholte Vergehen zu ahnden, und sei im gegebenen Fall durch nichts zu rechtfertigen. Der Missus hielt Ermenold alle Verfehlungen entgegen, die dieser während der Untersuchung begangen hatte, und warf ihm unverblümt an den Kopf, seine Vorgehensweise werde doch einzig und allein von Eigennutz und blindem Haß auf die unmittelbaren Vasallen des Herrschers bestimmt. Worauf der Graf von Auxerre erwiderte, Childebrands Verwandtschaft mit Adelinde spiele vielleicht eine gewisse Rolle bei der Kränkung, die ihm hier zugefügt werde … was den Missus dominicus endgültig zur Weißglut brachte.

Ermenold bestand zunächst mit Macht darauf, daß die Sache vor das Kaisergericht getragen werden müsse. Als er sich jedoch wieder etwas in der Gewalt hatte, wurde ihm unversehens bewußt, daß er dadurch sein Amt und folglich auch sein gesamtes gräfliches Benefizium in Gefahr brachte. Nun beschränkte er sich darauf, nebelhafte Drohungen auszustoßen. Childebrand wollte ein wenig Balsam auf die Wunde gießen, indem er erklärte, Abt Erwin und er würden es so einrichten, daß ihre Entscheidung nicht als Strafe verstanden werde, sondern als eine der üblichen Maßnahmen, die Missi dominici häufig träfen, wenn Persönlichkeiten von edelstem Geblüt in irgendeiner Weise von einer Strafsache betroffen wären.

»Wird dies die ganze Sache in einem besseren Licht erscheinen lassen?« wetterte der Graf von Auxerre in säuerlichem Ton und stürmte ohne Abschied davon.

Da Ermenold sich so ungebärdig aufführte, entschied der Missus, alle mit der Absetzung zusammenhängenden Verfügungen unverzüglich in Kraft treten zu lassen. Von Doremus und zwei Wachen begleitet, begab er sich eilends zur Gerichtsstätte. Dort rief er sämtliche Dienstleute, Schreiber, Kerkermeister, Knechte und den Scharfrichter zusammen, um ihnen mitzuteilen, die Untersuchung des Mordes an Wadald werde von Stund an unter der unmittelbaren Ägide der Gesandten des Kaisers durchgeführt; und auch in allem anderen schuldeten sie von diesem Augenblick an ausschließlich den Missi dominici Gehorsam. Diese Anordnung sollte noch im Laufe des Tages schriftlich bestätigt werden. Einstweilen aber würden die beiden kaiserlichen Wachen für deren Durchführung sorgen, und jeder Verstoß werde streng geahndet.

Graf Childebrand hatte den Leuten diese Anweisungen in einem derart scharfen Ton und mit solch gebieterischer Miene an den Kopf geworfen, daß die Betroffenen wie vom Donner gerührt dastanden.

»Und zuallererst werdet ihr diese friesischen Leibeigenen da aus ihrem Käfig holen!« befahl der Missus dominicus den Kerkermeistern. »Sie sollen auf der Stelle freigelassen werden!«

Da der Scharfrichter sich offenbar ein wenig zu wundern schien, herrschte ihn Childebrand an:

»Legst du vielleicht Wert darauf, deine eigene Peitsche zu kosten? Falls dem so ist, werde ich selbst mich dessen unverzüglich annehmen!«

Der Scharfrichter schluckte und winkte ehrfürchtig ab.

Als die Friesen aus ihrem Verschlag befreit waren und vor den Grafen und seinen Gefolgsmann traten, richtete sich Van, den zwei der Seinen stützen mußten, so gut es eben ging, auf, um ihren Rettern einen Gruß zu entbieten. Dann wandte er sich an Doremus und brachte unter Mühen hervor:

»Deinem Gebieter und dir verdanke ich es, noch ein wenig leben zu dürfen. Mein Leben gehört euch. Macht damit ...«

Er mußte innehalten.

»Dein Leben gehört nur Gott«, berichtigte der ehemalige Aufständische. »Dein Geschick aber liegt in den Händen deines Herrn, dessen Leibeigener du bist. Doch Kaiser Karl der Gute beschützt alle, die friedlich und tapfer in seinem Reich wirken.«

Obwohl der Missus diese Klarstellung außerordentlich kühn fand, zog er es dennoch vor, sie einfach auf sich beruhen zu lassen. Trug sie im übrigen nicht zum guten Ruf des Herrschers bei, und sei es auch nur bei so niederen Wesen wie in die Leibeigenschaft gezwungenen Friesen?

Der Graf wollte sich gerade zu einer Überprüfung der Gerichtsstätte anschicken, über die die Missi dominici von nun an alle Befehlsgewalt besaßen, als Bruder Antonius sich einfand und ihm ohne Umschweife darlegte, was am Kresseteich von Diges vorgefallen war. Childebrand erstickte einen Fluch und verfiel in finsteres Grübeln.

»Das ist ja wahrhaft teuflisch!« donnerte er schließlich. »Hast du mir noch mehr Unheilvolles zu berichten?«

Der Mönch senkte mit betretener Miene den Kopf.

»Ja, Herr: Über der Stadt weht mit einemmal ein übles Lüftchen.«

KAPITEL IV

Auf dem Weg zu seinem morgendlichen Mahl im *Gasthaus zum Goldenen Schwan* wurde Timotheos nahe der Unterkunft der Gesandtschaft unversehens vom Hohngeschrei einer kleinen Schar empfangen, die ihn einen »verfluchten Fremden«, »dreckigen Levantiner«, »Satansknecht« und »Unglücksboten« schalt, eher feinsinnige Beschimpfungen im Grunde genommen, die aber, so dachte Timotheos, doch überraschend waren. Als er mit entschlossener Miene auf die Beleidiger zuging, entfernten sich diese, obwohl an Zahl doch überlegen, in Windeseile und wichen somit jeder Auseinandersetzung oder Erklärung aus. Demnach schien es mit ihrem verleumderischen Eifer nicht gerade weit her zu sein.

Bei Meister Gerard angelangt, ließ der Grieche ihn an seinen Tisch kommen und erzählte ihm von dem Zwischenfall.

»Wie ich sehe«, merkte der Wirt an, »hat Graf Ermenold seine Hunde schon von der Kette gelassen.«

Der Grieche forderte ihn mit einem Blick auf, fortzufahren.

»Du kannst dir sicher vorstellen, wie schnell es sich herumgesprochen hat, daß er in Ungnade gefallen ist«, erklärte Gerard. »Zumal Graf Childebrand bei seinem Besuch im Gerichtsgebäude nicht gerade behutsam vorgegangen ist. In Anbetracht der Tatsache, daß der Graf von Auxerre und seine willenlosen Schergen Anlaß zu etlichem Verdruß gegeben haben, machen sich nun viele in der Stadt ein Vergnügen daraus, offen über ihn und sein Mißgeschick zu spotten … Gestern abend hat Ermenolds Mundschenk mich besucht. Er kommt ab und an zu mir, um sich mit guten Weinen zu versorgen. Da er mir ganz verändert erschien, habe ich sofort begriffen, daß irgend etwas Ernstes vorgefallen war. Er hat mir dann von dem Beschluß deiner Herren erzählt. Für Graf Ermenold sei nun Schluß mit den Ermittlungen; die Missi dominici nähmen die Sache selbst in die Hand! Der Graf war offenbar ganz grün vor Wut ... Er hatte einen schrecklichen Zorn! Das Nachtmahl muß die reinste Hölle gewesen sein: Ihm war alles ungenießbar, das Fleisch verdorben, die Fleischkuchen angebrannt, der Fisch faulig und die Weine sauer. Er fegte alles zu Boden ... und ließ einen unglücklichen Küchenjungen vor seinen Augen auspeitschen ... Als der Graf dann, noch immer fuchsteufelswild, vom Tisch aufstand, verteilte er noch Fußtritte an diesen und jenen – auch mein armer Mundschenk blieb davon nicht verschont – und schloß sich endlich mit einem gewissen Bigaud in seiner Schreibstube ein; das ist der Anführer von Ermenolds gedungenen Spitzeln und Aufwieglern. So erklärt sich ohne Zweifel, was dir gerade widerfahren ist.«

»Das denke ich auch.«

»Wenn du aber meine Meinung hören willst ...«

»Ja, freilich!«

»... so werden sie es nicht damit bewenden lassen. Euer Weg wird von Fallstricken übersät sein.«

»Fein beobachtet, Freund, so fein, daß du uns helfen mußt, sie zu meiden ... Sei unbesorgt, wir verlangen nichts Gefährliches und nichts, womit du dich bloßstellen müßtest. Nur ein wachsames und feines Gehör.«

»Meine Ohren stehen dir uneingeschränkt zu Diensten. Was aber das gezielte Einholen von Auskünften angeht ... Vergiß nicht, das Leben eines Gastwirts, wie ich einer bin, spielt sich ja vor aller Augen ab, und zwischen den Einkäufen, Lieferungen, der Küche, der Sorge für die Gäste, der Arbeit mit den Schlafsälen und Kammern, der Führung und Überwachung der Diener, Mägde, Küchenjungen und anderer Bediensteten, und was sonst noch alles anfällt, kurzum, da bleibt mir kein Augenblick Zeit für mich selbst. Meine Frau beklagt sich schon genug darüber ...«

»Zumal du dich bisweilen in andere Betten als das ihre verirren dürftest.«

»Ich? Niemals!« rief Meister Gerard aus. »Was ich dir aber sagen wollte ist folgendes: Wenn ich selbst auch außerstande bin, die von dir verlangten Dienste zu leisten, so kenne ich doch jemanden, der euch eine große Hilfe sein kann. Dieser Jemand weiß eine Menge Dinge, weil er viel gesehen, viel gehört und viel nachgedacht hat, dieser Jemand wird sicherlich geneigt sein, den Gesandten des Königs …«

»… des Kaisers Karl …«

»… ja, den Gesandten des Kaisers zu dienen … Dieser Jemand ist unauffällig und verschwiegen und wird sich mit dem begnügen, was ihm die … kaiserliche Großmut anbietet.«

Timotheos strich über seinen Bartkranz und erwiderte:

»Ich werde nun diese hervorragende Wachtel zu Ende verspeisen und dabei deine Worte überdenken. Sollte ich es für nützlich erachten, auf dieses Wunder von einem Menschen zurückzugreifen, so werde ich es dich umgehend wissen lassen.«

Am Vorabend hatten sich auf dem Anwesen der Nibelungen von Auxerre alle Bewohner, die Edlen wie die Einfachen, die Freien wie die Leibeigenen, unter Frebalds Leitung zu einem Trauerzug aufgereiht, um dem schlichten Gefährt mit Maliers sterblicher Hülle entgegenzugehen und es bis zur Kapelle zu geleiten. Timotheos vernahm nichts als Jammern und Wehklagen, Flüche und Rufe nach Rache. Frebald und seine Nachkommenschaft führten den Troß an. Lucie, die Witwe des Meiers, die hinter dem schaurigen Totenwagen herschritt, weinte und schluchzte.

Unter solchen Umständen dachte der Grieche gar nicht daran, sich um Zeugenaussagen oder anderweitige Erkenntnisse zu bemühen. Zumindest konnte er jedoch beobachten, daß das Oberhaupt der Nibelungen ein düsteres, offensichtlich bekümmertes, ja ein äußerst besorgtes Gesicht zur Schau trug. Was den Mord betraf, so hatte Timotheos bei einer wenn auch flüchtigen Untersuchung des Leichnams feststellen können, daß Malier durch Dolchstöße getötet worden war: Drei breite und tiefe Verletzungen hatten zum Tode geführt – ein zweifellos schnelles Ende! Genau wie Wadalds Körper wies auch Maliers Leiche keinerlei Quetschungen oder andere Wundmale auf, die auf einen Kampf schließen ließen.

Insofern hatten die ersten Erkundigungen also im Grunde genommen fast überhaupt nichts erbracht. Deshalb hatte Timotheos mit Einverständnis der Missi dominici beschlossen, am nächsten Morgen nach Escamps zurückzukehren, um Maliers Witwe zu befragen und sich mit Frebald zu besprechen.

Lucie hatte die ganze Nacht über bei der sterblichen Hülle ihres Gatten, die im Mittelgang der Kapelle aufgebahrt lag, die Totenwache gehalten. Trotz Übermüdung und Kummer willigte sie ein, den Gefolgsmann der Missi dominici zu empfangen, der sich ihr als »Diener der Wahrheit und Gerechtigkeit« vorstellte. Die Augen von Tränen gerötet, das Gesicht vom Leid entstellt, nahm sie ihre ganze Tapferkeit zusammen, um Timotheos' Fragen ruhig zu beantworten. Ihr Ehemann hatte, erklärte sie, ihr Heim vor dem Morgengrauen verlassen, wie er es bisweilen tat, wenn er sich zu entlegenen Hufen begeben wollte, ohne sich jedoch von einem Diener begleiten zu lassen, was eher die Ausnahme war, und dazu noch zu Fuß – was noch seltener geschah! Er hatte ihr weder Ziel noch Anlaß seiner morgendlichen Wanderung genannt. Und Lucie hatte nicht die leiseste Ahnung, mit wem ihr Gatte zusammengetroffen sein konnte.

Nach einem Augenblick rücksichtsvollen Schweigens fragte der Grieche: »Ist er dir in den letzten Tagen irgendwie verändert vorgekommen, grüblerisch, bekümmert, wie von irgendeinem Geheimnis umgetrieben?«

»Umgetrieben? ... O ja, das war er, umgetrieben ... und zwar genau seit der Stunde, als er von dem Mord erfuhr ...«

Bei diesem Wort wurde sie von einem Weinkrampf geschüttelt. Unter Mühen fuhr sie schließlich fort:

»... seit Wadalds Ermordung. Dafür gab es ja auch Grund genug ... ganz gewiß. Doch es muß noch etwas anderes gewesen sein ... etwas viel Ernsteres als – wie soll ich sagen? – als die Befürchtungen, die ein Mord ... immer ... heraufbeschwört ... Verstehst du, was ich meine?«

»Allerdings! Du meinst: irgend etwas, das ihn selbst, ganz persönlich, in besonderem Maße betraf, irgend etwas Gefahrvolles vielleicht, für ihn, für dich, für deine Kinder?«

»So ein Gefühl hatte ich ... genau so. Mehr könnte ich dir dazu nicht sagen ... Ich habe ihn auch danach gefragt, selbstverständlich, sogar mehrmals ... Er hat gesagt, ich mache mir nur unnütz Gedanken und es sei doch begreiflich, wenn er Wadalds Tod als mögliche Ursache für weitere Verwicklungen und Schwierigkeiten betrachte. Ich habe ihn aber bedrängt und gefragt, ob er irgend etwas für sich, für uns befürchtet; er hat gelacht und versucht, mich mit irgendwelchem Gerede zu beruhigen.«

Sie ballte die Fäuste.

»Ich habe gewußt, daß er lügt, um mich nicht zu ängstigen.«

»Verzeih mir, daß ich dir noch folgende Frage stellen muß: Glaubst du, dein Gatte hatte Gründe, sich unmittelbar bedroht zu fühlen oder sogar um sein Leben zu fürchten?«

»Das kann ich dir nicht sagen. Aber ich habe es gewußt. Die Nacht davor hatte ich von sieben Raben geträumt, die im Flug plötzlich die Richtung gewechselt haben und nach links, auf einen Morast zugeflogen sind, in dem es von Schlangen nur so wimmelte. Das war eine Todesbotschaft! ... Und dann dieser grauenhafte, dieser teuflische Mord, wie manche sagen, dem Wadald zum Opfer gefallen ist. Ich habe auf meinen Mann eingeredet, ich habe ihn gebeten, nichts zu unternehmen ... Ich habe ihn angefleht! Oh, wenn er doch nur auf mich gehört hätte, wenn er mir geglaubt hätte, wenn ... vielleicht wäre er dann heute noch hier, an meiner Seite, an dem Platz, wo du jetzt sitzt! Und ich könnte zu ihm gehen …«

Sie vermochte ihren Satz nicht mehr zu beenden und brach in lautes Schluchzen aus. Der Grieche rief nach einer Magd, die ihre vor Müdigkeit und Leid völlig erschöpfte Herrin stützen und trösten sollte, versicherte Lucie noch, der »Gerechtigkeit werde Genüge getan«, und zog sich dann zurück.

Frebald war von Timotheos' Ankunft bereits unterrichtet worden und empfing ihn sogleich, nachdem dieser des Verwalters Behausung verlassen hatte. Als Timotheos ihm ihrer aller Beileid aussprach, erwiderte der Herr der Nibelungen mit kummervoller und besorgter Stimme:

»Da siehst du nun, wie weit wir gekommen sind: Malier wurde ermordet! Ein heimtückischer Mord, den der Täter vielleicht als Antwort auf einen anderen abscheulichen Mord ersann, nämlich den an Wadald, mit dem keiner der Unsrigen indes etwas zu schaffen hat.«

»Deiner Ansicht nach besteht also nicht der geringste Zweifel, daß der Mörder deines Meiers ein Geroldinger gewesen sein muß?« fragte der Grieche

»Wer sonst? Bedenke, daß der Kresseteich von Diges nahe der Ortschaft Pourrain liegt, die den Geroldingern gehört, und daß gestern morgen, zur dritten Stunde, ein Reiter den Wald am Kresseteich verlassen hat …«

»Richtig, nur schlug er die Richtung zu diesem Weiler hier ein.«

»Das beweist noch gar nichts! Die Gründe oder vielmehr die Vorwände, die die Geroldinger dazu getrieben haben könnten, sich an einem von uns zu vergreifen, sind nicht schwer zu erraten. Und der Mörder, der zwar gesehen, aber leider nicht erkannt wurde …«

»Einen Augenblick!« fiel ihm Timotheos ins Wort. »Keiner der Geroldinger hat, soweit ich weiß, bislang irgend etwas eingestanden. Und wenn man sich auch fragen mag, inwieweit dieser geheimnisvolle Reiter an Maliers Ermordung beteiligt war, so spricht zur Zeit noch nichts gegen ihn, und es gibt auch keinen Hinweis darauf, daß es sich um einen Geroldinger oder einen Mann unter Isembards Befehl gehandelt hätte. Zumal über diesen Reiter und sein Pferd zur Zeit Hunderte von Geschichten kursieren.«

»... Denen du keinerlei Glauben schenkst, so will ich meinen ... Also? Wer ist der Mörder meines Meiers ... wer sonst käme da in Frage außer einem Geroldinger oder einem Meuchelmörder in ihren Diensten?«

»Es sind – außer Rache – auch viele andere Beweggründe denkbar und außer einem Geroldinger auch viele andere Täter!«

»Das sehe ich nicht so, und es nimmt mich Wunder, daß ein Gefolgsmann der Missi, die so sehr um Gerechtigkeit besorgt sind und sogar, wie man mir zutrug, dem Grafen Ermenold die Leitung der Ermittlungen entzogen haben ...«

»So ist es!« bestätigte der Fuchs beiläufig.

»Ich muß gestehen, ich hatte überhaupt kein Vertrauen in die Redlichkeit des Grafen von Auxerre«, gestand Frebald. »Ermenold ist ein Tor, ein befangener Mensch und Rohling ...«

»Ich weiß nicht, ob das zutrifft. Daß meine Herren ihm die Ermittlungen und die Gerichtsbarkeit entzogen haben, geschah indes einzig und allein aufgrund des Standes der Opfer und der denkbaren Kläger, was in solchen Fällen allgemein üblich ist.«

»Zweifellos«, setzte Frebald, durch diese neuerliche Zurechtweisung einigermaßen gereizt, wieder an. »Doch es läßt sich nicht leugnen, daß Gesandte des Herrschers, deren Scharfblick und Tüchtigkeit man doch allerorten rühmt, vorgefaßte Meinungen an den Tag legen und sich vom Beginn ihrer Nachforschungen an weigern ...«

»Herr«, erwiderte Timotheos harsch, »wir alle, die einen wie die anderen, sollten unsere Ruhe bewahren! Die Untersuchung wird völlig frei von jeder vorgefaßten Meinung durchgeführt, und hinsichtlich des Verbrechens gibt es nicht den Hauch einer Gewißheit; wenn irgend jemand wegen der Art dieser Untersuchung zu rügen wäre, so könnte nur ich das sein, in meiner Eigenschaft als Gefolgsmann der Missi dominici, doch in keinem Fall einer meiner Herren. Hüten wir uns also vor jeder Maßlosigkeit in unseren Äußerungen ... Einen Augenblick! ... Ich möchte dir außerdem ins Gedächtnis rufen, daß die Vertreter des Kaisers dir ganze zwei Mal bedeutet haben, deinen Verwalter sprechen zu wollen, und daß ihnen dies verwehrt blieb, da Malier angeblich abwesend war. Ich habe mich erkundigt ...«

»Soso, du hast dich erkundigt! Hinter meinem Rücken!«

»Ich versehe hier die Aufgaben, mit denen ich betraut wurde. Ich habe also erfahren, daß sich Malier zumindest bei einer der Einbestellungen unbestreitbar hier in diesem Gehöft aufhielt. Weshalb hat man ihn daran gehindert, vor meinen Herren zu erscheinen? ... Entsinnst du dich noch, was du Abt Erwin geantwortet hast, als er mit dir über die Streitigkeiten zwischen Nibelungen und Geroldingern sprach? Du hast versichert, du selbst kümmertest dich nicht darum und würdest dich in allem auf deinen Meier verlassen.«

»Genau so war es ja auch.«

»Nun, sollte an der Teufelsfurt tatsächlich eine Zusammenkunft stattgefunden haben zwischen einem Unterhändler Isembards, also Wadald, wie sich herausgestellt hat, und jemandem aus deinem Hause, so konnte dieser Jemand doch nur Malier gewesen sein. Leuchtet das ein?«

Da Frebald mit der Antwort zögerte, wiederholte Timotheos:

»Leuchtet das ein?«

»Ja«, gestand das Oberhaupt der Nibelungen widerwillig zu. »Das leuchtet ein. Jedenfalls wußte ich nichts von all diesen Dingen.«

»Sei's drum ... Indes ...«

Der Grieche strich seinen Bartkranz glatt und ließ seinen Satz einen Augenblick in der Schwebe.

»Indes, wenn es also einleuchtet, daß dein Meier sich zu dieser Furt begab, weshalb sollte er dann nicht auch Wadalds Mörder gewesen sein?«

»Nichts ist undenkbar ... Aber Malier? Konnte der einen Wadald töten? Und warum sollte er das getan haben?«

»Da habe ich nicht die leiseste Ahnung«, antwortete Timotheos. »Aber halten wir uns doch ans Wesentliche: Erstens, die Beilegung der Streitigkeiten, die eure Häuser entzweien, fiel tatsächlich in Maliers Zuständigkeit, oder?«

»Wie oft soll ich dir das noch sagen?«

»Zweitens, er war vielleicht an dieser Furt am Ouanne und könnte des Mordes an Wadald schuldig sein, nicht wahr? Nun ...«

Der Fuchs musterte den Herrn der Nibelungen genau und fügte mit einem leisen Lächeln hinzu:

»Ich kann mich des Gedankens nicht erwehren, daß es dir trotz alledem einen großen Stein vom Herzen nehmen dürfte, wenn man deinem nun toten Meier tatsächlich alle Schuld anlasten würde und dadurch kein anderer Täter mehr in Frage käme. Irre ich mich da?«

»Malier hat Wadald nicht getötet.«

»Herr, daß du dies abermals mit einem so unüberhörbaren Mangel an Überzeugung behauptest, bestätigt mir, wie sehr es dir zupaß käme, wenn er schuldig wäre.«

Um unzweifelhaft deutlich zu machen, daß sein Schritt von Amts wegen erfolgte, hatte Bruder Antonius sich von zwei Wachen nach Luchy begleiten lassen, wo Badfred ihn achtungsvoll empfing und sogleich zu seinem Vater führte.

»Ich will dir meine Ratlosigkeit nicht verhehlen«, erklärte der Herr der Geroldinger rundheraus. »Wobei mir Wadalds niederträchtige Ermordung allerdings keine Rätsel aufgibt, denn wem soll man dieses Verbrechen zuschreiben, wenn nicht den Nibelungen?«

»Das ist nichts als eine Meinung«, entgegnete der Mönch, während er den Becher Wein ausschlug, der ihm eingeschenkt worden war.

»Mein Urteil steht jedenfalls fest. Aber der Mord an Malier bleibt mir einfach unbegreiflich, muß ich gestehen. Sicher, die Art und Weise, wie Wadald ums Leben kam, ist abscheulich, doch der Wunsch nach Rache muß nun vor der Gerechtigkeit zurücktreten. Das habe ich meinen Leuten auch mit allem Nachdruck klargemacht. Und ich bin mir sicher, daß man mich ausnahmslos verstanden hat.«

»Malier ist dennoch ermordet worden.«

»Gewiß, und das freut mich keineswegs. Nehmen wir nur einen Augenblick an, irgend jemand hätte trotzdem Rache üben wollen wegen Wadalds Tod. Hätte er sich dann etwa an Malier vergriffen? Man kannte Malier als übergenauen Kleinigkeitskrämer und Mann des Schreibzeugs, als geschickt und schlau, ja gerieben ... Aber als erfahrenen und wackeren Kämpen? Sicher nicht! Eher schon als Memme, ehrlich gesagt. Bei solchen Wesenszügen hätte man Malier wohl schwerlich ein so tolldreistes Verbrechen zugeschrieben, zumal Wadald wahrlich kein Lamm war, dem man so einfach und gefahrlos die Kehle durchschneidet.«

»Ich wiederhole nochmals: Malier ist getötet worden! Also ... von wem?«

Isembard gab sich zögerlich, als kostete es ihn Überwindung:

»Von wem? ... Da fiele mir letzten Endes nur eine Erklärung ein: Malier wußte um ein Geheimnis, und aus diesem Grund wurde er beseitigt ...«

»Das heißt?«

»Er war es doch, der den Anstoß zu diesen Unterhandlungen gegeben hatte. Bei ich weiß nicht mehr welcher Gelegenheit hat Malier mit Benoild, meinem Meier, Fühlung aufgenommen. Da haben sie sich über erste Gespräche verständigt, sich auf einen Tag, eine Stunde, einen Ort geeinigt ...«

»Welch sonderbarer Einfall übrigens, ausgerechnet diese Teufelsfurt für ein Zusammentreffen auszuwählen.«

»Ich glaube, Benoild wählte diesen Ort, weil die Furt selbst und das Stückchen gemeinsamen Wegs, das dorthin führt, gewissermaßen Niemandsland ist.«

»Meinetwegen! Und wer sollte dich dabei vertreten?«

»Ich hatte Robert, meinen Halbbruder, dazu bestimmt, und Wadald wegen seiner barschen Worte über Frebald und Adelinde davon ausgeschlossen.«

»Dennoch hat sich letztlich Wadald zu der Furt begeben!«

»Ja, und offengestanden weiß ich nicht, warum. Ich habe meinen Bruder danach gefragt, und zwar schonungslos, das kannst du mir glauben. Er hat mir versichert, Wadald habe so darauf gedrängt, diese Aufgabe an seiner Stelle zu übernehmen, daß er sich schließlich hat überreden lassen.«

»Ohne deine Erlaubnis einzuholen, ohne dich auch nur davon in Kenntnis zu setzen?« verwunderte sich der Mönch. »Das ist zumindest eigenartig. Nun, ja ... ich nehme an, dein Bruder wird dies bestätigen.«

»Sicher. Allerdings drängt sich mir der Gedanke auf, mein Bruder könnte rein zufällig dem Tod entronnen sein, weil er Wadald an seiner Stelle zu dem Treffen mit einem Mörder gehen ließ.«

»Hoho! Immer sachte mit den jungen Pferden! Wer sagt denn, daß Robert dort überhaupt den Tod gefunden hätte? Das liegt keineswegs auf der Hand! Vielleicht hatte der fragliche Mörder es ja auf Wadald und nur auf ihn allein abgesehen, so daß er Robert auf keinen Fall angegriffen hätte!«

»Denkst du dabei an die Schmährede gegen Frebald und Adelinde?«

»Warum nicht! Doch kommen wir zu einem wichtigen Punkt: Hat Malier denn gewußt, wer dich bei dem Treffen vertreten sollte?«

»Das ging ihn nichts an.«

»Und hast du erfahren, wen die Nibelungen bestimmt hatten?«

»Genausowenig.«

»Warum sollte es nicht Malier gewesen sein?«

»Das glaube ich nicht«, hielt Isembard dagegen. »Hinwiederum mußte Malier zwangsläufig den Namen des Unterhändlers der Nibelungen gewußt haben und folglich – daran besteht für mich überhaupt kein Zweifel – auch den Namen von Wadalds Mörder. Er hat ihn nur nicht offenbart, weil seine Herren ihm den Mund verboten haben.«

»Und demnach hätte man ihn dann getötet, um ihn daran zu hindern, sein Geheimnis preiszugeben?« rief Bruder Antonius aus.

»Ich habe die möglichen Beweggründe für Maliers Ermordung wieder und wieder erwogen und konnte zu keiner anderen Schlußfolgerung gelangen ... Wer außer einem Nibelungen oder einem gedungenen Mörder käme sonst in Frage?«

»Ich will hoffen, du bist dir der Schwere deiner Anschuldigungen bewußt«, sagte der Mönch halblaut.

»Ich bin mir sicher, daß man uns den Mord an Malier in die Schuhe schieben will, obwohl doch alles auf die anderen hinweist, und nicht auf uns.«

»Es steht dir frei, so auszusagen, wie es dir beliebt. Ich werde den Missi dominici deine Worte so getreu wie möglich zutragen. Nichts von alledem wird vor der Gerichtsverhandlung preisgegeben.«

Bruder Antonius verabschiedete sich vom Herrn der Geroldinger, stieg auf sein kräftiges Pferd und ritt ohne Hast, von seinen beiden gewappneten Wachen feierlich begleitet, in Richtung Auxerre davon. Als er endlich außer Sicht war, griff er nach seiner am Sattel hängenden Reiseflasche und gönnte sich einen wonniglichen Schluck Wein. Nachdem er dies Orakel befragt hatte, versenkte er sich erneut in seine Überlegungen.

Im Gegensatz zu Timotheos konnte Doremus sich mühelos als Händler oder Reisender von bescheidener Herkunft ausgeben. Hierzu brauchte er sich nur mit Kittelhemd und Hosen aus grobem Stoff zu bekleiden, in seine kräftigen Wanderschuhe zu steigen und seinen kahlen Schädel, an dem man ihn hätte wiedererkennen können, unter einer Kapuze zu verbergen. Daß er die Burgunder Mundarten beherrschte und sich der Sprache der einfachen Leute zu bedienen wußte, erleichterte ihm die Sache selbstverständlich ungemein.

Von frühmorgens an streifte der ehemalige Aufständische also derart verkleidet durch die Gassen der Stadt, besuchte die Läden und Märkte und kehrte in den verschiedenen Schenken ein. Er konnte nach Belieben schrumpfen, den Rücken krümmen, jeglichen Ausdruck aus seinem Gesicht und jedes Funkeln aus seinem Blick verbannen und somit zu einem jener nichtssagenden Menschen werden, die derart farblos sind, daß man nicht die leiseste Erinnerung an sie zu bewahren vermag. Des weiteren konnte er den Leidenden, vom Pech Verfolgten zum besten geben, der nur mit müder Stimme spricht und immer wieder, im Geiste ganz woanders, für längere Zeit schmerzlich verstummt. In dem einen wie dem anderen Fall redete Doremus wenig und lauschte genau hin. Allerdings wußte er bei Bedarf auch wie ein Hausierer zu schwatzen, vom Hölzchen aufs Stöckchen zu kommen und sein Gerede mit Scherzen zu würzen, über die er als erster schallend lachte. Doch auch dabei verstand er es, aufmerksam zuzuhören.

Während Doremus also lange Ohren machte oder Plaudereien anstiftete und dadurch die Zungen löste, wurde ihm schon sehr bald bewußt, daß die Hetzer in Ermenolds Diensten die Bevölkerung fleißig aufzuwiegeln suchten und dabei wahrlich vor nichts zurückschreckten. Obgleich manch einer aus Aberglauben Wadalds Ermordung dem »Teufel von der Furt« anlastete, bezichtigten doch die meisten die Nibelungen und, was Maliers Tod betraf, die Geroldinger. Zumal diese »unheilvollen Friesen« ja auch in die Sache verwickelt waren: Ganz bestimmt hatten sie bei den Verbrechen mitgeholfen ... und vielleicht sogar noch Schlimmeres getan. Worauf wartete man nur, um diesen »verfluchten Leibeigenen« endlich den Garaus zu machen? Und lag es zum anderen nicht auf der Hand, daß die Feindschaft zwischen den Nibelungen und den Geroldingern bereits zu zwei abscheulichen Verbrechen geführt hat und in noch schlimmere Auseinandersetzungen auszuarten drohte, wodurch die Menschen und ihre Habe im ganzen Landstrich in Gefahr gerieten?

Und diese Missi dominici, die legten offensichtlich nichts als Unfähigkeit und blinde Begünstigung an den Tag. Die schienen doch tatsächlich die Untersuchung anzufechten, die der Graf von Auxerre bereits mit solch ausgezeichneten Ergebnissen durchgeführt hatte. Außerdem verkannten sie offenbar in voller Absicht die stichhaltigsten Beweise und gingen sogar so weit, die Friesen freizulassen, gegen die doch wahrhaftig alles sprach ...

Doremus kehrte daher alsbald zur Herberge der Mission zurück und betrat sie unauffällig durch eine der Hintertüren. Er hegte nun keinerlei Zweifel mehr: Das Untergrabungswerk der Aufwiegler hatte in der Bevölkerung bereits Ängste, gärenden Aufruhr und selbst Zorn geschürt. Und wenn die Missi dominici und die Vasallen des Kaisers auch Mittel und Möglichkeiten hatten, dem Volk die Stirn zu bieten und sich gebührend zur Wehr zu setzen, so war dies den Friesen selbstredend versagt. Der ehemalige Aufständische argwöhnte, die bösartigen Bezichtigungen und Rufe nach Rache, deren Zielscheibe die armen Leute waren, könnten irgendeine mörderische Vergeltungsmaßnahme der bis zur Raserei aufgestachelten Bevölkerung auslösen. Darin bestand nach seiner Ansicht die unmittelbarste Gefahr. Und diese Befürchtungen äußerte er auch vor Abt Erwin und Graf Childebrand, als er ihnen die besorgniserregenden Erkenntnisse seiner Nachforschungen in der Stadt darlegte.

Childebrand beantwortete Doremus' Enthüllungen mit jenem kalten Zorn, der weitaus fürchterlicher war als die hitzigen Wutausbrüche, mit denen er üblicherweise sein Mißfallen bekundete. Kreidebleich und mit flammendem Blick stieß er zwischen zusammengebissenen Zähnen hervor:

»Doremus, bist du dir deiner Sache auch sicher?«

Der ehemalige Aufständische nickte überzeugt und antwortete nur: »Ja, Herr! Im großen und ganzen bin ich das!«

»Daran zweifele ich nicht.«

Der Graf hieb mit der Faust auf den Tisch.

»Dieser Ermenold ...« murmelte er. »Bei den Hörnern des Teufels, sollen wir tatenlos zusehen, wie dieser Unruhestifter den ganzen Landstrich in Brand setzt?«

Während er sich weiter zu beherrschen suchte, fügte er hinzu:

»Und diese Geroldinger, diese Nibelungen hier in Auxerre ... Feine Vasallen sind das, ehrlich gesagt! ... Und mich hemmt die vermaledeite Verwandtschaft mit Adelinde ... Gott im Himmel! ... Dieser Ermenold ... Oh, wenn ich nicht als Gesandter Karls hier wäre, dann wüßte ich, was ich täte!«

In dieser Weise ließ er seinem Zorn noch eine Weile freien Lauf, bis er nach und nach schließlich verrauchte; erst jetzt griff der angelsächsische Abt ein und meinte:

»Auf alle Fälle ist es dringend erforderlich, diesen Verunglimpfungen, Verleumdungen, der Hetze und Anstachelung zum Mord binnen kürzester Zeit ein Ende zu bereiten.«

»Gewiß, und je früher, desto besser«, pflichtete Childebrand ihm bei. »Unter den derzeitigen Umständen kann Ermenold auf keinen Fall weiterhin die Befehlsgewalt über die Wehren und Waffenknechte der Grafschaft behalten.«

»Um sie ihm zu entziehen, brauchen wir lediglich zu verfügen, seine Leute stünden im Rahmen der Nachforschungen, für die wir nun die Verantwortung übernehmen, von jetzt an in unserem Dienst. Der Vorsteher dieser Wehren wird folglich Hermants Befehl unterstellt ... Was die Friesen angeht ...«

»Oh, es ist ja keineswegs so, daß ich mich um diese Leibeigenen sonderlich sorge, die Friesen waren nämlich wahrhaftig zähe Feinde!« rief Childebrand. »Aber seitdem Ermenold sie zur Zielscheibe genommen hat, sind sie mir teuer, ja sozusagen heilig geworden.«

»Ich habe der peinlichen Befragung eines der Ihren, eines gewissen Van, beigewohnt. Er ist recht tapfer gewesen«, bemerkte Doremus.

»Die sind zäh, ich habe es dir ja gesagt. Wie dem auch sei, sie stehen unter unserer Obhut. Es kommt daher überhaupt nicht in Frage, daß ihnen auch nur ein Haar gekrümmt wird! Hör zu, Doremus: Du kennst sie ja bereits, und sie kennen dich, also wirst du folgendes tun ...«

Die Friesen, Männer und Frauen, arbeiteten auf den Feldern und Äckern nahe des Ouanne. Doremus befahl seinen drei Wachen, in beträchtlichem Abstand hinter ihm zurückzubleiben, während er sich den Leuten allein nähern wollte, um ihnen keine Angst einzujagen.

So ritt er ohne sichtbares Geleit voran und erkannte in der über die Erde gebeugten Schar schon von weitem den Ältesten Van an seiner weißen, unter der Haube hervorquellenden Haarpracht. Als die Leute den Reiter auf sich zukommen sahen, richteten sich alle, zur Flucht bereit, auf. Offensichtlich schien Van sie jedoch zu beruhigen, da sie sich gelassen auf die Stiele ihrer Rechen und Harken stützten und neugierig abwarteten, bis Doremus bei ihnen eintraf. Mit krummem Rücken und auf zwei junge Burschen gestützt, kam Van ihm humpelnd entgegen. Der Gefolgsmann der Missi stieg vom Pferd, und der tiefbewegte Friese grüßte ihn ehrerbietig.

»Alle hier sind hocherfreut, Herr, denjenigen bei uns zu begrüßen, der mir das Leben gerettet hat«, sagte er auf fränkisch. »Und vergib mir, daß ich nicht herbeieilen konnte! Mein Rücken ...«

»Ich weiß«, erwiderte Doremus nur. »Aber davon abgesehen, habt ihr von eurem Mahl nichts mehr übrig?«

Sofort sputete man sich, ihm einen Napf Brei mit Schafsmilch und einen Krug Wasser zu bringen. Unter den Augen der ihn umringenden Friesen aß der ehemalige Aufständische die schmale Zehrung; sie erinnerte ihn unweigerlich an jene Jahre, in denen er, als »Markgraf der Lichtungen«, und seine Schicksalsgenossen von Kolonen und Leibeigenen heimlich durchgefüttert worden waren. Doremus hieß Van, dem das Stehen sichtlich Schmerzen bereitete, sich zu setzen, und gebot ihm, nachdem seine karge Zwischenmahlzeit beendet war:

»Laß zwei der Deinigen, in die du volles Vertrauen hast, zu mir kommen! Ich benötige einen Mann von gesundem Menschenverstand und eine Hausmutter mit Mumm! Man soll sie herbringen, und alle anderen sollen sich entfernen. Ich habe mit euch zu reden.«

Der Friese erteilte die entsprechenden Anweisungen in seiner Muttersprache und rief einen offenbar noch recht jungen Mann mit schon tief zerfurchtem Gesicht sowie eine große, kräftige Frau voller Sommersprossen zu sich.

»Das hier sind Harmel und Marike«, sagte er.

»Hört mir nun gut zu, ihr drei«, setzte der Gefolgsmann der Missi an. »In der Stadt versuchen zur Zeit einige Hetzer, die Leute gegen euch aufzuwiegeln. Wie zu erwarten, geht es dabei um Wadalds Ermordung, zu der noch der Tod eures Meiers Malier hinzukam. Ich kann zwar nicht erkennen, weshalb ihr darin verwickelt sein solltet. Dennoch bezichtigen diese Unruhestifter unter anderem auch euch, und es gibt immer irgendwelche Dummköpfe, die alles glauben, oder auch Leute, denen dies zupaß kommt. Wenn ihr auch Leibeigene sein mögt, und die Missi dominici keineswegs eure unmittelbaren Herren sind, haben sie dennoch entschieden, euch unter ihren Schutz zu stellen.«

Van dankte ihm bewegt. Marike hatte Tränen in den Augen. Harmel stand mit zusammengepreßten Lippen da und lauschte Doremus' Worten wie dem Evangelium.

»Ich bin mit drei kaiserlichen Wachen hergekommen. Um niemanden zu erschrecken, warten sie am Ausläufer des Waldstücks dort hinten ...«

»Das ist der Wald von Coudraies, Gebieter«, erklärte Van.

»Meinetwegen! Sag, Harmel, sprichst du Fränkisch?«

»Ja, Gebieter, ein bißchen.«

»Dann eile hin und sag ihnen, ich hätte dich geschickt! Führe sie zu eurem Weiler! Warne die Deinen und erkläre ihnen, es handele sich bei den Männern um Wachen unter dem unmittelbaren Befehl der Gesandten des Herrschers, unseres allmächtigen Kaisers Karl des Gerechten, und daß sie nur für eure Sicherheit da sind. Sag ihnen das klar und deutlich.«

»Gut, Herr!«

»Du, Marike, du wirst für ihre Kost und Unterkunft sowie für die Pflege ihrer Pferde sorgen. Und sei nicht bange, alles getrost üppig zu bemessen: Das sind Mordskerle und somit gute Bürgen für euren Schutz!«

Die tüchtige Frau lächelte:

»Es wird ihnen an nichts fehlen, da kannst du sicher sein!«

»Ich weiß nicht, wie lange sie hierbleiben müssen. So kurz wie möglich, aber auf alle Fälle so lange wie nötig. Wie dem auch sei: Ich glaube nicht, daß die Aufwiegler es wagen werden, irgendwelche Übergriffe gegen euch anzuzetteln. Sollte es indes zu einem Überraschungsangriff kommen, dann gehorcht ihr den Befehlen der anwesenden Wachen und zieht euch sofort nach Toucy zurück! Es ist euch untersagt, Waffen zu tragen, und ich erwarte, daß ihr dieses Verbot befolgt. Habt ihr mich verstanden?«

»Wir sollen uns also nur auf den Schutz verlassen, den du uns bietest?« fragte Van.

»Das könnt ihr bedenkenlos! Falls die heutige Nacht und der kommende Morgen ohne Zwischenfälle verstreichen, ist die Gefahr gebannt, denn die Missi dominici werden genügend Zeit zum Einschreiten gehabt haben, um in diesem ganzen Durcheinander gehörig Ordnung zu schaffen. Nun aber rasch ans Werk, Harmel und Marike! Van, du stehst mir für alles gerade. Solltest du mir noch etwas zu sagen haben, dann tu es jetzt und hier!«

Der Älteste der Friesen senkte den Blick und blieb eine Antwort schuldig.

»Nun, gut, ich werde dir auf die Sprünge helfen«, sagte Doremus. »Als der Graf von Auxerre seine Untersuchung begann und auf dem Acker, wo ihr gejätet habt, ankam, da seid ihr davongelaufen. Warum?«

»Hatten wir nicht Gründe genug, ihn zu fürchten? ... Du hast doch miterlebt, wie er verhört, wie er mich der Folter unterzogen hat; sicher hätte er mich und später auch die anderen zu Tode martern lassen.«

»Nun gut. Kommen wir zu etwas anderem ... Ich habe mir dieses Kornfeld angesehen. Es liegt teilweise etwas höher als der Weg von Escamps zur Teufelsfurt. Falls an jenem verhängnisvollen Nachmittag ein Reiter dort entlanggeprescht ist, könntet ihr den durchaus gesehen haben.«

Nicht sonderlich überzeugend, murmelte Van:

»Ich versichere dir, Herr ...«

»Jetzt hör mir gut zu! Ich für mein Teil habe nicht die Absicht, dich der peinlichen Befragung zu unterziehen. Ich bin mir jedoch sicher, daß ihr ungefähr zur Stunde des Verbrechens einen Reiter erspäht habt. Sicher könntest du jetzt einwenden, du hättest es doch unter den Peitschenhieben gestanden, wenn du von irgend etwas Kenntnis hättest. Wahr ist allerdings, daß du die Qualen und vielleicht auch den Tod vorgezogen hast, statt zu reden. Weshalb, weiß ich nicht, zumindest im Augenblick. Ich weiß aber, daß du etwas weißt. Rede also! Die Gesandten des Herrschers haben inzwischen entschieden, die Untersuchungen selbst fortzuführen, und müssen daher unbedingt die Wahrheit kennen.«

»O weh! Was wird nur aus uns werden?« jammerte Van.

»Was soll das denn nun bedeuten?«

»Wenn ich rede, ist alles verloren ...«

Der ehemalige Aufständische dachte lange nach und murmelte dann: »Escamps ... wer konnte den Weg von Escamps entlanggekommen sein? Van, wenn du solche Angst hast, daß deine Aussage dich und alle Deinigen ins Verderben stürzen könnte, dann kommt das doch einem Geständnis gleich, oder nicht?«

»Es ist furchtbar, Herr, zum Leibeigenen zu werden ... mitsamt meiner ganzen Sippe«, antwortete der Friese, den Tränen nahe. »Krieg ist Krieg, da kann man eben nichts machen. Es ist ein sehr großes Unheil ... Ja, aber es hätte auch schlimmer kommen können. Ich habe ein Haus. Sicher, man könnte es mir wieder wegnehmen; doch wer würde dann die Felder bewirtschaften? Ich habe einen Gemüsegarten, Holz, ein Stückchen Obstgarten, zwei Ziegen und einen Esel, die mir gehören. Dem Himmel sei Dank, ich bin mit den Meinen hierher, in diesen Landstrich des Weizens und Honigs, verschleppt worden, und wir wurden sogar mit einer Hufe versorgt. Wir haben gute Herren. Sie lassen uns genug zum Leben ... Und ich ... ich ...«

»Und du solltest sie verraten?« vervollständigte Doremus.

Van hob die Hand zum Gesicht, um ein paar Tränen abzuwischen.

»Demnach hast du auf dem Weg zur Teufelsfurt tatsächlich einen deiner Herren erspäht! Das ist also der Grund, weshalb du nichts gesagt hast, selbst unter der Folter. Und du wärst wirklich unter den Hieben gestorben, ohne den Mund aufzumachen und dein Geheimnis preiszugeben?«

»Den Mut, den muß man zu Beginn aufbringen. Danach hatte ich so große Schmerzen ... da konnte ich gar nicht mehr sprechen ... Und außerdem habe ich geglaubt, daß ich sowieso sterben werde ... Ein Friese, Herr, hat seine Ehre, selbst als Leibeigener ... Wozu hätte ich dem Tod auch noch Schande hinzufügen sollen!«

Der Gefolgsmann der Missi nickte wissend: Er hatte so viele Verdächtige und Unschuldige gesehen, die alles und jedes unter der Folter gestanden hatten. Und er dachte, daß etliche Vasallen, die ihren Herren Treue schuldeten, weit davon entfernt waren, an die unverbrüchliche Ergebenheit dieses Menschenwesens heranzureichen, bei dem es nur verständlich gewesen wäre, wenn die Knechtschaft jedes Gefühl von Dankbarkeit in ihm abgetötet hätte.

»Van, weißt du eigentlich, weshalb Abt Erwin und Graf Childebrand, die Gesandten Kaiser Karls, die Schuldigen zu entlarven wissen und allen, selbst den geringsten, Gerechtigkeit widerfahren lassen? Weil meine beiden Herren, mit der Hilfe ihrer Gefolgsleute, zu beobachten verstehen, weil sie das Wahre vom Unwahren zu scheiden und im Blick der Bösen Ruchlosigkeit und Verbrechen zu lesen wissen; aber auch, weil sie die Unschuld erkennen; und schließlich und endlich, weil das ehrliche Zeugnis ihren Schutz genießt. Da ich meine Herren kenne, versichere ich dir hiermit, daß du ohne Furcht sprechen kannst. Sofern deine Worte geheim bleiben müßten, werden sie es bleiben.«

Der Leibeigene fand wieder etwas zu Kräften und richtete sich auf.

»Zu guter Letzt muß ich also doch reden ... Diesen Reiter, der gegen Abend von den Ländereien der Nibelungen her auf die Furt zuritt, um vielleicht mit Wadald zusammenzutreffen, den habe ich in der Tat erkannt.«

»So rede!«

»Ich habe ihn bestimmt erkannt, kann mir aber trotzdem nicht sicher sein …«

»Hältst du mich zum Narren? Was soll das heißen: Ich habe ihn erkannt, bin mir aber nicht sicher?«

»Das soll heißen, daß Heribert und Theobald sich gleichen wie ein Strohhalm dem anderen, da sie ja Zwillinge sind. Von nahem kann man sicher ein paar kleine Unterschiede ausmachen; da gelingt es einem schon, herauszufinden, wer wer ist. Aus einigem Abstand ist das unmöglich.«

»Ja, verflixt und zugenäht! Bist du dir wenigstens sicher, daß es sich um einen der beiden handelte?«

»Wir haben hier doch immer mit einem von ihnen zu tun, wenn es etwas zu regeln gibt mit den Feldarbeiten, dem Weiden und Futter, dem Holz, den Frondiensten und Fuhren …«

»Und dieser Mann ist in aller Ruhe den Weg entlanggeritten?«

»Genauso war es. Das hat mich auch gewundert, als ich es mir durch den Kopf gehen ließ … nach dem Verbrechen. Sein Pferd ging im Schritt. Er ritt ganz unverhohlen seines Weges wie jemand, der nichts zu befürchten hat und nicht im geringsten versucht, unbemerkt zu bleiben.«

»Das war aber auf dem Hinweg. Hast du ihn auch zurückreiten sehen?«

»Nein, Gebieter. Als er auf dem Weg zur Furt vorbeikam, sank der Abend gerade herab. Und dann brach sehr schnell die Nacht herein, mit vielen Wolken … Eine pechschwarze Nacht.«

»Zur Hölle noch mal!« grollte Doremus. »Das haben wir nun wirklich noch gebraucht: Ein Zeuge, der Leibeigener und dazu noch Friese ist, erkennt einen Reiter, welcher vielleicht eine entscheidende Rolle bei einem Mord gespielt hat … und jetzt läßt sich nicht einmal mit Gewißheit sagen, um wen es sich dabei handelt!«

»Ich kann doch nichts dafür. Wäre es dir denn lieber gewesen, wenn ich einen von beiden genannt hätte, einfach so, ohne es mit Sicherheit zu wissen?«

»Auf gar keinen Fall! Du hast vollkommen richtig gehandelt. Wie auch immer, anhand deiner Aussage werden wir wohl zu ermitteln vermögen, wer das nun war! Folgendes mußt du aber wissen: Daß Heribert oder Theobald sich tatsächlich zur Teufelsfurt begeben haben mag, macht in meinen Augen noch keinen der Brüder des Mordes an Wadald unbedingt schuldig. Die Gangart seines Pferdes ... Aber lassen wir das, meine Herren werden dies besser beurteilen können als ich.«

Als Doremus sich erheben wollte, um aufzubrechen, hielt Van ihn zurück.

»Ich bin noch nicht ganz fertig. Wenn du mich vielleicht – ich bitte dich in aller Demut darum – in meine Strohhütte begleiten möchtest, dann würde ich dir etwas aushändigen.«

»Meinetwegen!«

Ihr Weg führte sie nun zunächst quer durch die Felder und anschließend durch ein Waldstück. Nach einer halben Stunde erreichten Van – auf einem holpernden, von einer Frau gelenkten Karren – und Doremus auf seinem Reittier eine Lichtung mit einem Weiler aus Strohlehmkaten. Die drei Wachen waren unter Harmels Führung bereits dort eingetroffen, und einige Frauen machten sich schon eifrig zu schaffen, um ihnen Kost und Unterkunft zu bereiten. Alles strotzte vor Reinlichkeit, ob nun die strohgedeckten Hütten und Ställe, der Waschplatz, die Tröge und Krippen, der Hühnerhof oder die Kaninchenställe. Nachdem man dem Friesen von seinem Gefährt heruntergeholfen hatte, bat er den Gefolgsmann der Missi in seine Behausung. Dann forderte er seine Frau und die beiden Söhne auf, ihn mit seinem »edlen Gast« allein zu lassen – eine Bezeichnung, bei der Doremus lächeln mußte, ohne daß er sie indes berichtigte.

Mühsam auf einen Stock gestützt, verließ der Friese die

Strohkate und kehrt kurz darauf mit einem offenbar recht schweren, in ein Stück Tuch gewickelten Gegenstand in der Hand zurück. Er schlug den Stoff auseinander und brachte ein Kurzschwert mit verziertem Knauf und äußerst scharfer Klinge zum Vorschein: eine ausgezeichnet gearbeitete Waffe.

»Wann hast du dieses Schwert gefunden, und wo?« fragte Doremus.

»Ich war das nicht, meine Frau hat es gefunden, als sie in dem Wäldchen beim Weg nach Escamps Frühlingspilze suchte.«

»Am Weg nach Escamps, sagst du?«

»Da ist kein Irrtum möglich ... Glaubst du, es handelt sich um Wadalds Schwert?«

Der ehemalige Aufständische untersuchte die Waffe sorgfältig. Er glaubte, einige dunkle Flecken auf der Klinge zu erkennen.

»Jedenfalls war die Scheide, die man in der Nähe des toten Wadald fand, leer ...« meinte er. »Ich werde dies Schwert mitnehmen. Wer, von deiner Frau abgesehen, hat noch davon Kenntnis?«

»Nur ich!«

»Du weißt ein Geheimnis zu hüten, das hast du ja bereits bewiesen. Hüte auch dieses! Ich brauche seine Bedeutung sicher nicht eigens betonen ... Ist das jetzt alles?«

»Ja, Herr.«

»Ich werde Frebald von den Maßnahmen unterrichten, die wir hier verfügt haben. Sie mindern seine Macht über euch ja in keiner Weise.«

Van konnte sich vor Erschöpfung kaum noch erheben, um seinem Gast einen Abschiedsgruß zu entbieten. Bevor Doremus schließlich aufbrach, überprüfte er noch, wie für seine Wachen gesorgt wurde. Die Männer erklärten, sie seien »halbwegs zufrieden«, was bedeutete, daß Marike trefflich gewirkt hatte. Der Gefolgsmann der Missi bekräftigte nochmals die bereits ausgesprochenen Ermahnungen zur Vorsicht und Entschlossenheit und verließ dann, trotz alledem mit einiger Besorgnis, den Weiler der Friesen.

Wieder zurück aus Escamps, wollte Timotheos seinen Augen nicht trauen: Was in den ersten Morgenstunden noch den Eindruck einer harmlosen Aufgeregtheit gemacht hatte, war seither in ernste Unruhen ausgeartet. Während er sich Auxerre näherte, entdeckte er kleine Trupps von Männern mit Sensen, Hiebern, Holzschlegeln und kräftigen Knütteln in Händen; sie bewegten sich auf die Stadt zu, um sich mit ebenfalls bewaffneten Gruppen zu vereinen. Einige der Leute trugen sogar Piken und Schwerter! Die einen wie die anderen schrien Beschimpfungen und Drohungen, die hauptsächlich auf die – der schlimmsten Übel bezichtigten – friesischen Leibeigenen abzielten, aber auch die Nibelungen und die Geroldinger keineswegs aussparten, wobei selbst die Missi dominici bisweilen einbezogen wurden.

Der Grieche entsagte dem Versuch, die Unterkunft der Gesandtschaft durch die Gassen und Gäßchen der befestigten Stadt zu erreichen. Er wußte aus Erfahrung um die Verwundbarkeit eines einzelnen Reiters, der sich allein zwischen eng beieinanderstehender Häusern vorwärts bewegen muß; der kleinste Zwischenfall, die geringste Herausforderung konnte einen Angriff auslösen, bei dem kaum Aussichten bestanden, lebend davonzukommen. Daher ritt er also westlich und dann nördlich um Auxerre herum, stieß in Höhe der Abtei Saint-Germain an die Ufer des Yonne, wurde unterwegs zwar von ein paar Steinewerfern zur Zielscheibe genommen, doch er erreichte schließlich unbeschadet die Herberge.

In dem großen Hof entdeckte er bald dreißig kaiserliche Wachen und an die zwanzig gräfliche Waffenknechte, allesamt schwer gewappnet, denen Hermant gerade Befehle und Ermahnungen wie für ein Gefecht erteilte.

Timotheos traf Childebrand im Innern an. Der Graf fühlte sich bei alldem offenbar so wohl wie ein Fisch im Wasser und empfing den Griechen bestens aufgelegt.

»Ah, wenigstens du bist da! Endlich habe ich einen von euch am Wickel! Wo sind deine beiden anderen Spießgesellen abgeblieben?«

»Du weißt doch, Herr ...«

»Ja, ich weiß doch: Doremus ist bei diesen Friesen, die ... na ja, lassen wir das! ... und unser Bruder Antonius bei den Geroldingern, wo er sich, wie ich hoffen will, nicht ewig aufhalten wird. Und diese Schreihälse hier, die sich lautstark bereit erklären, ›trefflich und ohne viel Federlesens für Recht zu sorgen‹, hast du inzwischen ja sicherlich gehört und gesehen. Wir wissen ja, was das heißt. Das hätten die gerne, daß man sie einfach so machen läßt! Bei Gott, denen werden wir es mal geben! Diese Unterholzgerichtsherrn und Wirtshausrächer können was erleben!«

Der Graf hielt kurz inne.

»Wie du siehst, habe ich unsere Wachen hier zusammengeschart ... und dazu den Großteil der gräflichen Wehr, die Hermant unter seinen Befehl genommen hat.«

»Und wie steht es um Graf Ermenold?«

»Verschwunden! ... Ich weiß nicht, wo er sich aufhält. In der hintersten Kammer seines Wohnsitzes, vielleicht.«

»Offensichtlich ist er etwas überfordert.«

»Überfordert, Fuchs? Du könntest sogar sagen, völlig überrannt, daß ihm der Hintern überm Kopf steht! Er hat Machenschaften angezettelt, die sich nun plötzlich gegen ihn selbst wenden ... und übrigens auch gegen uns. Wir aber haben die Mittel zu einem Gegenstoß. Und zwar mit aller Macht, das kannst du mir glauben.«

»Oh, das glaube ich dir, Herr!«

»Hör zu jetzt, du hast folgende Aufgabe: Ich betraue dich damit, an jedem wichtigen Punkt der Stadt wie etwa dem Bischofssitz oder der Burg des Grafen zwei unserer Wachen und einen gräflichen Waffenknecht aufzustellen ...«

»Ich verstehe.«

»Sag Hermant Bescheid und nimm so viele Leute mit, wie du brauchst. Ich will keinen Kampf. Die Männer sollen sich nur bei Angriffen zur Wehr setzen, sofern es überhaupt dazu kommt. Meiner Ansicht nach wird es im Innern der Stadt jedoch ruhig bleiben. So außer Rand und Band sich unsere Rädelsführer auch geben mögen, sie werden es sicher nicht wagen, sich unter Gefährdung ihrer Familien und ihrer eigenen Habe in irgendwelche Unruhen zu stürzen. Außerdem scheinen die Hitzigsten, falls man meinen Gewährsleuten Glauben schenken darf, zu den Südtoren zu strömen, wo sie sich grölend zusammenscharen ... Sobald Bruder Antonius zurück ist, werde ich ihn nach Escamps schicken, um den Nibelungen anzuraten, sich zur Verteidigung zu rüsten. Wenn diese Wüteriche auch lauthals bekunden, sie wollten sich vor allem an den Friesen schadlos halten, ist noch lange nicht gesagt, daß sie unterwegs nicht die Lust überkommt, einen kleinen verheerenden Abstecher nach Escamps zu machen. Ich bezweifele allerdings, daß ihnen das gelingt ... Jetzt aber ans Werk, Timotheos!«

Während der Grieche sich bereits auf den Weg machte, rief Childebrand ihm noch nach:

»Sei vorsichtig! Es wäre mir trotz allem sehr zuwider, dich zu verlieren!«

»Und mir erst!« erwiderte der Fuchs lachend.

Als Doremus im Weiler der Nibelungen eintraf, geriet er unvermutet mitten in fiebrige Verteidigungsvorbereitungen: Die einen schafften eilig Reisigbündel und Rundholz herbei, um Schanzen zu errichten, die anderen brachten Piken, wieder andere legten Steine für die Schleudern zurecht, und manch einer hatte sich bereits mit Bogen und Köcher gewappnet.

Der ehemalige Aufständische trat auf Bruder Antonius zu, der sich etwas abseits mit Frebalds ältestem Sohn besprach.

»Ich habe Bernard gerade über die Vorkehrungen unterrichtet, die wir zur Sicherheit der friesischen Leibeigenen getroffen haben«, erklärte der Mönch. »Du hast sie ja sicher bereits ins Werk gesetzt. Da waren wir wirklich gut beraten, wenn man bedenkt, wie rasch sich die Dinge in Auxerre zugespitzt haben.«

Nun berichtete er Doremus, auf welche Weise und mit welcher Schnelligkeit sich die Lage in Stadt und Umland verschlimmert hatte.

»Mein Vater ist bereits nach Auxerre aufgebrochen, um dort zu den Gesandten des Kaisers zu stoßen und mit ihnen alle notwendigen Maßnahmen abzusprechen«, vervollständigte Bernard. »Alle Nibelungen stehen ihnen gegen diese Berserker unverbrüchlich zur Seite.«

»Das nenne ich einen um so klügeren Schritt, als die Missi dominici die Untersuchungen der beiden Mordfälle gerade an sich gezogen haben«, hob Bruder Antonius hervor. »Von nun an unterliegen sämtliche wichtigen Angelegenheiten unmittelbar ihrer Entscheidungsgewalt; hierunter fallen alle Streitigkeiten, welcher Art diese auch immer sein mögen, und selbstredend auch die Niederschlagung von Unruhen. Unsere Herren sind zu der Ansicht gelangt, ihr Nibelungen wärt zur Stunde hier am nützlichsten. Bei Bedarf, sofern anderswo eingeschritten werden müßte, wird man sich an euch wenden ... So, Doremus und ich werden nun wieder zu Graf Childebrand zurückkehren. Gott weiß, was inzwischen alles geschehen ist.«

Eine halbe Meile vor der Stadt, erblickten die beiden Gefolgsleute der Missi auf einer Anhöhe, unweit der Basilika Saint-Amâtre, an die fünfzig schwerbewaffnete Reiter, die die Straße nach Chevannes, Escamps und den weiter entfernten Hufen der Leibeigenen abriegelten. Im Näherkommen erkannten sie das Banner der Mission und ritten darauf zu. Neben dem Bannerträger befanden sich Graf Childebrand und Hermant. Die der Stadt zugewandten Reiter trugen Brünne, Lanze und Kurzschwert. Zwischen ihnen hielten sich von Großschilden geschützte Fußkämpfer, in der Hauptsache Bogenschützen und einige Pikenträger, bereit. Angehörige der leichten Reiterei, die zur gräflichen Wehr gehörte, schlossen die beiden Flügel ab.

Als Childebrand seine beiden Gefolgsleute ankommen sah, zeigte er ihnen mit ausholender Armbewegung eine Ansammlung mehrerer hundert verschiedenartig bewaffneter Leute, die ungefähr fünfhundert Fuß entfernt auf dem freien Feld der Dinge harrten und zum Sturm entschlossen schienen.

»Sie werden es nicht wagen«, befand der Hauptmann der Wachen.

»Das wünsche ich uns«, antwortete der Graf. »Sicherlich würde ich nicht lange fackeln, ein gut Teil dieser Tölpel in die Hölle zu schicken. Unsere vornehmste Pflicht besteht jedoch darin, Sicherheit und Ordnung zu gewährleisten, und es wäre mir wirklich lieber, wenn es nicht so weit käme.«

Genau in diesem Augenblick erschienen im Norden zwei Reiter und galoppierten auf einen kleinen Erdhügel zwischen den kaiserlichen Wachen und dem Haufen der Aufrührer zu. Dort brachten sie ihre Pferde zum Stehen. Childebrand schüttelte ungläubig den Kopf:

»Herrgott im Himmel!« rief er aus. »Aber das ist doch Erwin! Und der andere? Wer ist der andere? Könnte das nicht Ermenold sein? Ja, sicher ist er das, beim Schwanz des Leibhaftigen! Aber was tun die denn da? Was hat sich dieser Sachse nun wieder ausgedacht?«

Schon hatte Doremus Bogen und Köcher ergriffen und preschte zusammen mit Bruder Antonius auf Erwin zu.

Das Eintreffen des offenbar unbewaffneten Abtes in Begleitung des Grafen von Auxerre hatte bei den Aufrührern sogleich Verblüffung und Ratlosigkeit, eine Art unschlüssiges Schwanken ausgelöst.

»Graf Ermenold«, sagte Erwin zu dem Würdenträger an seiner Seite, »sieh es dir genau an, ja, schau dich um! Dies hier ist das Ergebnis deiner sträflichen Machenschaften. Ich hatte dich gewarnt. Du hast nur mit den Schultern gezuckt. Das war ein schwerer Fehler und vor allem unhöflich. Du warst im Unrecht. Nun ist der Augenblick der Wahrheit gekommen. Du glaubtest, daß die Hunde, die du losgelassen hast, dir jederzeit aufs Wort gehorchen würden. Doch da sind sie nun, vor deinen Augen. Sie knurren, zeigen die Reißzähne und sind offensichtlich bereit, jeden zu beißen ... selbst dich. Niemand löst ungestraft einen Aufstand wider die *auctoritas* des Herrschers aus. Was du heraufbeschworen hast, würde genügen, dich vom Kaiser absetzen zu lassen. Ich räume dir indes noch eine letzte Möglichkeit ein: Es ist an dir, dieses Gesindel zu besänftigen und zurück in den Zwinger zu treiben. Sonst ... Deine eigene Zukunft und die deines Geschlechts hängt davon ab, ob dir dein Versuch gelingen will.«

Zum mindesten mangelte es Ermenold, dem Grafen von Auxerre, nicht an Mut! Ohne ein Wort und ohne einen Blick für den Missus dominicus warf er sich in die Brust und ließ sein Pferd ungefähr hundert Schritt auf die Störenfriede zugehen, während Bruder Antonius und Doremus gleichzeitig bei Abt Erwin eintrafen. Die einen Augenblick zuvor noch mit drohend emporgereckten Waffen rasche Vergeltung eingefordert und im Schutz der Menge die Gelegenheit genutzt hatten, ihrem Groll endlich Luft zu machen und sich durch Fluchen und Schmähen für allen erlittenen Schimpf zu rächen, waren mittlerweile verstummt und ganz Aug und Ohr.

So scholl die Stimme des Grafen von Auxerre in die Stille hinein: »Ich, Ermenold, Graf von Auxerre«, schrie er, »ich befehle euch, die Waffen niederzulegen und euch auf der Stelle zu zerstreuen. Männer mit teuflischer Gesinnung und verlogener

Zunge haben euch die Ohren und den Kopf mit trügerischen Worten, mit abscheuerregenden Mären vollgestopft. Sie haben euch glauben gemacht, grausame Verbrechen blieben ungesühnt und Missetäter ungestraft, die edelsten Geschlechter hätten sich gegen die Ordnung verschworen, das Land würde bald mit Feuer und Blut überzogen und diejenigen, die Karl den Gerechten hierselbst vertreten, würden nicht der Gerechtigkeit dienen, sondern Mörder schützen. Widerliche Lügen! Man war so ruchlos, zu behaupten, ich würde den Aufruhr unterstützen. Eine noch weit abscheulichere Lüge! Ich, Graf Ermenold, sage: Niemand darf verurteilt werden, bevor nicht nach Recht und Gesetz über ihn gerichtet wurde. Gewisse Leute haben euch zum Schlimmsten verführt, denn sie haben zu den Waffen gegriffen und sich wider den Kaiser persönlich, vertreten durch seine Missi dominici, und gegen mich, der ich über diese Grafschaft walte, aufgeworfen.«

Ermenold ließ seinen Blick über die Menge schweifen.

»Ich versichere hiermit, daß die hassenswerten Verbrecher entlarvt, verurteilt und bestraft werden, daß weder die Ordnung noch die Gerechtigkeit, von denen die Sicherheit und das Wohlergehen aller abhängen, hier in diesem Landstrich je bedroht waren. Legt eure Waffen nieder, kehrt in die Stadt oder auf eure Hufen zurück, geht heim in eure Behausungen! Dies ist meine erste und letzte Warnung. Solltet ihr nicht sofort gehorchen, werden die kaiserliche Wache und die gräfliche Wehr, die ihr dort drüben seht, für die Ausführung meiner Befehle sorgen! Gehorcht!«

Daraufhin löste sich aus der Ansammlung der Aufständischen eine Gruppe von einem halben Dutzend Männern unter Führung eines Hünen, der als Waffe eine Sense mit langem Stiel trug. Zwei von ihnen hatten sich mit Piken, zwei andere mit Kurzschwertern gewappnet; nur der letzte, ein unförmiger Hinkefuß, schien unbewaffnet. Sie näherten sich Ermenold, während Bruder Antonius und Doremus sogleich zu diesem aufschlossen. Als die kleine Schar Aufrührer bis annähernd sechzig Fuß an den Grafen von Auxerre herangelangt war, fuhr der Mißgestaltete den Würdenträger mit schriller Stimme an:

»Die Scham schnürt dir also nicht den Hals zu, Graf Ermenold? Was mußte ich da hören, und noch dazu aus deinem eigenen Mund: Die hier versammelten Menschen, diese nach Gerechtigkeit Dürstenden, vom brennenden Wunsch nach Vergeltung Beseelten, sollen von verdorbenen Aufwieglern, von Lügnern und eingeschworenen Feinden des Kaisers getäuscht worden sein, denen der Sinn nur nach Blut und Unruhen steht? Diese Leute hätte man somit auf einen Irrweg getrieben, der sie nur in den Abgrund führt? Wer aber hat denn diese Bezichtigungen zusammengesponnen, die du heute als Schändlichkeiten verdammst? Wer hat denn das Gift angerührt? Wer hat es in der ganzen Stadt verspritzen lassen, um das Volk aufzuhetzen? Wer hat verlangt, daß ich, Bigaud, mich um diese niedere Arbeit kümmern soll? Wer, wenn nicht du, Ermenold! Und was ist jetzt? Wahrscheinlich weil die Missi dominici deine Absichten und Machenschaften durchschaut haben, suchst du jetzt alle Verantwortung auf uns abzuwälzen, die wir doch nur deine Handlanger waren! Und du schickst dich sogar noch an, deine Entlastung mit dem – womöglich in Strömen fließenden – Blut derjenigen zu bezahlen, die sich aufgemacht haben und nur deshalb hierhergekommen sind, weil sie unwissentlich in dein Spiel geraten sind. Schande über dich!«

»Für einen rasenden Wüterich drückt er sich recht gut aus«, flüsterte Bruder Antonius Doremus zu.

»Ich habe erfahren, daß dieser Bigaud, bis vor kurzem noch willenloses Werkzeug unseres Ermenold, einst Diakon war«, antwortete der Mönch.

»Jedenfalls war seine Rede recht lehrreich.«

Der Graf von Auxerre hatte sein Pferd zwischenzeitlich einige Schritte auf den Ankläger zugehen lassen. Die beiden Gefolgsleute nahmen Ermenold schützend in die Mitte, Doremus blieb im Sattel, wogegen Bruder Antonius von seiner Stute absaß.

»Schweig, unverschämte Mißgeburt! ...« schrie der Graf Bigaud an. »Sei still! Sonst... Und was euch angeht, ihr Hunde, ihr widerliches Pack, macht euch sofort aus dem Staub, verschwindet aus meinen Augen! Fürchtet meine Gerechtigkeit!«

Diese Worte versetzten den Hünen in furchtbaren Zorn. Schier wahnsinnig vor Wut, sprang er vor und versuchte, dem Pferd des Grafen mit seiner Sense den Bauch aufzuschlitzen, während die beiden Pikenträger an seiner Seite ebenfalls zum Angriff übergingen und mit ihren Waffen auf Ermenold selbst einstürmten. Doch unversehens wirbelte der Anführer herum und stürzte, nicht einmal fünf Schritt vor seinem Ziel, einem Baum gleich zu Boden. Einer der beiden Pikenträger kippte, wie vom Blitz getroffen, um und spießte seine Waffe ins Erdreich. Der dritte ließ jäh seine Pike fallen und riß seine Hände zur Brust, in der die Fiederung eines Pfeils steckte. Sein Gesicht verzerrte sich, und er sank, einen Schwall Blut ausspeiend, langsam nieder. Die beiden Schwertträger waren schon im Begriff vorzupreschen, um dem Grafen, der bei dem Angriff sicher vom Pferd geworfen worden wäre, den Todesstoß zu versetzen; in Anbetracht des Geschehens aber hielten sie völlig verdattert inne, faßten sich jedoch sofort wieder, ließen ihre Waffen fallen und rannten Hals über Kopf davon. Lediglich Bigaud war wie angewurzelt Auge in Auge mit Ermenold stehengeblieben.

»Worauf wartest du noch, mich zu töten?« rief er. »Nur zu, bring doch mit deinem Schwert zu Ende, was du mit deiner Zunge begonnen hast!«

Doremus hatte sich unterdessen, Köcher und Bogen bereits wieder richtig umgehängt, mit seinem Pferd zwischen den Grafen und den Aufsässigen gestellt.

»Genug, Bigaud!« schleuderte er ihm entgegen. »Als Gefangener der Missi dominici wirst du nun schweigen und mir folgen.«

Im selben Augenblick setzte sich die bedrohliche Linie der Reiterschar in Bewegung, um beinahe gemächlich den Hang hinabzusteigen und sich auf die Menge zuzubewegen, was unter den Leuten unbändiges Entsetzen auslöste. Im Nu waren alle zerstreut. Die flinksten von ihnen hatten die Beine in die Hand genommen und rannten bereits zu den Stadttoren, während Frauen mit Kindern die Nachhut dieser heillos fliehenden Schar bildeten.

Bruder Antonius sah diesem wilden Durcheinander eine Weile mit einiger Neugier zu. Schließlich trat er zu dem gefällten Hünen, zog diesem eines seiner Wurfmesser aus der Kehle, beugte sich sodann über den Pikenträger, den er ebenfalls niedergestreckt hatte, nahm sein anderes Messer an sich, wischte die beiden Waffen an der Kleidung des Toten ab und steckte sie wieder in ihre Scheiden an seinem Leibgurt. Seelenruhig drehte er sich zu Ermenold um und sagte, beinahe schon unverhohlen dreist:

»Ich hatte schon Angst um dein Pferd!«

Anschließend ging Bruder Antonius zu seiner Stute Leonia zurück, nahm eine am Sattel hängende Rolle Seil zur Hand und befahl Bigaud, vor ihn zu treten. Mit dem einen Ende band er dem Mann die beiden Handgelenke zusammen und warf das andere seinem noch immer im Sattel sitzenden Freund Doremus zu.

»Das nenne ich einen leicht zu führenden Anführer«, spottete der ehemalige Aufständische.

Der Mönch stieg wieder auf sein Roß, und während sich Ermenold wortlos auf den Rückweg nach Auxerre machte, kehrten die Gefolgsleute der Missi mit ihrem Gefangenen zu Abt Erwin zurück, der sich nicht von der Stelle gerührt hatte.

»Sehr gut, meine Söhne«, meinte der Sachse und bedachte Doremus und Bruder Antonius mit einem leisen Lächeln.

Auf Bigaud deutend, fügte er hinzu: »Wahrlich ein wertvoller Fang! Lebend wird er uns weitaus nützlicher sein als tot.«

Mit Hermant im Gefolge hatte Childebrand sich inzwischen seinem Freund hinzugesellt. In einem zwar scherzhaft gemeinten Tonfall, bei dem aber unüberhörbar eine Spur Bedauern mitschwang, wetterte er:

»Da hast du uns aber um einen hübschen Sturmangriff gebracht!«

»Deine Hünen verdienen andere Gegner als dieses klägliche Fußvolk«, entgegnete der Sachse. »Und vorsorgen ist besser als heilen.«

»Nun denn, ich hoffe, wir haben jetzt etwas Zeit zum Verschnaufen und können ...«

Er hielt mitten im Satz inne, denn er hatte gerade Timotheos entdeckt, der im Hetzgalopp auf sie zugeritten kam.

»In der Stadt ist doch hoffentlich nichts Ernstes vorgefallen?« fragte Childebrand den Ankommenden besorgt.

»In der Stadt nicht, Herr«, antwortete der Grieche. »Aber ich ...«

»Was denn nun schon wieder?« rief der Graf aufs höchste erregt aus.

»Badfred ist heute nachmittag nur knapp dem Tode entronnen.«

»Ein Unfall?«

»Nein, ein Mordanschlag!«

Ein Hagel von Flüchen antwortete dieser Klarstellung.

»Er war auf dem Weg nach Pourrain und ritt gerade durch den Wald von Chazelles«, erklärte Timotheos, »als plötzlich zwei Pfeile auf ihn abgeschossen wurden. Beide haben, wie ich hörte, seinen Kopf nur um einen Fingerbreit verfehlt. Wenn er sich nicht genau in dem Augenblick nach vorne gebeugt hätte, um sein Pferd zu tätscheln, hätten beide ihr Ziel getroffen.«

»Hat er selbst dir von diesem Anschlag berichtet?«

»Ja, ich war im Weiler der Geroldinger noch mit den Aufgaben beschäftigt, die du mir anvertraut hast, als er völlig aufgewühlt zu mir kam und mir erzählte, was ihm zugestoßen war.«

»Hat er den Schützen noch zu Gesicht bekommen oder irgendwelche brauchbaren Beobachtungen machen können?«

»Er hat niemanden gesehen ... Ihm war, als hätte er ein Rascheln gehört ... wie von jemandem, der sich durchs Unterholz davonmacht.«

»Selbstverständlich hat er dessen Verfolgung nicht aufnehmen können.«

»Selbstverständlich nicht.«

Childebrand drehte sich Erwin zu.

»Das Ganze ist doch recht merkwürdig, nicht wahr?«

»Merkwürdig und sehr aufschlußreich«, antwortete der Sachse nur.

KAPITEL V

Seit sie Auxerre in aller Frühe hinter sich gelassen hatten, ritten Timotheos und Abt Erwin schweigend ihres Weges. Der Grieche achtete die tiefe Versunkenheit seines Gebieters, zumal er nur allzugut wußte, daß der Sachse es nicht ausstehen konnte, in seinen Überlegungen gestört zu werden, und jede unangebrachte Belästigung mit einer harschen Abfuhr ahndete … Mit einemmal aber wandte Erwin sich seinem Gehilfen zu:

»Ruf mir doch rasch den Namen dieses Gewährsmannes ins Gedächtnis, den Meister Gerard dir so wärmstens empfohlen hat!«

»Rimbert, Herr, man nennt ihn Rimbert von Jussy, um ihn von einem Gleichnamigen aus Joigny zu unterscheiden.«

»Und wie ist er so?«

»Uralt. Meister Gerard meinte, er sei drei Jahre vor Karl Martells Tod – Ruhm sei ihm! – geboren, demnach müßte er schon siebzig sein. Uralt, aber geistig noch äußerst rege … und dickschädelig wie sämtliche Teufel zusammen!«

Erwin lächelte.

»Solltest du etwa verärgert sein?«

»Dazu habe ich auch allen Grund, Herr. Ich habe es auf hunderterlei Art bei ihm versucht. Es war einfach nichts zu machen. Er wird seine Geheimnisse einzig und allein einem Gesandten des Herrschers anvertrauen! Für gewöhnlich gelingt es mir jedoch selbst in solchen Fällen, die Zungen zu lösen. Hier aber, bei diesen Wilden, hier bringen mir meine Hautfarbe und mein Bartkranz nur Ärger ein.«

»Außer, wie man mir sagte, bei einer gewissen Agathe, die Meister Gerard dient.«

»So muß man mich wieder einmal verleumdet haben! Die

Wahrheit ist, es unterläuft mir bisweilen, ein wenig mit ihr zu plaudern, wenn ich mein Morgenmahl in der Schenke einnehme. Sie kann ein paar Worte Griechisch, ihre Großeltern kamen nämlich aus Kappadokien hierher. Mich mit ihr zu unterhalten erinnert mich an meine Heimat.«

»Ich verstehe ...« schloß Erwin mit wissender Miene. »Aber kommen wir doch wieder zu diesem ...«

»Rimbert, Gebieter.«

»... zu diesem Rimbert. Ein Hartleibiger, also. Ein Mann, der voll bei Verstand ist. Nur, was würdest du sagen, ist dieser Verstand mit Erinnerungen oder mit Hirngespinsten angefüllt?«

»Woher soll ich das wissen, Herr? Er wollte sich mir ja nicht offenbaren! Im allgemeinen aber lassen sich die Schwafler nicht lange bitten und schwatzen munter drauflos.«

»Ich habe jedoch auch schon Verschlossene erlebt, die den Mund nur für leeren Schwindel aufmachten«, murmelte der Sachse vor sich hin.

Rimberts Hof lag etwas abseits eines Weilers und bestand aus mehreren Gebäuden. Der Herr des Hauses erwartete den Missus dominicus im Kreise seiner gesamten Familie, für die der Besuch eines solchen Gastes eine noch nie dagewesene Ehre bedeutete. Kaum war der angelsächsische Abt abgesessen, trat Rimbert mit seiner Frau und seinem ältesten Sohn vor ihn. Dann geleitete er den hohen Würdenträger und dessen Gefolgsmann zwischen einem Ehrenspalier der Nachbarn zu seinem Haus in der Mitte des Hofes. Dort ließ er es sich nicht nehmen, Abt Erwin eine kleine Willkommensstärkung zu reichen, bestehend aus Krapfen, Würzwein und Met – den ihm zweifelsohne der Grieche angeraten hatte. Anschließend bat er den Gesandten des Herrschers, ihm in eine Kammer zu folgen, in der er in aller Vertraulichkeit den Fragen antworten könnte, die der Missus ihm zu stellen geruhen würde.

Rimbert war ein Greis mit üppiger weißer Haarpracht und ausgeprägten Gesichtszügen. Vom Alter gebeugt und wahrscheinlich vor Gelenkgicht und Reißen ganz steif in den Gliedern, konnte er sich nur unter Mühen fortbewegen und mußte sich beim Gehen mit der linken Hand auf einen Stock stützen, wobei ihm der Schmerz bisweilen das Gesicht verzerrte. Als der Missus dominicus sich an einem Tisch mit zwei Bechern und einem Krug Cervesia niedergelassen hatte, nahm Rimbert Erwins Angebot, sich ebenfalls zu setzen, mit Erleichterung an. Dann drückte er den Rücken, so gut es eben ging, durch, bevor er zu seinem Gast sagte:

»Nun stehe ich dir ganz zu Diensten, Herr. Erlaube mir zunächst, dich um Entschuldigung zu ersuchen, daß ich vor keinem anderen als dir auszusagen bereit war. Ich bitte dich, darin keinerlei Hoffart zu sehen. Die Wahrheit ist, was ich gegebenenfalls zu enthüllen habe, ist von einer solchen Bedeutung, daß allein jemand deines Ranges darüber unterrichtet werden darf.«

»Das will mir wohl in den Sinn«, antwortete Erwin. »Nur muß ich dennoch betonen, daß Timotheos, unser Gefolgsmann, ein feines Gehör und einen wachen Verstand besitzt und daß sein Mund gegenüber anderen als den Missi dominici, seinen Herren, fest verschlossen bleibt ... Gleichwohl begreife ich deine Bedenken. Doch glaube nicht, daß ich eine feste Vorstellung davon habe, welche Fragen ich dir stellen könnte! Unter solchen Umständen bereits zu wissen, was zu fragen ist, bedeutet doch wohl, bereits den wesentlichen Teil der Antworten zu kennen, oder nicht? Ich gehe also lediglich von Tatsachen aus: von den Morden, die diese Grafschaft in Trauer versetzten, von den Wirren, die sie erschütterten, und den Ängsten, die all diese Vorkommnisse heraufbeschworen haben. Und nichts von dem, was ich bisher erfuhr, bietet eine befriedigende Erklärung für ein solches Durcheinander.«

»Wahre Worte sprichst du da, Herr«, fügte Rimbert an. »Was sich seit einer Woche in diesem Landstrich zugetragen hat, mußte in Auxerre, in jedem Dorf und Weiler wie auch in allen

Hufen Furcht und Bangigkeit auslösen, die in mehr als nur einer Hinsicht Töchter der Verständnislosigkeit sind. Weshalb kam es zu diesen Gewalttaten, der aufgegangenen Saat des Hasses, so fragt man sich hier, und warum überhaupt zu diesem Haß? Wie ist es nur so weit gekommen?«

»Man hat mir von Streitigkeiten um Landbesitz erzählt, von Vergeltungsmaßnahmen, abgestochenen Schafen, verwüsteten Ernten, krumm und lahm geprügelten Kolonen und Leibeigenen.«

»Du weißt doch selbst, ehrwürdiger Vater, all dies genügt beileibe nicht, um solch grauenhafte Morde an unmittelbaren Gefolgsleuten von Vornehmen edelsten Geblüts zu rechtfertigen, Verzeihung, zu erklären. Du weißt auch, daß die von dir erwähnten Untaten ja selbst eine Ursache haben. Einem Abgesandten des Herrschers wie dir, der Meilen über Meilen in allen Ländern umhergezogen ist, um Gerechtigkeit, Ordnung und Frieden zu gewährleisten, werde ich wohl kaum etwas Neues enthüllen, wenn ich sage: Bei solch ungeheuerlichen Morden müssen heftigere Leidenschaften im Spiel sein als irgendwelcher Hader wegen abgeschlachteter Herden, niedergebrannter Scheunen oder mißhandelter Leibeigenen.«

»Das ist auch mein Eindruck. Aber was dann?«

Rimbert fuhr sich bedächtig mit der rechten Hand über Stirn und Haare. Er schien zunächst zu zaudern, gab sich dann aber einen Ruck:

»Du kannst dir sicher denken, Herr«, setzte Rimbert an, »daß mich diese Unruhen in unserer Grafschaft schon seit langer Zeit seltsam anmuten und aufgeschreckt haben. Die jüngst geschehenen Morde haben mich erneut zum Grübeln angestachelt. Das Alter hat zwar meinen Leib niedergerungen, aber, dem Himmel sei Dank, weder meinen Geist noch mein Gedächtnis. Vor allem zu meinem Gedächtnis habe ich Zuflucht genommen, und so werde ich nun nicht ohne Widerstreben alle Dinge in Rechnung ziehen, an die es mich erinnert. Und ich frage mich, ehrwürdiger Vater, ob es mich auch nicht trügt.«

»Ich gehöre nicht zu denen, die jedes Zeugnis zur reinen Wahrheit erklären. Deine fast schon übertriebene Aufrichtigkeit ist jedoch Unterpfand für Wahrhaftigkeit.«

»Ich war siebzehn Jahre alt, damals«, fuhr Rimbert nun fort, »im vierten Jahr der Herrschaft Pippins*, da ich als Waffenmann in seinen Dienst getreten bin. Obgleich es heutigentags wohl kaum mehr danach aussieht, war ich hoch aufgeschossen, kräftig und bestens geeignet, Brünne und Schwerter zu tragen. So gehörte ich namentlich der fränkischen Heerschar an, die dem Papsttum zu Hilfe eilte, siegreich in Pavia einzog und aus Italien mit unermeßlichen Schätzen und einigen Geiseln zurückkehrte, die König Aistulf an Pippin ausgeliefert hatte, jener arglistige Herrscher der Langobarden, den der Allmächtige schon kurze Zeit danach mit einem jähen Tod bestrafte. Zwei Jahre später diente ich Pippin noch immer und befand mich in Compiègne, wohin sich der Herzog von Bayern, Tassilo, begeben sollte, um seine Hände in die unseres Herrschers zu legen und somit Pippin wie auch seinen beiden Söhnen, Karlmann und Karl, den Vasalleneid zu leisten. Karl sehe ich noch heute vor mir: Er war damals erst fünfzehn Jahre alt, ein jugendlicher Bursche von hohem Wuchs, kräftig, kühn bei der Jagd – allzu kühn nach seines Vaters Geschmack, sehr rege an Körper und Geist, neugierig auf alles und – darf ich das erinnern – ein großer Esser, großer Zecher und großer Liebhaber hübscher Mädchen, was nun wiederum seine Mutter nicht sehr gern sah … und ihm überdies noch einige Unbill eintragen sollte.«

Abt Erwin konnte sich eines Lächelns nicht erwehren: In diesem Punkt hatte der König wie auch der spätere Kaiser die Neigungen des jungen Mannes keineswegs verleugnet.

* Demnach im Jahre 755.

»Der ganze Hof war dem König wie üblich in die Pfalz Compiègne gefolgt. Die Angelegenheit war von großer Wichtigkeit, da Bayern den Franken einen beachtlichen Gewinn brachte oder nach landläufiger Ansicht bringen sollte. Ich vermute, Karl der Weise, der neue Kaiser des Abendlandes, verlangt heutigentags von seiner gesamten Umgebung Mäßigkeit und Strenge.«

»Ganz gewiß«, beeilte sich Erwin unerschütterlich zu antworten.

»Zu der Zeit aber, die ich gerade heraufbeschwöre, da war man noch nicht so tugendhaft. Bei weitem nicht! Die Siege des neuen Königsgeschlechts hatten mehr als einen trunken gemacht, und manch einer gab sich diesem Rausch nach Herzenslust hin.«

Rimbert trank einen Schluck Cervesia.

»Nibelung, Karl Martells Neffe, bekam also zwei Söhne. Einer davon ist Graf Childebrand, der Gesandte des Kaisers und dein Freund. Nibelung hatte einen Bruder von etwas weniger glanzvollem Ruf, Dietrich, der ebenfalls zwei Kinder bekam, bevor er schließlich als tapferer Kämpe in Aquitanien fiel ... Zwei Kinder also, darunter Adelinde, die somit Graf Childebrands Base ersten Grades ist. Dieser dürfte nicht sonderlich gut bekannt mit ihr sein, da er um einiges jünger ist als sie. Überdies wurde sie von ihrer Mutter bis zu ihrem sechzehnten Lebensjahr in Trier großgezogen.«

Rimbert hielt abermals inne.

»Es ist schmerzlich, all dies jetzt wachrufen zu müssen, was du gleichwohl unbedingt wissen mußt ...« murmelte er.

»Folge nur deinem Gewissen«, wandte Erwin sanft ein.

»Doch, es muß sein ... Adelinde kommt nun also an den Königshof, sie, die bei ihrer Mutter bis dahin nichts als Strenge, Kargheit und beinahe schon Bedürftigkeit gekannt hat. Ihr Oheim, Nibelung, der sie zu sich geholt hat, wird von tausend Aufgaben in Beschlag genommen. Sie ist jung, schön, blendend schön. Sie betört. Um sie herum herrscht nur Überfluß, Macht und Festlichkeit. Sie ist sich selbst überlassen, etlichen Versuchungen ausgesetzt. Und sie erliegt ihnen. Unter all den Leuten, die ein liederliches Leben führen, zeichnet sie sich durch ihren unermüdlichen Eifer, ihre Kühnheit, ja gar Dreistigkeit aus. Wer würde dies heute glauben, wenn er sieht, was inzwischen aus ihr geworden ist, eine würdevolle Ahnfrau von unbestrittenem Einfluß? Es ist mir häufig die Überlegung durch den Sinn gegangen, daß sie die Weisheit ihrer späteren Jahre aus ihren jugendlichen Ausschweifungen selbst geschöpft hat.«

»Ich vermute indes, zur damaligen Zeit erregte sie Anstoß.«

»In der Tat, denn sie ließ, wohl aus Arglosigkeit, ruchbar werden, was die Gefährten der Liederlichkeit tunlichst zu verbergen wußten.«

»Demnach hielt man ihr also weniger ihren Lebenswandel selbst vor als vielmehr die Art, wie sie diesen zur Schau trug.«

»Mit Sicherheit. Schon bald darauf gelangten Gerüchte über ihre Tollheiten dem Oheim zu Ohren, der darüber in fürchterlichen Zorn geriet: Dies Ärgernis drohte nämlich auf das gesamte Geschlecht der Nibelungen zurückzufallen. Von einem Tag auf den anderen war dann Schluß mit den fröhlichen Streichen, den ungezügelten Abenden und leidenschaftlichen Nächten. Alles Weinen und Klagen half nichts. Ein Kloster nahm Adelinde auf; Gebet und Kasteiung bestimmten von da an vier lange Jahre ihr neues Leben … bis zu ihrer Heirat.«

Rimbert wischte sich über die Stirn.

»Diese Heirat …« setzte er kopfschüttelnd wieder an. »Oh! Das war nicht einfach. Die hemmungslose Zeit war zwar kurz gewesen, doch die Erinnerung daran blieb lange lebendig. Über Monate und Jahre hinweg suchten die Nibelungen einen Mann von edlem Geblüt, der gewillt gewesen wäre, diejenige zu ehelichen, deren Betragen das maßloseste Getratsch genährt hatte, weil die Wahrheit selbstverständlich nach Herzenslust aufgebauscht worden war.«

»Und dieser Mann war Frebald.«

»Sehr richtig! Er stammte aus einem zwar edlen, aber einfachen Geschlecht. Sein Haus hatte indes die Mittel, ihn gebührend zu wappnen. Und so vermochte Frebald in die Reiterei und somit in den Dienst König Pippins einzutreten, wo er sich bereits als junger Bursche durch seine Tapferkeit auszeichnete, so daß man ihm schon bald den Befehl über einen Zug gab. Als er sein zwanzigstes Jahr erreichte, befand der Herrscher, der ihn aus Wohlwollen in seinen unmittelbaren Dienst genommen hatte, der junge Mann müsse sich nun eine Frau nehmen. Zwar konnte Frebald, wie es schien, keine der vornehmsten Töchter freien, doch Pippin hatte inzwischen eine hohe Meinung von ihm und wollte ihn zu einem geachteten Vasallen machen. Brachte Nibelung bei seinem königlichen Vetter nun Adelinde ins Gespräch? Und eröffnete Pippin seinem Günstling und getreuen Verbündeten Nibelungs kupplerische Bemühungen? In jedem Fall erhielt Frebald Kenntnis von der sich ihm bietenden Gelegenheit, in eines der einflußreichsten Geschlechter des Königreichs einheiraten zu können. Von Adelindes stürmischer Vergangenheit verhehlte man ihm nichts. Wog er lange das Für und Wider ab? Ich weiß es nicht. Wie auch immer, die jungen Leute, beide waren damals gerade einundzwanzig Jahre alt, vermählten sich jedenfalls im zehnten Jahr von Pippins Herrschaft, mit dem König selbst und den Großen des Hofes als Trauzeugen. Auf den Rängen konnte man sich das Maul zerreißen, soviel man wollte, Frebald und Adelinde waren der festen Überzeugung, daß sich ihnen nunmehr eine prächtige Zukunft auftat. Die Braut war erst vierzehn Tage vor der Trauung aus dem Kloster geholt worden und konnte ihr Glück kaum fassen: Der ihr als Gatte aufgenötigte Mann war jung, gefällig, zuvorkommend, derweil sie doch mit dem schlimmsten Graukopf gerechnet hatte. Sie glaubte, das feierliche Gepränge ihrer Hochzeit würde jede Schande tilgen und alle üble Nachrede zum Schweigen bringen. Sie war glücklich und strahlend schön. Was ihnen die Sache aber keineswegs leichter machte, weil beide sogleich etliche Neider hatten. ›Soviel Staat und eine solch hochrangige Schirmherrschaft für einen Hahnrei und eine liederliche Metze‹, sagte man damals. Und dies blieb nicht ohne Folgen.«

Da Rimbert Anzeichen von Ermüdung erkennen ließ, legte Erwin ihm nahe, seine Bekenntnisse für eine Weile zu unterbrechen, und sein Gastgeber willigte auch dankend ein. Rimbert machte sich die Verschnaufpause zunutze, um dem angelsächsischen Abt den Familienschatz zu zeigen, ein ungefähr hundert Jahre altes Evangeliarium nach Matthäus. Erwin lobte es für seine schöne Schrift und die Güte des Pergaments, enthielt sich aber wohlweislich jeder weiteren Bemerkung, obgleich er rasch gewahr wurde, daß der Text, wie viele andere Bibeln aus jener Zeit, Fehler und Lücken aufwies. Was kümmerte es im gegebenen Fall auch? Waren Rimbert und die Seinen des mühelosen Lesens überhaupt mächtig? Recht unwahrscheinlich. Was in ihren Augen, zur Stütze ihres Glaubens, vor allem zählte, war doch die Tatsache, diese Heilige Schrift unter ihrem Dach zu wissen.

Der Hausherr hatte außerdem in der Zwischenzeit eine kleine Stärkung auftragen lassen, darunter einen Becher mit Honig versetzten Weins, der ihm wieder zu Kräften verhalf. So konnte er seinen Bericht fortsetzen:

»Alard hingegen bedurfte keines Ehebunds, um zu den Hochedlen des Reiches zu zählen. Seine Ahnen hatten sowohl im Burgund als auch in Neustrien herausragende Stellungen bekleidet. Zu ihnen gehörte der wackere Roland, Ogier, Vetter ersten Grades des Herzogs von Bayern, und auch der noch heute unter den Lebenden weilende Graf Gottfried, den du ja kennst und der in unseren Landen eine wichtige Rolle gespielt hat.«

»Eine sehr wichtige sogar«, bestätigte der Sachse.

»Ich habe Alard gut gekannt«, fuhr der Greis fort. »Er war

hochtrabend und herablassend, er prahlte mit seiner vornehmen Herkunft und trieb seine Unverschämtheit bis zur groben Flegelei. Auch er diente in der Reiterei, wo er von seinen Männern gehaßt wurde. Zu einer gewissen Zeit stand Frebald unter seinem Befehl. Daß dieser Pippins Gunst genoß, regte Alard zu den gehässigsten Quälereien an. Was schließlich an höherer Stelle ruchbar wurde. Um Frebald hiervon zu erlösen, vertraute der König ihm die Befehlsgewalt über ein wichtiges Geschwader an. Von nun an war Alard von Neid erfüllt, und als er dann noch erfuhr, Frebald werde ihm durch einen Ehebund – und sei es auch mit jener Adelinde – im Range ebenbürtig, da kannte er kein Halten mehr ... zumal seiner Hochzeit mit Helma, die im selben Jahr wie die aufsehenerregende Trauung seines Feindes stattgefunden hatte, ein vergleichbarer Glanz versagt geblieben war.«

»Ich ahne schon die Folgen ...«

»Ja, Herr, Alard brauchte nach den Mitteln und Wegen seiner Rache nicht lange zu suchen. Er nahm Adelinde zur Zielscheibe, erinnerte bei jeder passenden wie auch unpassenden Gelegenheit an deren schamlose Ausschweifungen, belegte Frebald stets mit den ehrenrührigsten Schimpfnamen, suchte ihn ohne Unterlaß lächerlich zu machen, wessen alle Welt im übrigen rasch überdrüssig wurde, weil seine verletzenden Worte inzwischen jeden Grunds entbehrten: Sosehr Adelinde sich dereinst auch der üblen Nachrede preisgegeben hatte, sosehr erweckte sie nun als Frebalds Gemahlin, und überdies bald darauf auch als Mutter, überall nur Hochachtung mit ihrer Zurückhaltung, ja ihrer Bescheidenheit, durch ihre Würde und Keuschheit.«

»Wer andere verleumdet und höhnt, erntet Lacher, die er schmeichelhaft wähnt, und meint vielleicht, er würde sich Verdienste erwerben. In Wahrheit erregt er bloß Mißbilligung und Argwohn«, erklärte der Sachse. »Denn wer kann sich schon sicher sein, ob er nicht das nächste Opfer wird?«

»Darum scherte sich Alard keinen Deut. Im Gegenteil, er steigerte seine Frechheit noch und trieb es sogar so weit, die schimpflichsten Urteile über Adelinde, über Frebald zu äußern, selbst in dessen Gegenwart. Mehrere Male gingen die beiden Männer mit dem Schwert in der Hand beinahe aufeinander los und wurden nur durch entschiedenes Dazwischentreten hochrangiger Persönlichkeiten des Reiches daran gehindert, bis ihnen Pippin schließlich jeden Zweikampf verbot. ›Euer Blut gehört mir‹, sagte er, wobei er ihnen klar zu verstehen gab, daß dieser nicht enden wollende Zwist seine Geduld allmählich zermürbte. Die Ermahnung zielte übrigens vor allem auf Alard, weil dieser mit seinen Angriffen auf das Ehegespann Frebald–Adelinde, wahrscheinlich ohne es zu wissen, des Königs ureigene Entscheidung anfocht.«

»Fuhr er trotzdem fort?«

»Darauf deutet wohl alles hin. Sein Haß war stärker als Vorsicht und Gehorsam ... Nun loderte in diesem elften Jahr der Herrschaft Pippins, in dem die Zusammenkunft von Attigny so viele fränkische Bischöfe und Äbte um den König versammelte, der Krieg gegen die Aquitanier mit erneuter Heftigkeit wieder auf. Auch Alard und Frebald, beide gleichermaßen kluge und tapfere Recken, nahmen an der Spitze ihrer jeweiligen Schwadron an den Kämpfen teil. Doch was geschah dann bei jenem Gefecht nahe Aubusson? Nicht eine der Schilderungen der Beteiligten wurde von allen anderen bestätigt.«

Rimbert richtete sich mit schmerzverzerrtem Gesicht auf und atmete tief durch.

»Nachdem ich mir jedoch etliche Berichte angehört hatte, konnte ich mir inzwischen gleichwohl eine gewisse Vorstellung von den Umständen und Wechselfällen der Schlacht machen ... Ich möchte mit dem anfangen, was unbestreitbar feststeht ... Also, der Zufall hatte Frebalds und Alards Geschwader diesmal bei ein und demselben Unternehmen zusammengeführt; dabei erkundeten sie gerade gemeinsam die Hänge des

Creuse-Tals, als an einer Flußschleife plötzlich ein den Franken zahlenmäßig unterlegener Haufen Aquitanier auftauchte. Alard, dessen vordringlichste Sorge darin bestand, Frebald keine Gelegenheit zu lassen, sich ruhmreich hervorzutun, gab seinen Mannen den Befehl zum Angriff, ohne sich die Mühe zu machen, seinen Widersacher davon zu unterrichten. Kaum preschte Alards schwere Reiterschar den Hang hinunter, brach am gegenüberliegenden Ufer eine zweite, doch deutlich stärkere feindliche Abteilung aus einem Hain. Hatte Alard die Gefahr unterschätzt? Wollte er dessenungeachtet seine Furchtlosigkeit unter Beweis stellen? Jedenfalls setzte er den Angriff fort. Als er dann auf die Aquitanier am Fluß einstürmte, hatten diese von der hinzukommenden Einheit bereits Verstärkung erhalten. Es entbrannte ein Gefecht, bei dem die Franken eins zu vier unterlegen waren. Frebald hatte rasch erkannt, in welche Falle Alard blindlings gerannt war. Es steht zweifelsfrei fest – wofür ich hunderterlei Beweise habe –, daß Frebald den Seinen ebenfalls den Befehl zum Angriff erteilte, um ihre bedrängten Waffenbrüder aus der Zange der Aquitanier zu befreien ... Das ist ganz sicher, ja, sicher ...«

Rimbert seufzte.

»Was aber danach folgte, hat weiß Gott Anlaß zu Streitgesprächen und erbitterten Fehden gegeben ... Für die einen ist Alard bei dem Vorstoß so ungestüm vorgegangen, daß er schon bald von den Seinen abgeschnitten war und von Feinden umzingelt wurde. Zu seiner Rettung versuchten seine Reiter nun, sich mit Streitaxt und Schwert eine blutige Gasse durch die Mauer der Aquitanier zu bahnen. Da diese jedoch, wie man ja weiß, ebenfalls tapfere Krieger sind, setzten sie sich erbittert gegen die Franken zur Wehr. Als die Verstärkung endlich bis zu Alard durchdringen konnte, war er bereits vom Pferd gestürzt worden und, von hundert Hieben getroffen, seinen Verletzungen erlegen ... So jedenfalls schilderten etliche die Begebenheit um den Tod dieses Anführers, der zwar ein böser Mann, aber auch ein tapferer Kämpe war … Es gab indes auch Freunde Alards, wenn auch nicht viele, um die Wahrheit zu sagen, die steif und fest behaupteten, die Sache hätte sich ganz anders zugetragen. Frebald hätte seinen Gegenangriff absichtlich verzögert, und als er sich schließlich dazu entschlossen habe, soll er an einer Stelle auf die Aquitanier eingestürmt sein, wo diese in der Überzahl gewesen wären. So daß die feindlichen Krieger genügend Zeit gehabt haben sollen, die kleine Schar derer auszulöschen, die noch an der Seite ihres Anführers kämpften, und endlich Alard selbst zu töten. Auf diese Weise soll es Frebald also gelungen sein, sich an dem Mann zu rächen, der ihn so viele Male beleidigt und gedemütigt hatte. Manche halten jedoch dagegen, von seiner unmittelbaren Leibwache abgesehen, hätten sich Alards eigene Reiter nicht unbedingt allzu unerschrocken ins Zeug gelegt, um ihren Anführer zu retten, da er sich bei zu vielen von ihnen verhaßt gemachte hatte.«

»Wem soll man nun Glauben schenken?«

»Oh! Ich werde mich hüten, darüber ein Urteil zu fällen!« verwahrte sich Rimbert. »Allerdings muß ich wohl hinzufügen, daß von sämtlichen Teilnehmern dieses Gefechts nur sehr wenige Frebald einen Vorwurf machten. Der König ließ dennoch eine Untersuchung durchführen, die Adelindes Gemahl von aller Schuld freisprach.«

»Wenn ich dich richtig verstehe, machte diese Entlastung der Fehde jedoch kein Ende.«

»In der Tat. Frebalds Feinde behaupteten, der König und Freund der Nibelungen habe diesen Schiedsspruch erzwungen. Der Streitfall verbreitete weiterhin sein Gift. Und tut es noch immer, allem Anschein nach …«

Erwin rieb seine langfingrigen Hände aneinander.

»Summa summarum ist Frebald in den Augen der Geroldinger nach wie vor der Mörder ihres Ahnherrn, der den Tod fand, bevor er seinem Geschlecht zu einer reichen Nachkommenschaft verhelfen konnte. Und die Nibelungen werden es nicht müde, sich als Opfer von Verleumdungen hinzustellen.«

»So ist es, ehrwürdiger Vater.«

»Und ist diese Geschichte hier in der Gegend allgemein bekannt?«

»Die beiden Häuser haben sich stets bemüht, ihre Feindschaft nicht an die große Glocke zu hängen; jede offene Auseinandersetzung hätte nur beiden geschadet.«

»Und hatten ihre Bemühungen Erfolg?«

»Schon unmittelbar danach und über viele Jahre hinweg gab es Gerüchte, üble Nachrede und dummen Tratsch. Mit der Zeit verlor die Geschichte aber allmählich an Reiz, wenngleich jeder wußte, daß die Feindschaft zwischen den beiden Geschlechtern unverändert erbittert blieb. Das Feuer schwelte nach wie vor unter der Asche.«

»Ich nehme an, die Untaten, die die Grafschaft seit mehreren Monaten in Aufruhr versetzen, und vor allem die gerade begangenen Morde haben dies Feuer neu entfacht?«

»So ist es, Herr. Das erklärt vielleicht auch, weshalb die Bevölkerung in solche Erregung geraten ist und ...«

»Oh! Dazu kam es auf keinen Fall von selbst«, wandte Erwin ein.

Der Sachse strich sich grübelnd übers Kinn und fuhr fort:

»Auch wenn man einmal gelten ließe, daß dieses weit zurückliegende Unglück mit den gerade verübten Verbrechen in irgendeinem Zusammenhang stünde, so müßte man gleichwohl erforschen, welcher neue Umstand hinzugekommen sein mag, damit Dinge, die doch so lange ohne wesentliche Folgen geblieben sind, heute zu solchen Schandtaten führen konnten, nicht wahr?«

»Nicht immer besänftigt die Zeit den Haß. Bisweilen schürt sie ihn sogar noch!«

»Sicher ... Aber kommen dir nicht vielleicht irgendwelche Begebenheiten oder auch dem Anschein nach völlig unbedeutende Ereignisse in den Sinn, die mit diesem Aufflammen der Gewalt in Verbindung gebracht werden könnten?«

Mit gesenktem Kopf dachte Rimbert eine ganze Weile nach.

»Nein, Herr«, antwortete er schließlich. »Nichts Wesentliches ... oder Bedeutsames. Ich bitte dich jedoch um Nachsicht: Mich an diese so schmerzlichen Ereignisse zurückzuerinnern, hat mich sehr angestrengt ...«

»Ich verstehe. Manchmal beschwört das Gedächtnis Dinge, die vor langer Zeit geschehen sind, leichter herauf als Wechselfälle aus der unmittelbaren Vergangenheit. Und was ich dir gerade zugemutet habe, war sicher sehr belastend ...«

»Glaube mir, es war mir nicht nur eine Pflicht, sondern mehr noch eine Ehre.«

»So muß ich dir dafür danken. Indes ...«

Der Sachse blickte den Greis durchdringend an.

»... sollte dir noch ein denkwürdiges Vorkommnis einfallen, irgend etwas, was unserer Untersuchung dienlich sein könnte, so wirst du es selbstverständlich nicht versäumen, uns dies zur Kenntnis zu bringen. Und um dir die mühselige Fahrt nach Auxerre zu ersparen, werde ich in Bälde einen Gefolgsmann unserer Gesandtschaft namens Doremus zu dir schicken, damit er jeden zusätzlichen Hinweis, den du uns womöglich mitzuteilen gedenkst, schriftlich oder mündlich, wie es dir eben beliebt, entgegennehmen kann. Es versteht sich von selbst, daß Doremus, wie übrigens auch Timotheos, sich eher die Zunge herausreißen ließe, als ein Geheimnis irgendeinem anderen als einem Missus dominicus anzuvertrauen.«

Der angelsächsische Abt dankte dem plötzlich etwas besorgt scheinenden Greis noch einmal für seine Enthüllungen, die die ganze Angelegenheit »nunmehr in einem ganz neuen Licht erscheinen« ließen, und verabschiedete sich von ihm.

Während Erwin wieder die Herberge der Mission in Auxerre aufsuchte, begab sich Timotheos spornstreichs nach Chazelles, wo er zur fünften Stunde mit Badfred zusammentreffen sollte. Der Grieche hatte Isembards Sohn durch einen Meldegänger von seinem bevorstehenden Besuch unterrichten lassen und wollte mit ihm die genauen Umstände des auf ihn verübten Mordanschlags vor Ort in Augenschein nehmen.

Badfred war pünktlich zur Stelle. Er schien Timotheos kaum mehr etwas mit dem hochmütigen, ja herablassenden Mann gemein zu haben, dem er wenige Tage zuvor gegenübergestanden hatte. Kam es nun von der Furcht, die Badfred bei dem Angriff, dem er beinahe zum Opfer gefallen wäre, verspürt hatte, oder hatte ihn die zur Schau gestellte Kampfkraft der Missi, mit der diese ihre Macht unter Beweis gestellt hatten, so nachhaltig beeindruckt? Jedenfalls erklärte er sich gewillt, Timotheos jede für nützlich befundene Auskunft zu liefern. Dabei bemühte er sich sogar um Höflichkeit.

So brachen sie unverzüglich in das nahe, östlich des Dorfes gelegene Gehölz auf und folgten dann dem Waldweg, den Badfred am Vortag entlanggeritten war. Hinter dem Weiler Ouches ritten sie inmitten dichten Dickichts voran, das schier undurchdringlich schien, wären da nicht hier und da Pfade zur Rechten oder Linken abgezweigt. Nach einer Viertelmeile durch diesen Urwald überquerten sie ein Rinnsal und gelangten auf einen recht gerade verlaufenden und etwas breiteren Wegabschnitt.

»Hier war es«, sagte der Sohn Isembards.

Die beiden Reiter saßen ab. Der Grieche schickte sich an, den Boden und das Gestrüpp zu beiden Seiten des Pfades zu erforschen. Auf seine Aufforderung hin zeigte Badfred ihm die genaue Stelle, an der er sich befunden hatte, als ihn die Pfeile um Haaresbreite verfehlten, sowie den wahrscheinlichen Standort des Bogenschützen. In der Verlängerung der dadurch ermittelten Schußrichtung machte der Pfad einen Knick. Dort drang der Fuchs, den Dornen trotzend, nicht ohne Mühe in das Dickicht und arbeitete sich durch das verwachsene Gestrüpp vorwärts. Nach einer ganzen Weile kam er schließlich mit einem Pfeil in der Hand wieder zum Vorschein.

»Einen habe ich, das ist die Hauptsache«, meinte Timotheos.

Er erkundete das Geschoß und zeigte es dann Badfred.

»Ein übler Pfeil, eine böse Erinnerung!« sagte der Geroldinger, indem er danach greifen wollte.

»Verzeih mir, Herr«, wandte Timotheos ein. »Aber ich muß ihn meinen Gebietern übergeben, da sie die Ermittlungen leiten.«

»Dürfte ich mir wenigstens die Fiederung ansehen?«

Die Federn waren beinahe abgerissen, als der Pfeil ins Gestrüpp gedrungen war.

»Bei allen Heiligen!« rief Badfred aus, als er die Überbleibsel in Augenschein nahm. »An dem Kennzeichen, das du da siehst, läßt es sich unschwer erkennen: Dieser Pfeil gehört den Nibelungen! Folglich haben diese Schufte schon wieder ...«

»Sachte!« hielt der Grieche dagegen. »Ohne eingehende Untersuchung erlauben diese kümmerlichen Reste der Fiederung sicherlich keine derart schwerwiegende Schlußfolgerung ...«

»Ich sage dir, daß dies hier ein Nibelungenpfeil ist! Zweifelst du etwa daran, wo ich meiner Sache doch ganz und gar sicher bin?«

»Wenn du dir so sicher bist, dann läßt es sich auch ohne Mühe beweisen, und bis dahin ...«

»Meister Medard versorgt mit seiner Werkstatt den gesamten Landstrich und wird es dir bestätigen: Dieser Pfeil gehört den Nibelungen!« betonte Badfred hämmernd.

»Steht dies erst fest, werde ich es auch glauben. Du kannst dir sicher sein, daß ich alles tun werde, um mir darüber Klarheit zu verschaffen.«

»Das wäre ich nur zu gern«, erwiderte Isembards Sohn in wie gehabt schroffem Ton, während er sich bereits in den Sattel schwang, um nach Chazelles davonzupreschen, und den Griechen einfach stehenließ. Timotheos machte keinerlei Anstalten, ihm zu folgen.

Aus gutem Grund! Bei seinem Versuch, zumindest einen der auf Badfred abgeschossenen Pfeile wiederzufinden, hatte er den Eindruck gehabt, als vernähme er das leise Knacken von Zweigen – wie es etwa vorsichtige Schritte verursachen. Also band er sein Pferd an einer Eiche fest und schlug einen Pfad ein, der ostwärts in die Richtung führte, aus der das Rascheln und Knacken gekommen war. Nach einer halben Stunde Fußweg hörte er plötzlich ein Wiehern. Er hielt darauf zu und folgte dann dreihundert Fuß weit einem Seitenweg, der schließlich auf eine Lichtung mit einem Weiher in der Mitte führte. Am Gatter eines grasbewachsenen Pferchs stand ein rotbraunes Pferd und schaute, immer wieder hochschreckend, zu dem Griechen hinüber, während er sich dem Roß näherte. An einer Ecke der Umzäunung befand sich ein kleiner Stall. Timotheos betrat den Pferch, und der Braune kam auf ihn zu. Er war in gutem Zustand. Im Stall selbst war erst vor kurzem frische Streu ausgebracht worden. Ein prächtiges Zaumzeug nebst Sattel lagen ordentlich auf einem Bock. Nun sattelte und zäumte der Grieche das Pferd, das sich dies friedlich gefallen ließ. Dann saß er auf und verließ die Lichtung auf einem nach Norden führenden Weg, da der Pfad, der ihn hergeführt hatte, für ein Roß samt Reiter zu schmal war. Trotz mancher Unschlüssigkeit und mit dem einen oder anderen Umweg vermochte er schließlich sein eigenes Pferd wiederzufinden. Er packte es am Zügel und schlug den Rückweg zur Stadt ein.

An der Wehrmauer von Auxerre angelangt, erkundigte sich der Grieche, dessen Ankunft gewiß nicht unbemerkt geblieben war, nach der Bognerwerkstatt von Meister Medard. Man erklärte ihm, sie liege unweit der Kapelle Saint-Michel, jedoch außerhalb der Stadt.

Der Handwerker war ein äußerst leutseliger, zwar stämmiger,

doch recht behender Mann. Er begrüßte Timotheos, als ob er ihn bereits seit einer Ewigkeit kannte, nannte ihn ehrerbietig beim Namen, reichte ihm sofort Wein als Willkommenstrunk und erklärte dann, daß er ihm zu Diensten stehe.

Nachdem der Grieche vom Pferd gestiegen war, richtete er sein Augenmerk zunächst auf die Waffenherstellung, mit der mehrere Gesellen beschäftigt waren. Meister Medard zeigte ihm einige Stücke verschiedenster Spannung, von leichten und mühelos zu handhabenden für berittene Bogenschützen bis hin zu Waffen mit großer Schußweite für Fußkrieger. Nicht ohne Hintersinn bot er Timotheos an, einen dieser mächtigen Bogen auszuprobieren. Ziemlich erstaunt mußte er indes feststellen, wie der gewandte Levantiner mit den zarten Händen, der eher für die Großtaten der Schreibstube geschaffen zu sein schien denn für die der Walstatt, die ihm gereichte Waffe ohne erkennbare Mühe spannte und Schuß auf Schuß mit zwei Pfeilen ins Schwarze einer Zielscheibe traf.

»Ausgezeichnet, wirklich ausgezeichnet«, bemerkte der Bognermeister.

»Pah, das ist noch gar nichts im Vergleich zu meinem Freund, Bruder Antonius, der ebenfalls den Missi dominici dient.«

»Gar nichts? Ja, was für ein Kerl muß der dann erst sein!«

»Ich werde ihm bei Gelegenheit raten, dich aufzusuchen und deine Waffen auszuprobieren, die wirklich von außergewöhnlicher Güte sind. Einstweilen aber ...«

Timotheos ging den Pfeil holen, den er in seinem Quersack verstaut hatte, und zeigte ihn Meister Medard.

»Man hat mir gesagt, du würdest die gesamte Grafschaft versorgen ... Kannst du einen solchen Pfeil nur an den Überresten der Fiederung wiedererkennen und mir sagen, wem er gehört?«

Der Handwerksmeister untersuchte das Geschoß eingehend.

»Kein Zweifel«, schloß er endlich. »Das ist ein Nibelungenpfeil.«

»Bist du dir dessen so sicher, wie man nur sein kann?«

»So sicher, wie ich dich hier vor mir sehe!«

»Sei's drum«, erwiderte der Grieche ohne weitere Bemerkung. »Selbstverständlich muß dies unbedingt unter uns bleiben.«

Timotheos hatte den bisher heiteren Ton jäh aufgegeben und die Ermahnung mit herrischer Stimme ausgesprochen.

»Aber gewiß doch!« versicherte Medard eingeschüchtert.

In ihrer Herberge eingetroffen, vertraute der Grieche seine Pferde einem Stallknecht an und ließ sich den Missi ankündigen. Abt Erwin und Graf Childebrand versuchten sich gerade darüber Klarheit zu verschaffen, welche Auswirkungen Rimberts Offenbarungen auf ihre Untersuchungen haben mochten.

»Ich habe Wadalds Pferd gefunden«, verkündete ihnen Timotheos ohne Umschweife und berichtete anschließend von den Umständen seiner Entdeckung.

Nach einigen Lobesworten ließ sich Childebrand die Einzelheiten zur Lage der Lichtung und dem Zustand von Pferd und Zaumzeug genauer schildern, wogegen der Sachse bemerkte:

»Der Zufall ist des Ermittlers bester Freund ... Nur muß der ihm auch zu dienen und sich seiner zu bedienen wissen.«

Der Grieche errötete bei diesen anerkennenden Worten. Nun zog er den unter seinem Obergewand verborgenen Pfeil hervor und reichte ihn Childebrand. Dann erzählte er von seinen Nachforschungen in Badfreds Beisein und wie er besagten Pfeil im Unterholz gesucht und schließlich aufgestöbert hatte. Da der Graf um Timotheos' Vorliebe wußte, seine Berichte stets in Überraschungen gipfeln zu lassen, spielte er das Spielchen mit und grollte:

»Nun heraus mit der Sprache, du Schlitzohr!«

»Meister Medard, der Vater aller Pfeile in diesen Landen, ist sich seiner Sache ganz sicher«, erwiderte der Fuchs feierlich. »Dieser hier trägt eindeutig das Kennzeichen der Nibelungen!«

»Beim Arsch des Teufels, das ist ja unglaublich, unerklärlich, einfach infernalisch!« rief Childebrand erregt aus und fuhr in seiner Litanei noch einen Augenblick fort.

»Jedenfalls sind dieses rotbraune Pferd und der Nibelungenpfeil zwei recht aufschlußreiche Entdeckungen«, fügte Erwin sanftmütig hinzu. »Laßt uns hoffen, daß sich die Nachforschungen von Bruder Antonius als ebenso fruchtbar erweisen mögen.«

Der Mönch hatte sich nämlich in der ersten Morgenstunde zu den Stallungen in Escamps begeben, um die dortigen Stallburschen und Knechte zu befragen und vielleicht herauszufinden, wer am Tage von Wadalds Ermordung nach seinem Pferd verlangt hatte. Man antwortete ihm, »alle Herren hätten dies getan«, was ihn kaum weiterbrachte. Daher entschied er, anders vorzugehen, und hieß Maliers ehemalige rechte Hand zu sich kommen, der die Stelle des verstorbenen Meiers eingenommen hatte. Bruder Antonius wollte Genaueres über Art und Beschaffenheit des Besitzes der Nibelungen wissen und fragte insbesondere nach den abgelegenen Gütern.

Er erfuhr, daß diese einige Weiden in der Gegend von Saint-Sauveur-en-Puisaye, ein wildreiches Waldstück im Landstrich Othe * und Weingärten bei Saint-Bris umfaßten.

Da die Zeit des Kalbens bereits ihrem Ende entgegenging, erschien es dem Mönch recht unwahrscheinlich, daß sich einer der Nibelungen in aller Eile in die Gegend von Puisaye hätte aufmachen müssen. Überdies war in den letzten Tagen keine Jagd ausgerichtet worden, weshalb er auch den Landstrich Othe ausschloß. Hingegen erforderte die Blüte der Reben so-

* Dem Pays d'Othe

wie die Beobachtung des neuen Weins, der zur Zeit in den Fässern reifte, ein besonderes Augenmerk, was einen außergewöhnlichen Ortswechsel unter Umständen gerechtfertigt hätte. Und außerdem, wie konnte man der Lockung des berühmten »weißen Burgunders« widerstehen?

Bruder Antonius verließ daraufhin Escamps, gelangte über Vallan zum Yonne, den er bei Champs überquerte, und erreichte so schnell, wie Leonia es vermochte, Saint-Bris, wo er inmitten des Weingartens der Nibelungen ohne Mühe die Kellerei fand, über die der Weinküfermeister Bernher gebot.

Dieser war beinahe ebenso rund wie der Dickbauch selbst, wenn auch kleiner von Wuchs. Als der Mönch den Keller betrat, war Bernher im Begriff, den Wein der letzten Lese zu kosten. Ein Knecht folgte ihm dabei von Faß zu Faß, eine Platte mit Brot und Käse in der Hand, womit er kleine Häppchen bereitete, damit sich sein Herr zwischen zwei Verköstigungen »die Zunge wiederherstellen« konnte. Ein zweiter Gehilfe entnahm jeder Tonne etwas von der kostbaren Flüssigkeit und ließ sie in einen Probierbecher rinnen. Ein dritter im Gefolge hielt das jeweilige Urteil des Kellermeisters auf einem Täfelchen fest.

Bernher schritt gerade zur Begutachtung eines weiteren Fasses, als er den Mönch erblickte. Er hielt sofort inne und betrachtete den Eindringling scharf und musterte ihn von oben bis unten; sein Mienenspiel zeugte von heftiger Furcht, als hätte er soeben den leibhaftigen Schrecken aller Kellermeister zu Gesicht bekommen. Bruder Antonius führte sich unverzüglich als Gefolgsmann der Missi dominici ein, was die Ängste des Weinküfers nicht sonderlich besänftigte.

»Und weshalb kommt ein so vortreffliches Mitglied einer kaiserlichen Gesandtschaft ausgerechnet in diese bescheidene Kellerei?« fragte Bernher in einem Ton, der ihm trotz aller Bemühungen nicht herzlich gelingen wollte.

»Sei unbesorgt, mein Sohn, ich bin nicht hergekommen, um

im Namen des Zugriffsrechts irgend etwas zu beschlagnahmen!«

»Aha, soso!« erwiderte Bernher äußerst erleichtert. »Wenn dem so ist, würde es dir vielleicht gefallen, mir bei der Verkostung dieses neuen Weins zu helfen? Es scheint mir ein guter Jahrgang.«

Der Dickbauch ließ sich da nicht lange bitten. Eiligst mit einem Probierbecher versehen, konnte er den Weinküfermeister bei seiner Prüfung begleiten. Er wußte die Blume eines jeden Abstichs eingehend zu erschnuppern und dabei die weiche Fülle zu würdigen, die das Bittere des jungen Tropfens schon beinahe ganz verdrängt hatte. Er befand den neuen Jahrgang als vielversprechend, »fest« auf der Zunge und gut ausgebaut. Meister Bernher war im siebten Himmel: endlich ein wahrer Weinkenner! Bruder Antonius wartete bis zum achten Faß, bevor er auf den Grund seines Besuchs zu sprechen kam.

»Ich hoffe nur, einem Weingarten, der einen so wunderbaren Tropfen hervorbringt, wird nie etwas Schlimmes zustoßen ...« meinte er. »Allerdings hat man mir in Auxerre erzählt, in der Gegend wäre ein böses Hagelgewitter niedergegangen.«

»Rede kein Unglück herbei, Pater. Gott sei Dank ist nichts Derartiges geschehen!«

»Gleichwohl wurde behauptet, einer der Söhne des Herrn Frebald habe sich erst kürzlich wegen irgendwelcher Schwierigkeiten hierher begeben.«

»Wahrhaftig, in der Stadt weiß man wirklich nicht mehr, was man noch erfinden soll! Dabei handelt es sich doch um ganz gewöhnliche Besuche. Die Nibelungen hängen verständlicherweise an ihren Weingärten und haben daher stets ein Auge auf sie. Vor allem der Herr Heribert kümmert sich darum. Als er das letzte Mal herkam ...«

»Wann war das noch gleich?«

»Oh! Ich erinnere mich noch genau: Das war an dem Tag, als einer der Waffenmänner der Geroldinger ermordet wurde. Das hat im ganzen Landstrich für große Aufregung gesorgt ... Nun ja, das war unvermeidlich, so etwas mußte irgendwann geschehen ... Weißt du, zwischen den beiden Häusern ...«

Bruder Antonius nickte mit wissender Miene.

»Ich habe mir gesagt, daß zumindest Herr Heribert mit alldem nichts zu schaffen hatte, wo er doch den ganzen Tag damit beschäftigt war, die Weinstöcke zu begutachten ... und auch die Keller. Er ist erst in der Abenddämmerung wieder aufgebrochen ...« hob Bernher hervor. »Heribert ist ein guter Herr. Es würde mir leid tun, wenn wir einen anderen bekämen. Gott weiß, an wen wir da geraten würden! ...«

»Ich kann nicht erkennen, weshalb du einen anderen bekommen solltest.«

Dem Drängen des Kellermeister zum Trotz setzte Bruder Antonius seine fachkundige Verkostung nicht länger fort. Er hatte nunmehr große Eile, den Missi dominici die Auskunft, die er gerade erhalten hatte, zu übermitteln.

Als Frebald, von den Gesandten des Kaisers vorgeladen, in den Empfangsraum trat, erschien er Abt Erwin und Graf Childebrand um zehn Jahre gealtert. Das Oberhaupt der Nibelungen nahm seufzend auf einem Sitz Platz, den der Sachse ihm zugewiesen hatte. Bevor er auch nur ein einziges Wort sagte, nahm er zunächst einen Becher zu Hand, schenkte sich ein erfrischendes Getränk ein und leerte ihn in einem Zug.

»Welch einen Leidensweg muß ich zur Zeit durchleben«, sagte er endlich. »Diese Morde, dann der Anschlag auf Badfred, und alles übrige ... O Gott, warum muß das alles so sein?«

»... Weil du es so gewollt hast«, versetzte Childebrand. »Diesen Leidensweg, von dem du sprichst, den hättest du dir ersparen können, indem du uns dieses Geheimnis, das dich zerfrißt, sofort eingestanden hättest ... Wir haben dich allein zu uns bestellt, weil du uns nötigst, dir, einem Vater, einige Wahrheiten zu sagen, die ein Sohn nicht unbedingt hören sollte. Herr Frebald, du hast uns belogen!«

Mit einem Wink erstickte der Graf Frebalds Aufbegehren noch im Keim.

»Du hast gelogen, als du beteuertest, dein Meier allein sei für die Schlichtung der Streitfälle zwischen euch und den Geroldingern zuständig gewesen ...«

»Nicht ganz allein, vielleicht, aber ...«

»Du hast gelogen, als du versichertest, er habe ohne dein Wissen und von sich aus Fühlung mit Isembards Meier aufgenommen. Du hast gelogen, als du behauptetest, Benoild und Malier hätten sich auf ein Treffen an der Teufelsfurt geeinigt, ohne daß du davon unterrichtet worden seist ...«

»Dennoch ...«

»Ich rate dir dringend: Unterbrich mich nicht, Frebald!« herrschte Childebrand ihn wütend an. »Ich sagte also, du hast gelogen, als du vorgabst, nicht gewußt zu haben, wer dich bei diesen Unterhandlungen vertreten sollte! Du hast wiederum gelogen, als du uns glauben machen wolltest, du hättest keinen blassen Schimmer davon, wie diese Verhandlungen vonstatten gingen.«

»Ich schwöre, daß ...«

»Oh! Schwöre nicht!« schritt Erwin ein. »Es wäre besser für dein Seelenheil.«

»Und es kommt noch einiges hinzu, was dir gewiß nicht zur Ehre gereicht«, fuhr Childebrand fort. »Du hast keinen Finger gerührt, um Malier wegen des Mordes an Wadald zu entlasten, weil dir die Beschuldigungen gegen deinen Meier in den Kram paßten; du hast keinen Finger gerührt, um den Leuten in deinem Dienst – ob nun Leibeigenen, ob nun Friesen, jedenfalls Unschuldigen – beizustehen, die Ermenold zu Tode gefoltert hätte, wenn wir nicht eingeschritten wären. Auch in diesem Fall kam es dir sehr gelegen, daß diese Unglücklichen vermeintlich als Schuldige dastanden. Ein Herr, der sich um das Wohl seiner Diener, wer immer die auch sein mögen, keinen Deut schert, ist nicht würdig, zu herrschen!«

Je mehr Vorwürfe auf ihn einprasselten, desto kleiner wurde Frebald auf seinem Sitz.

»Trotz alledem werde ich dir noch eine Gelegenheit geben, deine Schuld wiedergutzumachen. Dafür mußt du uns aber auf der Stelle sagen, was du weißt.«

Das Oberhaupt der Nibelungen blickte verschlossen drein und schwieg hartnäckig.

»Sei's drum!« sagte Childebrand. »Dann erfahre also, was dich dein Schweigen kostet. Es wird, was Wadalds Ermordung angeht, bereits überall als Geständnis angesehen. Und glaube ja nicht, daß man Malier dessen bezichtigt. O nein! Aber einen der Deinigen, wenn nicht gar dich selbst! Und wie könntest du dich auch verteidigen, wie könnte irgend jemand dich verteidigen, wo du bislang nichts als Ausflüchte und Lügen anhäufst? Doch das ist noch nicht das Schlimmste ... Sehr unerfreuliche Anschuldigungen werden hier und da ausgestoßen ... Sie stützen sich auf deine eigenen Worte, denen zufolge Malier alles wußte. Ja, alles, so betont man, den Namen desjenigen eingeschlossen, der den Bevollmächtigten der Geroldinger im Namen der Nibelungen treffen sollte!«

Der Missus hielt kurz inne, um einen Schluck Wein zu trinken, ließ seinen Blick aber weiterhin streng auf Frebald geheftet.

»Da du uns noch immer nichts zu sagen hast, werde ich nun zu dem abscheulichsten Punkt kommen. Die Verleumder haben es nicht versäumt, diese Tatsache auszuschlachten, um ihre Anschuldigungen zu untermauern. In Anbetracht der Ereignisse am Ufer des Ouanne hättest du, so behaupten sie, alles Erdenkliche unternommen, um zu verhindern, daß der Name deines Unterhändlers, zweifelsohne einer aus deinem Geschlecht, sagt man ... daß dieser Name also ruchbar werden könnte, was darauf hinauslief, Malier die Lippen für immer zu verschließen ... Muß ich noch laut aussprechen, welche Schlüsse die Leute aus alldem ziehen?«

Frebald sprang auf:

»Das ist eine bodenlose Niedertracht, eine Ungeheuerlichkeit! Kann man sich solchen Schimpf vorstellen? Wie kann jemand so etwas nur in Umlauf bringen? Und wie könnt ihr, Gesandte des Herrschers, so etwas auch noch glauben? Ich, ein treuer Vasall Karls und Gemahl einer Nibelungin, soll eine derart schändliche Tat begangen haben ...«

Vor Empörung rang er nach Luft.

»Wenn du geredet hättest, wenn du uns nur geholfen hättest«, griff der Sachse ein, »wäre es sicher nicht so weit gekommen. Ich beschwöre dich ein letztes Mal, rede. Du solltest wissen, daß wir in jedem Fall die Wahrheit kennen!«

»Reden, auch auf die Gefahr hin, einen Unschuldigen zum Mörder zu erklären?« entfuhr es Frebald.

Erwin blickte ihn unerschütterlich an.

»Welch ein Geständnis!«

»Ich habe euch alles gesagt, was ich weiß.«

»Sei's drum, du hast es so gewollt. Wache, laß Theobald vortreten.«

Der Genannte fand sich mit festem Schritt bei ihnen ein. Frebald stand verwirrt, zutiefst beunruhigt auf.

»Mein Sohn, erinnere dich! ...« murmelte er.

»O du blindester und verstocktester aller Menschen! Kannst du denn nicht begreifen, daß es wohl das Schlimmste wäre, wenn er jetzt noch weiter schweigen würde ... zumal in eurer Lage ... Theobald, hast du mit Bruder Antonius gesprochen?«

»Ja, gerade eben. Er hat mir gesagt, ihr hättet mehrere Aussagen zusammengetragen, die beweisen, daß einer von uns beiden, entweder Heribert oder ich, sich an jenem verhängnisvollen Nachmittag zum Ufer des Ouanne begeben habe und daß dies nur mein Bruder gewesen sein könne, da ich ja den ganzen Tag in den Kellern von Saint-Bris verbracht hätte ...«

Er verstummte kurz und schaute seinen Vater an.

»Sie wissen alles, und ich muß gestehen, es drängt mich sehr, ihnen all das zu beichten, was ich ihnen schon längst hätte enthüllen müssen.«

Er wandte sich erneut den Missi dominici zu und erklärte mit ruhiger und ernster Stimme:

»Ich war es, der sich zur Teufelsfurt aufgemacht hat. Als ich dort ankam, habe ich an der Böschung einen halb im Wasser liegenden Körper entdeckt. Er lag auf dem Rücken. Um nachzuprüfen, ob der Mann tot oder lediglich verletzt war, bin ich näher herangegangen. Ich habe Wadald erkannt. An der Kehle klaffte ein so tiefer Schnitt, daß der Kopf fast vom Rumpf abgetrennt war. Es war gräßlich. Ich war wie verstört und habe mich eine ganze Weile nicht vom Fleck gerührt. Schließlich habe ich mich entschieden, sofort nach Escamps zurückzureiten und meinen Vater um Rat zu fragen. Ich bezeuge hiermit unter Eid – der Allmächtige soll mir augenblicklich das Leben nehmen, wenn ich lüge! –, daß ich Wadald nicht getötet habe!«

»Das werden wir noch zu klären haben«, wandte der Sachse ein. »Zur Stunde stellt sich jedoch eine Frage: Aus welchem Grund begabst du dich zu dieser Furt?«

»Ihr kennt die Antwort. Ich sollte dort einen von Isembard bestimmten Unterhändler treffen.«

»Wußtest du, daß es sich dabei um Wadald handeln würde?«

»Nein. Bei dem Haß, den er uns entgegenbrachte, hätte ich sicher nie an ihn gedacht.«

»Wußtest du etwas von den Schmähreden, die er gegen Frebald und Adelinde geführt hat?«

»Nein, das versichere ich euch, ich habe erst im Anschluß davon erfahren.«

»Wie wurde dieses Gespräch vorbereitet?«

»Ich glaube, auf eigenen Antrieb hin sind Malier und Benoild, der Meier der Geroldinger, zuvor mehrmals zusammengekommen. Die andauernden Auseinandersetzungen zwischen den einen und anderen erschwerten ihnen die Verwaltung der Ländereien einigermaßen, und sie fürchteten deren Folgen.«

»Ist es nicht merkwürdig, daß sie ausgerechnet eine so übel beleumdete Furt als Ort des Treffens ausgewählt haben?«

»Angeblich bestand Benoild darauf, mehr weiß ich aber nicht.«

»Meinetwegen! Kommen wir wieder auf diese vorausgegangenen Zusammenkünfte zurück. Sie konnten doch wohl nicht stattfinden, ohne daß sowohl Isembard als auch dein Vater darüber in aller Deutlichkeit unterrichtet wurden!«

Da Frebald sich anschickte, das Wort zu ergreifen, hielt Childebrand ihn mit einem Wink zurück.

»Dein Sohn legt hier Zeugnis ab!«

»So war es auch. Malier hat es nie versäumt, meinen Vater auf dem laufenden zu halten. Dieser hat jedoch lange gezögert, bevor er schließlich sein Einverständnis gab, wobei er es unserem Meier überließ, alle Einzelheiten des künftigen Treffen zu klären.«

»Einschließlich der Wahl desjenigen, der ihn vertreten sollte?« fragte Graf Childebrand nach.

»Nein, diese Entscheidung hat mein Vater selbst getroffen. Und er hat lediglich mich, was sich von selbst versteht, und Malier davon in Kenntnis gesetzt. Gegenüber allen anderen sollte seine Wahl geheim bleiben.«

Der Graf wandte sich Frebald zu und drohte:

»Weißt du eigentlich, daß wir dich wegen versuchter Täuschung von Missi dominici, einer schweren Verletzung des Königsbanns, vor Gericht stellen könnten?«

»Könnt ihr denn nicht wenigstens verstehen, weshalb ich so gehandelt habe?«

Erwin kam der Antwort seines Freundes zuvor:

»Wir können es verstehen, aber nicht entschuldigen! ...«

Dann wandte er sich an Theobald:

»Was habt ihr damals vereinbart, als du von dem blutigen Schauplatz an der Furt zurückgekehrt bist und deinen Vater über die Geschehnisse unterrichtet hast?«

Frebalds Sohn stieß einen tiefen Seufzer aus.

»Ihr Herren, ich habe euch alles gebeichtet, was ich euch mitzuteilen hatte und euren Ermittlungen dienen kann«, antwortete er. »Was aber mein Vater und ich beschlossen haben? Könnt ihr das wirklich einen Sohn fragen? Ist das im übrigen denn so wichtig? Könnte ich euch noch etwas enthüllen, was ihr nicht schon wüßtet?«

»Wer weiß ... wo so lange geschwiegen wurde und nach so vielen Halbwahrheiten ...«

Theobald nahm den Vorwurf niedergeschlagen hin. Schließlich setzte er gequält wieder an:

»Vielleicht kann ich noch folgendes hinzufügen: In Anbetracht der Art des Verbrechens mußte die Sache doch unter die Gerichtsbarkeit Ermenolds fallen. Ihr könnt euch sicher mühelos vorstellen, welchen Vorteil er aus dem Geständnis, das ich euch gerade gemacht habe, geschlagen hätte.«

»Lassen wir das einmal gelten! Nachdem ihm die Gerichtsbarkeit aber entzogen war ... Jedenfalls wurde uns die Wahrheit verheimlicht, und ob man es nun will oder nicht, ob einem das gefällt oder nicht, eine solche Vertuschung stellt bereits einen schwerwiegenden Anklagepunkt gegen dich dar. Hättest du dich indes gleich ausgesprochen ...«

Der so erheblich Beschuldigte warf sich in die Brust und verwahrte sich:

»Ich bestätige hiermit, daß ich gerade unter Eid Zeugnis abgelegt habe und daß ich mich somit den schlimmsten Strafen aussetze, sollte ich einen Meineid begangen haben. Ich bin bereit, mich dem Gottesurteil anheimzugeben.«

»Wir haben unsere eigenen Vorgehensweisen, um die Wahrheit ans Licht zu bringen«, entgegnete der Sachse. »Und die wiegen wohl ein Ordal auf. Sicher erflehen wir stets den Beistand des Allmächtigen. Doch dieser Beistand vermag sich auch auf anderem Wege zu offenbaren als durch den der glühenden Kohlen, des siedenden Öls oder der eisernen Haken im Fleisch.«

Das sehr spät eingenommene Mittagsmahl hatte die Missi dominici und ihre Gefolgsleute nebst Diakon Dodon und dem Hauptmann der Wachen, Hermant, zusammengeführt. Die Diener hatten sämtliche Speisen – Dörrobst, Saubohnensuppe, gefüllte Karpfen, Süßspeisen mit Honig als Zwischengerichte, Wildbret mit Tunke und Fleischkuchen sowie verschiedene Weine von der Loire und selbstverständlich den Met – gleich zu Beginn aufgetragen, so daß die Gesandten des Herrschers und ihre Untergebenen nun, vor neugierigen Ohren sicher, miteinander beratschlagen konnten.

Nachdem er Bruder Antonius, Timotheos und Doremus »für ihre gute Ernte« belobigt hatte, zog Erwin, wie es ihm im allgemeinen auch zufiel, ein erstes Fazit, wobei er hervorhob, daß der oder die Mörder sich sicherlich noch immer in der Nähe der Orte ihrer Verbrechen aufhielten.

Sodann wandte sich der Abt dem Griechen zu:

»Dies bestätigt ja auch die Entdeckung des ›Braunen auf der Lichtung‹, die dir heute morgen vergönnt war. Was machte er dort? Wenn wir einmal die recht gewagte Annahme eines verbrecherischen Dämons auf einem Höllenpferd ausschließen, liegt doch wohl auf der Hand, daß Wadalds Mörder auf seinem eigenen Reittier zur Furt kam und sich nach vollbrachter Missetat in derselben Weise wieder davonmachte. Somit blieb also Wadalds nunmehr herrenloses Pferd übrig. Es ist sicher nicht von alleine zu einer abgelegenen Lichtung getrabt. Wer hat es dorthin gebracht? Der Mörder selbst? In der Abenddämmerung?«

»Ich kann mir nur schlecht vorstellen«, meinte Doremus, »wie ein Verbrecher, der gerade einen grauenvollen Mord begangen hat und vielleicht blutverschmiert ist, seelenruhig auf seinem eigenen Pferd querfeldein reitet und dabei ein anderes, vollständig gezäumtes Tier am Zügel hinter sich herführt ... so wie Timotheos es eben getan hat ... Es ließe sich wahrlich etwas Besseres einfallen, um unbemerkt zu bleiben! Nein, da sehe ich ihn schon eher vor mir, wie er seine lebende Beute vor fremden Blicken in Sicherheit bringt, das Roß mitten im Unterholz irgendwo festmacht, um es dann womöglich erst bei dunkler Nacht holen zu wollen.«

»Auf diesem Gebiet habe ich volles Vertrauen in deine ... Erfahrung«, merkte Childebrand augenzwinkernd an.

»Doch wer kam dann in der Dunkelheit zurück, um das Pferd zu holen und es in das Waldstück von Chazelles zu bringen?« gab Erwin zu bedenken.

»Wadalds Mörder?« brachte Timotheos vor.

»Das ist in der Tat am wahrscheinlichsten. Weitere Frage: Wie ist der Betreffende zur Teufelsfurt gelangt?«

»Bestimmt zu Fuß!«

Erwin tat, als klatschte er Beifall.

»Sehr gut! Bestimmt zu Fuß! Befassen wir uns nun mit dem Mord an Malier. Zum Zeitpunkt der Missetat fehlte in den Stallungen nicht ein Tier, dessen Abwesenheit auf einen Verdächtigen hätte hindeuten können. Auf welchem Pferd also hat jener – durch einen unwahrscheinlichen Zufall beobachtete – Mann Diges hinter sich gelassen, wenn nicht auf dem Braunen von der Lichtung? Doch wie hat er, um sich des Braunen zu bedienen, den Wald von Chazelles aufgesucht, und wie hat er sich wieder davongemacht, nachdem er das Roß zurückgebracht hatte? ... Ja, zu Fuß! Da haben wir den unbestreitbaren Beweis dafür, daß der oder die Mörder weder sehr weit von der Teufelsfurt noch weit von der Lichtung entfernt wohnen konnten und nach wie vor wohnen dürften.«

»Dann gehören aber immer noch etliche Leute zum Kreis der Verdächtigen«, wandte Childebrand ein.

»Diesen Kreis können wir allerdings inzwischen um einiges verkleinern, indem wir in Betracht ziehen, was wir über die Hintergründe und die Umstände beider Schandtaten erfahren haben. Wer steht im Hinblick auf Wadalds Ermordung unter Verdacht? Berücksichtigt man sein beharrliches Schweigen, die Lügen seines Vaters, sein spätes Geständnis, an jenem Abend an der Teufelsfurt gewesen zu sein, so scheint alles auf Theobald hinzudeuten, trotz aller Verwahrungen und heiligen Eide. Man kann aber auch mutmaßen, er wollte nur einen anderen schützen, der dann ja wohl der wahre Übeltäter sein müßte.«

»Wer kommt da in Frage? Sein Sohn Alberich, beispielsweise?« dachte Timotheos laut.

»Warum nicht? Der oder jeder andere Nibelunge, mit Ausnahme von Heribert selbstverständlich. Wir dürfen auch jenen zweiten Reiter nicht vergessen, der vor dem Verbrechen über das Land der Nibelungen in Richtung Teufelsfurt preschte, jenen Reiter, von dem Ermenold nichts hören mochte.«

»... Jenen Reiter, in dem manche den Teufel dieser Furt sehen wollten?« flocht Bruder Antonius ein.

»Glaubt mir, nicht alle Dämonen kommen aus der Hölle ...« erwiderte Abt Erwin. »Was die Beweggründe dieses Mords angeht, so müssen wir wohl oder übel etliches in unsere Überlegungen einbeziehen: die Zwistigkeiten zwischen den beiden Häusern, alten Haß und neueren Streit, Wadalds andauernde Schandtaten, die Schmährede auf Frebald und Adelinde, die Melior zu der Bemerkung veranlaßte, sie würde mit dem Tod bestraft werden. Könnte Theobald, Alberich oder irgendein anderer dieser Nibelungen sich verpflichtet gefühlt haben, das Oberhaupt ihres Hauses zu rächen, zumal sie auf ihre Ehre so überaus bedacht sind, wie wir von dir, Freund Childebrand, ja wissen?«

Alle lauschten dem Sachsen inzwischen mit vor Aufmerksamkeit angespannten Gesichtern. »Was nun den Mord an Malier betrifft, hätten die Geroldinger sich tatsächlich an ihm vergriffen, falls sie Wadalds Tod rächen wollten? Niemand hat auch nur Anstalten gemacht, dies zu behaupten. Daß hingegen Frebald befohlen haben mag, einen belastenden Zeugen zu beseitigen und seinen Meier aus der Welt der Lebenden zu verbannen, das konnte schon denkbar erscheinen. Nur wer hat sich zu diesem Zweck Wadalds Pferd bedient? Ganz offensichtlich dessen Mörder oder aber jemand, den dieser Mörder über den Vorfall unterrichtet hatte. Was aller Wahrscheinlichkeit wohl ein Nibelunge gewesen sein müßte, oder?«

Der angelsächsische Abt hielt kurz inne, um sich an den Speisen und Getränken zu laben.

»So bleibt noch der Anschlag auf Badfred ...«

»... Der von Badfred behauptete Anschlag«, wandte Graf Childebrand ein. »Auf einem so schmalen, von dichtem Unterholz umschlossenen Pfad, auf dem ein Reiter keinerlei Ausweichmöglichkeiten hat, würde doch selbst der ungeschickteste Bogenschütze sein Ziel nicht verfehlen. Folglich hat Isembards Sohn diesen Angriff vielleicht nur vorgetäuscht. Nichts wäre einfacher gewesen: Er mußte hierfür lediglich zwei Pfeile ins Dickicht schießen.«

»Sicher! Nur wurde einer dieser Pfeile wiedergefunden: Und dabei handelte es sich um einen Nibelungenpfeil!«

»Du weißt genau, daß das nicht viel beweist.«

»Das gestehe ich dir zu. Indes, ich kann die Sache noch so lange aus allen Blickwinkeln überdenken, es will mir einfach nicht einleuchten, weshalb Badfred diesen Anschlag auf sich hätte vortäuschen sollen.«

»Wenn er aber des Mordes an Malier schuldig wäre, könnte er doch auf den Gedanken gekommen sein, den Verdacht von sich abzulenken, indem er einen Angriff auf sich selbst vorspiegelte?« beharrte Childebrand entrüstet.

»Es könnte jedoch auch ein Nibelunge in Betracht kommen, der Isembards Sohn als Warnung einen gehörigen Schrecken einjagen wollte.«

»Es grenzt ja beinahe an Versessenheit, wie hier die Nibelungen belastet werden sollen.«

»Das liegt nur daran, daß offenbar alles auf sie hindeutet, die näheren Umstände wie auch die Beweggründe.«

»Das bestreite ich!« empörte sich der Graf mit großer Heftigkeit. »Ich für mein Teil würde Badfred keinesfalls aus dem Kreis der Verdächtigen ausschließen. Und wie steht es eigentlich um diesen ›zweiten Reiter‹, der sich vom Land der Geroldinger her anscheinend auf die Furt zubewegte? Weshalb soll man den völlig unberücksichtigt lassen? Bist du etwa zum ersten Male in all den Jahren, seit wir gemeinsam unsere Untersuchungen durchführen, voreingenommen?«

»Das sind ernste Vorwürfe, mein Freund«, entgegnete der Sachse. »Wahr ist, daß die tiefere Bedeutung mancher Anhaltspunkte und mancher Umtriebe nach wie vor rätselhaft bleibt. Schau! Dir zum Gefallen will ich euch sogar noch ein weiteres Beispiel liefern: Warum hat der Mörder selbst auf die Gefahr hin, entdeckt zu werden, sich bemüht, das Reittier seines Opfers in einem Waldstück zu verstecken?«

»Ganz ohne Zweifel, um sich später seiner zu bedienen«, brachte Doremus vor.

»Diese Annahme wirft allerdings mehr Fragen auf, als sie beantwortet«, meinte Erwin. »Davon einmal abgesehen, ich halte daran fest, daß alle Anzeichen Frebald und die Seinen belasten – das ist in meinen Augen das Wesentliche!«

Und da der Graf offensichtlich erneut Einwände erheben wollte, fügte der Sachse hinzu:

»Mehr habe ich nicht gesagt.«

Nicht sonderlich überzeugt, grummelte Childebrand mißmutig und schenkte sich dann einen großen Becher Cervesia ein, den er in einem Zug leerte.

Erwin hatte sich gerade lächelnd seinem Freund zugewandt, um sehr wahrscheinlich besänftigend auf ihn einzureden, als der stellvertretende Hauptmann der kaiserlichen Wache plötzlich in den Raum platzte und verkündete, Melior sei gerade vorstellig geworden und bitte darum, wegen einer Mitteilung von allergrößter Dringlichkeit empfangen zu werden.

Kaum gesagt, stieß der Waffenmann den fränkischen Krieger auch schon zur Seite und trat keuchend, mit banger Miene, vor die Missi dominici.

Childebrand forderte ihn mit einem Wink auf, frei zu sprechen.

»Hört, ihr Herren«, setzte Melior mit erstickter Stimme an, »Chlothilde, meines Gebieters Isembard edle Tochter, ist seit heute morgen verschwunden.«

KAPITEL VI

Isembard, den Childebrand zu sich bestellt hatte, fand sich nach Einbruch der Nacht bei dem Missus dominicus ein. Sein Gesicht war von Zorn und Besorgnis gezeichnet. Barsch wies er das Getränk zurück, das ein Diener ihm reichte, ließ sich, vom Grafen dazu eingeladen, diesem gegenüber nieder und saß dann eine Weile wortlos da. Endlich sagte er mit dumpfer Stimme:

»Bis jetzt hat noch niemand sie gefunden!«

Er ballte die Fäuste und knurrte:

»Oh, wenn ich den in die Finger bekäme!«

»Habt ihr denn überhaupt keine Spur?« fragte Childebrand.

»Doch, sie reicht bis Monéteau, wo sie die Yonne überquert haben. In der Nähe von Perrigny haben Kolonen eine Reiterin gesehen, die sich eher schlecht als recht am Rand eines Waldstücks verbarg. Sie saß auf einer grauen Stute. Es muß Chlothilde gewesen sein. Sie war allein.«

»Wann war das?«

»Um die zweite Stunde. Etwas später haben die Kolonen einen weiteren Reiter beobachtet, der zu Chlothilde stieß. Das war sicher dieser schändliche Verführer … O Gott, laß ihn in meine Gewalt geraten!«

»Wir sollten Gott aus alldem heraushalten! Fahre lieber fort!«

»Dieser widerwärtige Geck ritt ebenfalls mit schwerem Gepäck …«

»Ebenfalls?«

Isembard schwitzte inzwischen so stark, daß er sich die Stirn abwischen mußte.

»Verzeih mir … erst die Verbrechen … und jetzt diese Entführung … Chlothilde hatte weder am Morgenmahl noch an der Mittagstafel teilgenommen. Ich war deswegen noch nicht besorgt. Es kommt häufig vor, daß sie mit ihrer Großmutter zu Mittag ißt ... In Anbetracht der Vorkommnisse in den letzten Tagen allerdings ... Um meiner inneren Ruhe willen habe ich Helma, meine Mutter, am Nachmittag aufgesucht. Sie hatte Chlothilde den ganzen Tag über noch nicht gesehen. Da wurde mir doch allmählich bange. Ich habe sofort die Diener und Knechte befragt. Von einem Stallburschen erfuhr ich endlich, Chlothilde sei in der ersten Morgenstunde davongeritten, und zwar mit deutlich mehr Gepäck, als man es etwa für einen schlichten Besuch auf abgelegenen Hufen benötigt. Anschließend konnte ich feststellen, daß sie ihrer Kleidertruhe mehrere Obergewänder, Schleier und Leibgurte entnommen und auch sonst noch einige persönliche Sachen eingepackt hatte ... Was hätte es da noch genutzt, die Stallknechte und Hausdienerinnen auspeitschen zu lassen ...«

»Überhaupt nichts! Dennoch ist es zumindest eigenartig, daß keiner von ihnen Lärm geschlagen hatte.«

»Eigenartig? So was nenne ich verbrecherisch! Da war Bestechung im Spiel! Eine von langer Hand vorbereitete Entführung: Mit Schmeicheleien und List betört man die Tochter, mit Denaren erwirbt man sich Stillschweigen und Helfer, man hilft ein wenig nach, und schon überschlagen sich die Ereignisse ...«

Puterrot vor Zorn rief Isembard empört aus:

»Es hat diesen Schurken nicht genügt, Wadald zu ermorden, ihren eigenen Meier umbringen zu lassen und meinem Sohn nach dem Leben zu trachten! Sie mußten sich auch noch an meiner Tochter vergreifen! Und jetzt hat dieser Lump Alberich, wahrscheinlich von seinem Vater, von Theobald, angestiftet ...«

»Ich will gerne glauben, daß dir diese Anschuldigungen vom Zorn eingeflüstert wurden«, unterbrach ihn Childebrand. »Niemand anderem als uns, den Missi dominici, steht es zu,

Schuld zu erkennen und bekanntzumachen … Doch wie groß dein Grimm und deine Sorge auch immer sein mögen, du solltest dich glücklich schätzen, Chlothilde noch am Leben und unter der Obhut Alberichs zu wissen, eines Sohnes aus gutem Geschlecht, den man mir keineswegs als arglistigen Schurken oder Hasenfuß beschrieben hat. Nichts deutet darauf hin, daß er die Absicht hätte, ihr nach dem Leben zu trachten.«

»Nach dem Leben sicher nicht, aber nach der Ehre! Und folglich auch nach unserer Ehre!«

»O Isembard! Ich habe deine Tochter nur ein einziges Mal kurz gesehen, nämlich an dem Tag, als sie zu uns kam, um uns davon zu unterrichten, daß dein Sohn einen Angriff auf den Wohnsitz der Nibelungen vorhatte …«

»Ach, ich könnte noch immer platzen vor Wut, daß ich ihn davon abgehalten habe. Wenn man dieses Gesindel rechtzeitig Mores gelehrt hätte, wäre es gar nicht so weit gekommen!«

»Sicher nicht! Nur wären dann jetzt noch einige edle Krieger mehr aufgebahrt, für nichts und wieder nichts! Auf beiden Seiten. Hör also auf, dich zu bemitleiden und deine Vasallenpflichten – und auch deine Pflicht mir gegenüber – zu verletzen!«

Etwas ruhiger fuhr Graf Childebrand nun fort:

»Ich wollte dir sagen, daß deine Tochter nichts von einem Weibchen hat, dem man leicht Sand in die Augen streuen kann, und auch nichts von einer einfältigen Gans, die man an der Nase herumführt. Sie gehört sicher nicht zu denen, deren Tugend man leicht bezwingt … Und was die Gefühle betrifft, die Chlothilde für Theobalds Sohn empfindet – und die der junge Mann für sie hegt –, so würde es mich doch sehr wundern, wenn du darüber nicht schon längst Bescheid gewußt hättest.«

Diese Bemerkung versetzte das Oberhaupt der Geroldinger erneut in Wut:

»Ja, ich wußte davon, ich wußte um das verwerfliche Vor-

»Sie sollen ebenfalls vom ungewöhnlichen Gebell der Hunde aufgeschreckt worden sein ... sie meinen, es habe wie Angstgeheul geklungen, gerade so, als ob ›dieser nächtliche Reiter ein Höllengeschöpf gewesen wäre‹. Was sie selbstverständlich sofort mit der Erscheinung bei dem Mord an der Teufelsfurt in Verbindung gebracht haben ... Verstehst du, Herr ... Ich weiß ja, daß die Leibeigenen dazu neigen, überall Gespenster und teuflische Geister zu sehen. Aber, nun ja, die Hunde haben tatsächlich gebellt, sämtliche Berichte stimmen darin überein.«

»Es dürfte sicher eine weniger teuflische Erklärung als eine Spukgestalt auf einem Höllentier geben«, befand Erwin.

»Was mich aber vor allem daran beunruhigt, ist, daß diese Erscheinung nur wenige Stunden vor Alberichs Flucht aufgetaucht sein soll. Könnte sie Alberich in solche Furcht versetzt haben, daß er daraufhin entschieden hätte, gemeinsam mit Chlothilde weit entfernt von hier eine Zuflucht, ja sein Heil zu suchen?«

»Vielleicht ...«

Der Sachse verfiel in langes Grübeln, das Gerberga schweigend, doch mit einem gewissen bangen Gefühl im Herzen, nicht zu stören wagte.

»Adelinde ...« setzte Erwin plötzlich halblaut an. »Sie muß uns jetzt unbedingt alles enthüllen, was sie weiß, bevor es zu spät ist ...«

Mit etwas festerer Stimme fügte er hinzu:

»Gerberga, ich betraue dich damit, Adelinde aufzusuchen und ihr folgenden Befehl zu übermitteln: Sie soll sich morgen früh, in der ersten Stunde, wenn die Suche fortgesetzt wird, zur Unterkunft der kaiserlichen Gesandtschaft begeben, wo ich sie erwarten werde! Alberichs und Chlothildes Leben stehen auf dem Spiel. Es geht aber auch darum, blutige Zusammenstöße zu verhindern. Ich muß erfahren, was sie weiß. Sollte sie es wünschen, werde ich über ihre Bekenntnisse Stillschweigen wahren. Rufe ihr, falls nötig, ins Gedächtnis, daß ich Missus dominicus bin, im Dienste ihres Vetters, des Kaisers Karl, und daß sie mir daher Gehorsam schuldet. Doch es handelt sich hier um weit mehr, Gerberga. Sag ihr, es sei ihre Pflicht vor Gott!«

Als Abt Erwin um die dritte Nachtstunde wieder in Auxerre eingetroffen war, führte er zunächst ein langes Gespräch mit Childebrand, in dessen Verlauf sie sich wechselseitig über alles, was sie erfahren hatten, unterrichteten. Danach beratschlagten sie sich mit ihren Gefolgsleuten, mit Hermant und dessen Stellvertretern, dem Hauptmann der gräflichen Wehr sowie mit Diakon Dodon, um die letzten Entscheidungen für die am nächsten Morgen in aller Frühe beginnenden Nachforschungen abzustimmen.

Bevor der Sachse schließlich nach einigen Schlückchen Met – seinem allabendlichen Stärkungstrunk – sein Nachtlager aufsuchte, händigte Doremus ihm noch eine von Rimbert verfaßte Aufstellung mit den Namen einiger Persönlichkeiten aus, die in letzter Zeit in die Grafschaft Auxerre gereist waren. Erwin überflog sie mit zufriedener Miene.

»Zusammen mit allem übrigen ist dies hier ganz außergewöhnlich aufschlußreich«, meinte er. »Und morgen früh, du Freund der Wälder ...«

»Ja, Herr, auf zur Jagd!« antwortete der ehemalige Aufständische.

Von der zehnten Nachtstunde an verließen nacheinander vier Spähtrupps zu je zwei Mann die Herberge der kaiserlichen Gesandtschaft. Die ersten beiden Kundschafter begaben sich mit Bruder Antonius nach Escamps, die beiden nächsten nach Luchy, die dritte Gruppe preschte geradenwegs nach Monéteau, wo die Flüchtigen den Yonne überquert hatten, und die beiden letzten Männer machten sich zu Streifzügen durch Auxerre auf. Die Trupps hatten den Auftrag, die Missi, deren Gefolgsleute oder Hauptmann Hermant über jede Bewegung, ob vorhersehbar oder unvermutet, auf dem laufenden zu halten, wobei einer der beiden Späher vor Ort bleiben oder die jeweiligen Verdächtigen verfolgen sollte, während der andere die Verbindung zur Unterkunft der Missi gewährleisten mußte.

In der Herberge beendete der Großteil der Streitkräfte unterdessen die letzten Vorbereitungen. Noch vor dem Morgengrauen schritt Hermant prüfend die Wachen ab, die in voller Rüstung neben ihren geschirrten Reittieren Aufstellung genommen hatten. Die einen trugen leichte Bewaffnung, Kurzschwert und Hieber für den Kampf Mann gegen Mann sowie Bogen und Köcher; die anderen hatten sich mit Brünne, Langschwert und Streitaxt versehen. Wegzehrung und Getränke waren auf die Pferde gepackt worden. Abt Erwin wünschte nämlich, jedwede Beschlagnahme bei der Bevölkerung tunlichst zu vermeiden. Die Männer wurden daraufhin in mehrere Geschwader aufgeteilt, so daß sie die Suche und Verfolgung an mehreren Orten und auf mehreren Wegen zugleich durchführen könnten.

Schon bald preschte ein erster Meldegänger im Hetzgalopp herbei und teilte den Missi mit, Badfred, Melior und zwei Waffenknechte hätten den Weiler von Luchy bereits in der elften Nachtstunde verlassen und seien nach Osten, »zweifelsohne durch den Wald in Richtung Monéteau« aufgebrochen. Da der Späher annähernd eine Stunde für den Weg vom Wohnsitz der Geroldinger bis nach Auxerre benötigt hatte, war Badfred zwischenzeitlich sicher schon bei der Anlegestelle der Fähre über den Yonne angelangt, was ihm fast eine Stunde Vorsprung verschaffte.

»Sicher, wir könnten ihm nun mit einer Schar über Monéteau nachhetzen«, befand Erwin. Er hatte die Gegend bereits mehrfach erkundet und kannte sich dort inzwischen recht gut aus. »Was aber nicht heißt, daß wir Badfred zu fassen bekommen. Er kann den Fluß durchaus auch bei Appoigny überquert haben.«

In diesem Augenblick trat einer der nach Luchy entsandten Kundschafter, der ebenfalls im Hetzritt zur Herberge der Mission zurückgekehrt war, in den Beratungsraum und verkündete, Robert und sein Knappe hätten kurz nach dem Aufbruch seines Neffen eilig dessen Verfolgung aufgenommen. Childebrand schien unterdessen irgendwelche düsteren Gedanken zu wälzen; mit einemmal wandte er sich dem angelsächsischen Abt zu und meinte:

»Ich habe diesem Badfred nie über den Weg getraut, und jetzt erscheint er mir verdächtiger denn je. Weshalb hat er sich noch vor dem Morgengrauen aufgemacht und ist Alberichs und Chlothildes Fährte gefolgt? Und warum ist ihm Robert augenblicklich nachgejagt, wenn nicht aus Furcht, er könnte eine weitere Missetat begehen? Bist du, Freund Erwin, immer noch so sicher, daß die Nibelungen verdächtig sind? Sollte nicht dieser jähzornige und gewalttätige Badfred vor allen anderen unseren Verdacht wecken? Wer weiß schon, was im Kopf eines solches Menschen vor sich geht.«

»Ja, wer weiß das schon?« erwiderte der Sachse. »Was jedoch die Nibelungen anbelangt, so habe ich meine Worte sorgfältig abgewogen, erinnere dich … Einstweilen aber sind die gefahrvollsten Stunden angebrochen. Isembard und seine Waffenmänner sind in Badfreds und Roberts Gefolge sicherlich bereits unterwegs. Und auch die Nibelungen dürften inzwischen zur Jagd geblasen haben. Gott gebe, daß die Verfolgung der beiden Ausreißer nicht in einen mörderischen Zusammenstoß ausartet!«

»Das walte Gott!« pflichtete Childebrand bei.

Hermant und Timotheos wurden als Vorhut in aller Eile zur Fährstelle von Monéteau geschickt, wo sich bereits zwei Späher befanden. Und mit Doremus an seiner Seite, überwand Childebrand an der Spitze einer beachtlichen Abteilung schwerbewaffneter Wachen den Yonne noch in Auxerre selbst. Endlich zur Tat zu schreiten hatte den Grafen in beste Laune versetzt.

Er fand stets großen Gefallen daran, in Gesellschaft seines »Markgrafen der Lichtungen« zu reiten, und schätzte Doremus' Gewandtheit im Umgang mit Waffen, seinen Mut und auch seine scharfe Beobachtungsgabe, die der ehemalige Aufständische mit geistreichen Bemerkungen zu würzen wußte.

Am Ausgang von Auxerre, auf der Höhe des Siechenhauses für Aussätzige, erfuhren sie von Kolonen, die dort Frondienste verrichteten und mit der Ausbesserung der Straße beschäftigt waren, daß eine Stunde zuvor eine starke Abordnung Nibelungen unter dem Befehl von Bernard, Frebalds ältestem Sohn, dort vorbeigekommen sei; mit seinen beiden Brüdern, Heribert und Theobald, an der Seite seien er und seine Leute nach Monéteau hinaufgeritten. Auch Childebrands Einheit schlug daraufhin die Straße gen Norden ein.

Der Sachse indes war in Dodons Gesellschaft im Empfangsraum ihrer Unterkunft zurückgeblieben. Mit dem Diakon als Zeugen führte der Abt derweil eigenartige Selbstgespräche.

»Wo bleibt sie nur?« murmelte er vor sich hin. »Und dieser verflixte Bruder Antonius? ... Jeder verlorene Augenblick ... es ist ernst, sehr ernst ... nicht wahr?«

»Ja, Herr.«

»Diese beiden törichten Abenteurer!«

Dodon nickte mit wissender Miene.

»Wieviel Vorsprung mochten sie zu Anfang gehabt haben?« fragte Erwin laut. »Gut und gerne zwölf Stunden? Ja, doch der dürfte nach und nach zusammengeschrumpft sein ... bei den schwerbepackten Pferden und der Unsicherheit durch mangelnde Ortskenntnis ... und außerdem, welch gute Reiterin Chlothilde auch immer sein mag ... Frage: Wurden sie oberhalb von Monéteau überhaupt gesichtet?«

»Das werden sie sicher noch, sofern es nicht schon geschehen ist«, vermutete der Diakon.

»Weitere Frage: Haben sie in der Nacht Rast gemacht, und wo?«

»Es ist recht mild geblieben, und es hat nicht geregnet. Könnten sie nicht alles Nötige mitgeführt haben, um im Freien zu schlafen?«

Erwin seufzte und erklärte:

»Ehrlich gesagt, Dodon, ich kann mir die beiden einfach nicht vorstellen, wie sie sich mutterseelenallein unterm Himmelsgewölbe stärken und sich dann Seite an Seite auf dem Moos betten, sie vertrauensvoll, er beschützend, beide mit Aug und Ohr auf der Hut ... und dann, guter Gott! ... Ja, Herr, ist die Liebelei und Grille der beiden Dein Wille?«

Mit einemmal hellte ein leises Lächeln das strenge Gesicht des Sachsen auf.

»Aber weshalb sollte ihr Bund alles in allem nicht doch ein Segen des Himmels sein?« murmelte er. »Was meinst du dazu?«

Der Diakon blickte den Missus dominicus erstaunt an, als entdecke er unter dem Panzer aus Strenge gerade eine befremdliche Sanftmut, und stammelte einige zustimmende Worte. Doch der Sachse hatte sich bereits wieder den alleinigen Geboten des Augenblicks zugewandt. Halblaut überdachte er, was er über die Standorte und Bewegungen der verschiedenen Gruppen wußte, die sich in die Verfolgung der beiden jungen Leute gestürzt hatten.

»Und wir?« rief Erwin plötzlich. »Wir sind zu spät dran, viel zu spät! ... Und diese Adelinde kommt und kommt einfach nicht! ... Großer Gott! ... Was steht auf dem Spiel, Dodon? Das Leben dieser beiden Kinder! Und welche Gefahr droht? Ja, muß ich es denn hundertmal wiederholen: daß die Verfolgung ausartet ...«

Er stampfte mit dem Absatz auf den Boden ... und als hätte diesem unbeherrschten Ausbruch seiner Anspannung irgendeine Zauberkraft innegewohnt, betrat im selben Augenblick eine Wache den Raum, um die Ankunft von Bruder Antonius und Adelinde zu melden.

Der Abt empfing die Ahnfrau der Nibelungen von Auxerre mit einem grimmigen Blick und herrschte sie an:

»Nun siehst du, wohin uns deine Ausflüchte, dein halsstarriges Schweigen, ja deine Lügen gebracht haben. Nun werden die, die du zu schützen behauptest, gejagt, unter Gefährdung ihres Lebens! Der oder die Mörder im dunkeln, die du nicht beschuldigen konntest oder wolltest, stehen jetzt womöglich kurz davor, weitere Schändlichkeiten zu begehen! Nun haben sich Nibelungen und Geroldinger aufs Pferd geschwungen und in eine wahnwitzige Jagd gestürzt! Alter Groll und neuerliche Mißverständnisse sitzen ihnen im Nacken! Siehst du denn nicht, zu welch grauenhaftem Zusammenstoß der Argwohn die verfeindeten Häuser führen kann? Willst du, daß der Haß unwiderruflich siegt? Oder sollten nicht vielmehr die beiden Kinder endlich den Weg zur Aussöhnung bahnen? Dafür müssen wir sie aber zunächst einmal retten und das Schlimmste verhindern ... Ich beschwöre dich, rede!«

Adelinde trat auf Erwin zu und sagte mit bewegter Stimme:

»Gerberga ist heute nacht zu mir gekommen. Sie hat mir von eurem Gespräch erzählt und deinen Befehl übermittelt. Deshalb stehe ich nun hier, in aller Gehorsamkeit.«

»Einzig und allein aus Gehorsam, edle Adelinde?«

»Nein, ehrwürdiger Vater! Ich vertraue dir. Ich werde reden und dir alles sagen, was du wissen mußt. Gebe der Himmel, daß es dafür noch nicht zu spät ist!«

Erwin deutete auf eine Tür zu einem Nebenraum, in den er Frebalds Gemahlin für ein vertrauliches Gespräch bat. Es dauerte nicht lange. Gegen Ende der Unterredung holte der Abt Bruder Antonius hinzu, um ihn an ihrer Beratung zu beteiligen. Als sie den Nebenraum wieder verließen, sah Erwin besorgt, doch auch entschlossen aus, während Adelinde mühsam ihre Tränen zurückhielt. Kaum daß sie wieder im Empfangsraum waren, wurde einer der beiden Späher, die zur Erkundung durch Auxerre streiften, vorstellig.

»Ich höre, mach schon!« gebot ihm der Missus barsch.

»Also, Herr: Graf Ermenold, Vicecomes Heloin, Arger, der Vicarius von Toucy, und ein Waffenmann haben soeben den Yonne auf der Höhe der großen Abtei, also zwischen Saint-Germain und Saint-Marien, überquert. Sie haben die Straße am Fluß entlang eingeschlagen und sind im Galopp nach Norden geprescht.«

Erwin drehte sich Adelinde zu.

»Ja, gebe der Himmel, daß es noch nicht zu spät ist!«

Dann wandte er sich wieder an den Waffenmann und fragte: »Wann war das?«

»Vor weniger als einer halben Stunde.«

»Da hast du dich aber beeilt. Das ist gut. Waren sie gewappnet?«

»Ja, Herr. Aber nur mit leichten Waffen: weder Langschwert noch Brünne, weder Schild noch Helm ... Hätten wir sie verfolgen sollen?«

»Wie lauteten eure Weisungen?«

»Die Stellung halten, Herr.«

»Da hast du deine Antwort! Jetzt geh zu den im Vorzimmer wartenden Wachen: Vier der Männer sollen sich bereitmachen, um mich mit Kurzschwert und Hieber, Pfeil und Bogen sowie Mundvorrat für einen Tag zu begleiten. Einer von ihnen soll auch eine Streitaxt mitnehmen! Ich will die besten Reiter mit den schnellsten Pferden. Selbstverständlich soll auch mein Pferd gezäumt und gesattelt und mein Rüstzeug gerichtet werden! Geh! In wenigen Augenblicken werde ich bei den Stallungen sein.«

»Und ich, Herr?« wandte Bruder Antonius ein, während der Späher bereits hinauseilte, um die Weisungen des Missus dominicus ausführen zu lassen.

»Du? Du bleibst in Auxerre!« beschied Erwin.

»Aber ...« wandte der Mönch ein.

»Da gibt es kein Aber! Ich brauche doch jemanden hier in

Auxerre, der die Stadt weiterhin im Auge behält und gegebenenfalls die Verantwortung für alle Maßnahmen übernehmen kann, die ihm angebracht erscheinen. Wer wäre deiner Meinung nach hierfür geeigneter als du selbst? Niemand, nicht wahr! Ich überlasse dir Dodon und vier Wachen, einschließlich der beiden Kundschafter. So lautet mein Befehl!«

Äußerst verdrossen antwortete Bruder Antonius übertrieben folgsam:

»Ich bin dein demütiger Diener, ehrwürdiger Vater!«

Erwin lächelte und trat einen Schritt auf seinen Gefolgsmann zu. »Na, hör mal, Bruder Antonius, du hast schon mehr als einmal vom Ruhm gekostet. Erinnere dich nur an deine Streiche in Bagdad! Es wird für uns und auch für dich noch weitere Gelegenheiten geben, so Gott uns am Leben erhält.«

»Ich bin ein Tor, Herr«, pflichtete ihm der Mönch bei.

Daraufhin wandte sich der Abt an Frebalds Gattin:

»Edle Adelinde, ich bitte dich, in dieser Herberge hier zu verweilen. Gerberga kann dir Gesellschaft leisten, falls du es wünschst. Unsere Wirtschafterin Maria-Flora, die sich um das leibliche Wohl unserer Gesandtschaft kümmert, wird sich dir zur Verfügung halten. Ich werde alles in meiner Macht Stehende tun, um diese Kinder zu retten, und mit Gottes Hilfe, um die wir sogleich gemeinsam bitten werden, mag es mir auch gelingen. Du wirst als erste über die Ergebnisse unserer Suche unterrichtet. Laßt uns nun beten!«

Erwin, Adelinde, Bruder Antonius, Diakon Dodon sowie der im Raum anwesende Waffenmann sanken auf die Knie und sprachen ein inständiges Gebet.

Daraufhin erhob sich der Missus dominicus mit jenem harten Gesichtsausdruck und dem abwesenden Blick, die gemeinhin als sichtbare Zeichen seiner Entschlossenheit galten, und wandte sich mit großen Schritten zum Vorraum und dann zu den Stallungen, wo ihn die Wachen erwarteten, die ihn begleiten sollten.

Erwin und sein Geleit aus vier kaiserlichen Wachen nebst zwei ortskundigen Leuten der Stadtwehr von Auxerre gelangten nach der zweiten Tagesstunde über die einzige Brücke, die sich auf der Höhe der Kirche Saint-Pierre über den Yonne spannte, ans rechte Ufer. Dort kamen sie zunächst an der Abtei Saint-Cosme-et-Saint-Damien vorbei und ritten anschließend in Sichtweite des Nonnenstifts nahe dem Kloster Saint-Marien weiter nach Norden.

In Monéteau fand der Sachse die bereits in aller Frühe entsandten Kundschafter sowie Timotheos vor. Von seinem Gefolgsmann erfuhr er, daß Alberich und Chlothilde am Vorabend zunächst den Yonne überquert und anschließend die Straße nach Seignelay eingeschlagen hatten. Sämtliche Verfolger hatten es ihnen gleichgetan – erst war Badfred, dann Robert durch den Ort gekommen, und endlich hatten Isembard und die Seinen den Fluß, wie zu erwarten gewesen war, bei Appoigny überwunden.

Da ihre Anwesenheit in Monéteau nicht länger vonnöten war, schlossen sich Timotheos und die beiden Späher Abt Erwins Trupp an, der nun weiter in Richtung Seignelay vorstieß und die Ortschaft nach einer guten Stunde erreichte. Dabei stellte der Fuchs verwundert fest, daß der Sachse eine zwar zügige, aber keineswegs rauhe Gangart vorlegte. Offenbar war er der Ansicht, daß ihnen noch ein langer Weg bevorstünde und am Ende ihres Ritts womöglich entscheidende Ereignisse ihrer harrten. Allem Anschein nach wollte er die Reittiere schonen.

Es war ein strahlend schöner Aprilmorgen. Die Sonne löste die letzten Frühnebelschwaden auf, die noch an den von Fichten und Buchen bestandenen Anhöhen hingen. Auf den Feldern widmeten sich Männer, Frauen und Kinder eifrig den Frühjahrsarbeiten und blickten beim Vorbeikommen von Abt Erwins kleiner Schar kaum auf, denn sie hatten seit dem Morgengrauen schon weit beeindruckendere Geschwader gesehen. Die Luft war so frisch und belebend, einem raschen Ritt derart förderlich, daß alle den Eindruck gewannen, sie hätten die zwei Meilen zwischen Monéteau und Seignelay wie im Flug und in eitler Freude zurückgelegt.

Auch in der befestigten Ortschaft selbst waren die beiden Ausreißer am Vortag nicht unbemerkt geblieben; was aber um so mehr noch für die zahlreichen Waffenmänner am Morgen galt, zumal die nacheinander eintreffenden Verfolger den Schankwirten, Kaufleuten und Maulaffen allesamt dieselben Fragen zu einem auf der Flucht befindlichen jungen Paar gestellt hatten. Die Einwohner waren zwischen Neugier, Belustigung und Furcht hin und her gerissen: Neugier, weil sie sich fragten, wer die Gesuchten wohl sein mochten und weshalb man ihnen überhaupt nachstellte; Belustigung wegen des schwankhaften Wechsels ähnlicher Erkundigungen und ähnlicher Verfolger; aber auch Furcht, wußte man doch nie, ob das Auftauchen von Herren und Waffenmännern nicht letztlich irgendein Unheil mit sich brachte, wie die Leute es ja schon so oft erlebt hatten.

Durch Befragen konnte Timotheos rasch ermitteln, in welcher Reihenfolge die Jäger durch Seignelay gekommen waren.

»Zuerst traf Badfred ein, danach Robert, ungefähr eine halbe Stunde später, würde ich sagen«, erklärte er. »Deutlich hinterdrein Isembard und der Großteil der Geroldinger, denen Hermant auf den Fersen folgte; und schließlich die Nibelungen unter Führung der Söhne Frebalds …«

»Übrigens, weshalb befand sich der nicht an der Spitze der Seinen?« fragte Erwin.

»Das ist in der Tat sonderbar, Herr«, erwiderte der Grieche. »Ich kann es dir aber nicht beantworten.«

»Du warst gerade bei den Nibelungen …«

»Die haben sicher eine recht scharfe Gangart an den Tag gelegt, denn sie hatten gegenüber den Geroldingern schon um einiges aufgeholt; was die Unsrigen mit ihrem schweren Ausrüstung angeht …«

»... so bilden sie sozusagen die Nachhut, und wir schließen den ganzen Troß«, ergänzte der Sachse, schien darüber aber nicht sonderlich erschüttert. »Und Ermenold?«

»Über den gibt es keine Nachrichten.«

»Wo ist der denn nun entlanggeritten, wohin und wieso überhaupt?«

»Eigentlich dürfte er nach der heilsamen Lehre wieder auf den rechten Pfad gefunden haben«, befand der Fuchs.

»Ja, aber auf welchen?« fügte Erwin hinzu.

Ohne sich auch nur im geringsten danach zu erkundigen, welche Wege die verschiedenen, sich gegenseitig jagenden Trupps, die Alberich und Chlothilde so erbittert hinterherhetzten, anschließend eingeschlagen hatten, ritten Erwin und seine Einheit nun in Richtung Brienon weiter. Schon bald darauf überwanden sie das Flüßchen Armançon dank einer Fähre und trafen vor der Mittagsstunde in der Ortschaft ein. Dort erfuhren sie, daß die vorauseilenden Jäger ungefähr in derselben Reihenfolge wie in Seignelay durchgekommen waren.

An jenem Tag war Jahrmarkt in Brienon, und die schmalen Gassen des Fleckens wimmelten von einer bunten Menge aus Kaufleuten, Flußschiffern, Gauklern, Wahrsagern, Musikanten und fahrenden Händlern; lautstark wurden den Besuchern und Schaulustigen Speisen und Getränke angepriesen, aber auch Pferde, Ochsen und Kühe, Schafe, Schweine, Kaninchen und Federvieh in Lattenkisten ... Überall waren mitten auf den Wegen Stände und Bühnen aufgeschlagen worden. Die Händler boten Stoffe und Kleider feil, Lebensmittel, einfache Heilkräuter, Würzstoffe und Spezereien, Arzneien, Zaubermittel wie getrocknete Kröten, lebende Spinnen, geheimnisvolle Kräuterabsude, Otterngift, Pülverchen mit wundersamen Eigenschaften zur Steigerung der Manneskraft, gegen Unfruchtbarkeit, um das Leben zu verlängern ... oder auch zu verkürzen. In dem ganzen Gedränge gingen auch Zolleintreiber in Begleitung von Waffenknechten eifrig ihrer Tätigkeit nach, was hinsichtlich der Höhe des Marktgeldes häufig zu heftigen Streitigkeiten und Aufläufen von Gaffern führte.

Die Leute hatten die ersten Trupps zwar mit einiger Neugier, doch ohne rechte Freude ankommen sehen, da sie genötigt wurden, den Waffenmännern einen Weg zu öffnen, was das ausgeklügelte Durcheinander des Marktes buchstäblich über den Haufen warf, die Geschäfte behinderte und die Vergnügungen störte. Als der angelsächsische Abt schließlich eintraf, war die Mißstimmung bereits in offene Verärgerung umgeschlagen. Erwin besänftigte die Gemüter ein wenig, indem er einige Viktualien erstehen ließ, deren seine Männer zwar nicht unbedingt bedurften, die er aber reichlich entgalt, obwohl er sich ja seines Zugriffsrechts hätte bedienen können.

Oberhalb von Brienon hielt Erwin auf den Weiler Bligny-en-Othe zu. Der Abt entschied, in dem rasch erreichten Weiler eine Rast einzulegen, um die Reittiere zu füttern, zu tränken und ausruhen zu lassen. Durch Befragung der Einwohner erhielt er die Bestätigung, daß die beiden Ausreißer tags zuvor, im Laufe des Nachmittags, in Bligny eingetroffen waren; wohin sie dann geritten waren, wußte allerdings niemand zu sagen. Infolgedessen hatten sich die bisher denselben Wegen folgenden Trupps von dieser Ortschaft an in unterschiedlichen Richtungen auf die weitere Suche gemacht. Erwin gab Timotheos einen Waffenmann und einen Kundschafter zur Seite und betraute ihn mit der Aufgabe, sich über die Bewegungen der verschiedenen Gruppen Aufschluß zu verschaffen. Nach einer hastig eingenommenen Stärkung schlugen er selbst und sein restliches Geleit die Straße gen Norden ein.

Der Grieche führte seine Nachforschungen zunächst in der unmittelbaren Umgebung der Ortschaft durch. Zu Badfred und Melior, Robert und seinem Knappen sowie zu Hermant und dessen Mannen vermochte er nicht den leisesten Hinweis zu gewinnen. Dafür erhielt er jedoch einige wertvolle Auskünfte über die beiden Flüchtigen: Eine ihren Gemüsegarten jätende Frau gab an, sie habe das Paar nach Osten traben sehen, wobei einer der beiden Reiter ziemlich erschöpft gewirkt habe. Nach Osten? Während sich der Missus doch Richtung Norden aufgemacht hatte! ... Dennoch unterließ der Grieche jeden Versuch, seinen Herrn augenblicklich davon zu benachrichtigen; schließlich hatte Abt Erwin ihm eingeschärft, sich einzig und allein um die Jäger zu kümmern, was anderswo auch immer geschehen mochte.

Durch weitere Nachforschungen fand Timotheos heraus, daß sich Isembard und die Seinen wie auch die Nibelungen, von Childebrand gefolgt, nach Westen gewandt hatten. Oberhalb von Bussy-en-Othe jedoch waren die einen wie die anderen in den Wald von Courbépine eingetaucht und erheblich voneinander abweichenden Richtungen gefolgt. Und da sie sicherer Wegmarken oder sonstiger Anhaltspunkte ermangelten, waren sie nun wahrscheinlich darauf beschränkt, sich bei der weiteren Suche aufs Geratewohl vorzutasten. Dem Fuchs erging es da kaum besser, wenn es auch sicher einfacher war, vielköpfigen Reiterscharen nachzustellen, die deutliche Spuren hinter sich zurückließen, als die unbekannte Zuflucht zweier Ausreißer aufzuspüren.

An den im Herzen des Waldes gelegenen Weihern von Saint-Ange angelangt, traf Timotheos zu seiner großen Überraschung Doremus an. Der ehemalige Aufständische erwartete ihn bereits recht ungeduldig und schien sein sonst so kaltes Blut diesmal etwas eingebüßt zu haben.

»Abt Erwin ist also nicht bei dir?« fragte er enttäuscht und blickte forschend den Fußpfad entlang, auf dem der Grieche plötzlich aufgetaucht war.

Timotheos erläuterte seinem Freund, welchen Weg der Sachse gewählt hatte.

»Aber, sag mal«, fügte der Fuchs hinzu. »Wie hast du erraten können, daß ich hier vorbeikommen würde?«

»Hast du etwa vergessen, daß ich jahrelang ein ›Markgraf der

Lichtungen‹ war?« entgegnete der ehemalige Aufständische. »Einem kundigen Auge kann nicht entgehen, daß man nahezu zwangsläufig an diesen Weihern vorbeikommen muß … Laß uns aber lieber über Wesentlicheres reden! Es gibt Neuigkeiten, und zwar äußerst wichtige. Wir müssen uns sofort wieder auf unsere Pferde schwingen und unverzüglich zu Graf Childebrand gelangen! Unterwegs werde ich dir alles erzählen.«

Als sie wieder im Sattel saßen, verkündete Doremus Timotheos, der vor Neugierde verging:

»Theobald hat zu unsrer Schwadron vorstoßen können.«

»Theobald?«

»Wart's doch ab! Er hat dem Grafen hinterbracht, Alberichs und Chlothildes Versteck sei entdeckt worden.«

»Was? Wie?« rief der Grieche aus.

»Sie haben in einem Forsthaus Zuflucht gesucht. Es gehört einem gewissen Remi, der in der Nähe von Dilo …«

»Ein Marktflecken nördlich des Waldes«, erklärte der Späher in Timotheos' Begleitung.

»… der also in der Nähe von Dilo eine Jagd beaufsichtigt, die sowohl die Nibelungen als auch Graf Ermenold als Eigentum beanspruchen.«

»Weshalb haben sich unsere beiden Ausreißer ausgerechnet diesem Remi anvertraut?«

»Er ist ein Freier und gehört für sein Teil zu den Nibelungen … eine Art Vasall von Frebald oder besser gesagt von Adelinde. Er ist zwar betagt, aber noch immer sehr rüstig und lebt wie ein Bär mitten im Wald. Da drängt sich einem doch der Gedanken auf, daß Adelinde selbst Alberich dieses Versteck genannt hat.«

»Aus welchem Grund?«

»Das weiß ich nicht.«

»Und wie hat Theobald davon erfahren?«

Doremus zögerte die Antwort einen Augenblick hinaus:

»Na, durch Ermenold!«

Timotheos brachte sein Pferd augenblicklich zum Stehen. Ihm hatte es vor Verblüffung die Sprache verschlagen, doch er faßte sich rasch wieder.

»Ermenold! Zur Hölle noch mal!« zischte er zwischen den Zähnen. »Das wird ja immer besser!«

»Ich nehme an, der Graf von Auxerre hat im gesamten Landstrich noch immer seine Spitzel«, brachte der ehemalige Aufständische vor. »Er dürfte schon gestern Hinweise über den Weg der beiden Entflohenen erhalten haben, und mit den Auskünften, die er heute morgen zusammengetragen hat ...«

»Ich verstehe schon, was du meinst«, sagte der Fuchs. »Nur, warum hat er das Bedürfnis verspürt, die Nibelungen davon in Kenntnis zu setzen?«

»Theobald zufolge hat er sich damit nicht zufriedengegeben. Er soll Vicecomes Heloin angewiesen haben, Isembard und die Geroldinger aufzusuchen und sie ebenfalls zu unterrichten.«

»So daß nun ...«

Doremus nickte bedächtig mit verständnisinniger Miene.

»Ja, so daß er unter dem Vorwand, allen einen Gefallen zu erweisen, die beiden feindlichen Lager vielleicht in einen blutigen Zusammenstoß treibt, was bei dem ganzen Argwohn und Haß, der die beiden Häuser beseelt, und vor allem wegen der zurückliegenden Morde und des Anschlags auf Badfred kein Wunder wäre. Erinnere dich, wie knapp ein solches Blutbad letztens noch einmal verhindert werden konnte. In Anbetracht dessen aber, was jetzt auf dem Spiel steht, könnte diesmal wahrhaftig das Schlimmste eintreten.«

»Und wie steht es um Childebrand?« fragte Timotheos.

»Er hat die Verfolgung grimmiger denn je fortsetzen lassen. Wenn er doch nur rechtzeitig hinzukommt und wenn wir ihn doch nur schon erreicht hätten!« wünschte Doremus, indem er sein Pferd in Trab setzte, was der Fuchs und die zwei Kundschafter ihm sogleich nachtaten.

Die beiden Gefolgsleute der Missi drangen eine halbe Meile weit nach Norden vor. Auf dem recht gepflegten Forstweg vermochten sie gut voranzukommen, zumal der ehemalige Aufständische nirgends die geringste Unschlüssigkeit erkennen ließ, wie wenn er sich in der Gegend bestens auskannte. Mit einemmal gebot er Timotheos durch einen Wink, anzuhalten. Sie saßen ab und drangen nun mit großer Behutsamkeit und so lautlos wie möglich ins Dickicht vor, bis sie schließlich an den Saum des Waldes gelangten.

Dort, auf einer Wiese, die sanft zu einem Hain und einer dahinter halb verborgenen Behausung aus Rundhölzern mit Schindeldach abfiel, standen sich zwei Reiterreihen kampfbereit Auge in Auge gegenüber: Auf der einen Seite die Nibelungen, leicht zu erkennen an den grün-gelben Obergewändern einiger Männer; sie hatten bald zweihundert Schritt vor dem Holzhaus Aufstellung genommen, als ob sie es schützen wollten. Oben am Hang harrten Isembard und die blau gekleideten Waffenmänner der Geroldinger und schienen sich zum Angriff zu rüsten.

Doremus und Timotheos traten ins Freie, um sich zu zeigen. Beinahe im selben Augenblick kam Graf Ermenold im Galopp auf sie zugeprescht, wie wenn er nur auf ihr Erscheinen gewartet hätte. Bei ihnen angelangt, brachte er sein Pferd so jäh zum Stehen, daß es sich aufbäumte, setzte eine Miene auf, die größtes Bedauern zum Ausdruck bringen sollte, ohne sein Triumphgefühl indes tatsächlich verbergen zu können, und erklärte ihnen:

»Alberich und Chlothilde haben sich in die Behausung dort drüben, zwischen den Bäumen, geflüchtet. Bernard ist an der Spitze seiner Nibelungen fast zur gleichen Zeit wie Isembard und die Geroldinger angekommen. Sie haben sofort Auge in Auge Stellung bezogen. Isembard hat freien Durchgang verlangt, um ›seine von einem Bankert entführte Tochter Chlothilde zu befreien‹. Bernard haben diese Worte schier rasend gemacht. Und weil er wahrscheinlich fürchtete, seine Feinde wollten an Alberich Rache üben und über ihn herfallen, hat er ihnen den Durchgang barsch verweigert und gebrüllt, einem verderbten Geschlecht stehe es nicht zu, ›solch aberwitzigen Unsinn zu reden‹ und ›wenn Chlothilde eine Hure sei, so hätten die Geroldinger sich dies doch wohl selbst anzukreiden‹. Auf diese Beleidigungen folgten bald handfeste Drohungen. Und nun …«

Mit einer vielsagenden Armbewegung wies der Graf von Auxerre auf die hocherhobenen Schwerter und die gespannten Bogen.

»Wo befinden sich Graf Childebrand und unsere Wachen?« unterbrach ihn Doremus forsch.

»Das weiß ich nicht. Ich fürchte allerdings, daß sie sich verirrt haben«, antwortete Ermenold, scheinbar betrübt dreinblickend. »Daher habe ich meinen Vicecomes und den Vicarius von Toucy losgeschickt, um sie zu suchen.«

Er blickte zu den Vasallen des Kaisers hinüber, die offenbar im Begriff standen, einander anzugreifen, und fügte hinzu, wobei es ihm jedoch nicht gelingen wollte, ehrlich zu klingen:

»Ach, könnten der Missus dominicus und seine Leute doch noch rechtzeitig eintreffen.«

In diesem Augenblick schossen plötzlich zwei Reiter aus dem Unterholz hervor, näherten sich im Galopp dem Forsthaus, sprangen von ihren Pferden, rannten zum Eingang und begannen heftig an die Tür zu klopfen und lauthals zu rufen, wohl um sich Einlaß zu verschaffen.

»Robert!« rief Ermenold aus. »Den würde ich unter Tausenden erkennen. Oh, das hätte ich mir doch denken können!«

»Und ist das nicht Badfred, der jetzt aus dem Wald kommt?« bemerkte Doremus.

»… in Meliors Begleitung?« ergänzte Timotheos.

Zwischen Robert und seinem Knappen auf der einen Seite und Badfred und Melior auf der anderen schien derweil ein heftiges Wortgefecht zu entbrennen, das rasch in ein Handgemenge ausartete. Bernard, seine Brüder und die anderen Nibelungen hatten ihre Pferde inzwischen wenden lassen, um das unerwartete Geschehen beim Forsthaus zu verfolgen. Machten sie bereits Anstalten, den Flüchtigen zu Hilfe zu eilen, weil sie die beiden von Robert, von Badfred, von dem einen wie dem anderen bedroht wähnten? Glaubten die Geroldinger, ihre Feinde würden den Bruder und den Sohn Isembards angreifen, so daß diese in Lebensgefahr schwebten? Oder wollten sie sich nur die günstige Gelegenheit zunutze machen, da die Reiterschar am Fuße des Hangs ihnen nunmehr ungeschützt den Rücken zukehrte? Jedenfalls stürmten die Geroldinger los, während die Nibelungen hastig in Verteidigungsstellung gingen.

Doch mit einemmal brach, im vollen Galopp, Childebrands schwere Schwadron aus dem Wald, eine fürchterliche Streitmacht aus behelmten, mit Leder und Eisen gewappneten Kriegern, die mit markerschütterndem Schlachtgebrüll ihre wuchtigen Schwerter drohend in die Höhe reckten. Doch so ungestüm ihr Angriff auch sein mochte, sie erreichten das kurz zuvor noch freie Feld zwischen den beiden auf ihr eigenes Verderben grimmig versessenen Lagern, die sie doch trennen wollten, erst, als die Feinde bereits aufeinanderprallten. Und so entflammte eine verworrene Schlacht.

Die vier Männer beim Forsthaus, die sich offenbar allesamt gewaltsam Zutritt verschaffen wollten und aus unerfindlichen Gründen handgemein geworden waren, hatten sich, vom hämmernden Galopp und dem Geschrei der Angreifer aufgeschreckt, jäh umgedreht; wie versteinert beobachteten sie nun das beginnende Gefecht Mann gegen Mann. Auch Timotheos und Doremus waren von diesem eindrucksvollen Sturm einen Augenblick gebannt, faßten sich aber sogleich wieder. Sie schwangen sich auf ihre Pferde und preschten zu Alberichs und Chlothildes mutmaßlichem Versteck. Zu ihrer größten

Überraschung sahen sie Frebald plötzlich aus einem Hain hervorkommen und, sein Pferd wild anspornend, auf sie zuschießen. Bei ihnen angelangt, rief er mit aufgelöstem, von Furcht gezeichnetem Gesicht:

»Wir müssen unbedingt etwas unternehmen, hört ihr! Sofort!«

Robert hatte sich zwischenzeitlich mit Unterstützung seines Knappen wieder an die Tür des Forsthauses herangemacht. Diesmal versuchte er, sie mit Axthieben einzuschlagen, und schrie dabei:

»Macht mir auf, macht mir auf! Ich bin es, Robert, ja, Robert! Ihr seid in Gefahr. Hört ihr: in großer Gefahr! Ich bin gekommen, um euch zu retten. Bei allen Heiligen, macht mir doch auf!«

Badfred und Melior näherten sich ihm gerade mit gezückten Dolchen. Frebald, Doremus und Timotheos galoppierten hinzu, sprangen vom Pferd und zogen ihre Waffen blank, um sie in Schach zu halten.

»Ihr Schwachköpfe!« fauchte Badfred sie an.

Plötzlich gab die Tür nach. Über Roberts Gesicht schien sich im Nu eine Maske des Grauens gelegt zu haben: Ein krampfhaftes Lachen entstellte seinen Mund und seine Züge, aus seinen Augen sprühte grausamer Haß. Mit über die Maßen schriller Stimme stieß er aus:

»Endlich! Wie räudige Hunde werde ich diese beiden Hurenkinder totschlagen!«

Unter den entsetzten Blicken der Beobachter dieser teuflischen Verwandlung stürmte Robert ins Innere des Forsthauses, sein Schwert, zum Schlag bereit, mit beiden Händen emporgereckt.

Doch statt des jungen Alberich, der sich wahrscheinlich linkisch und verzweifelt bemüht hätte, seine Chlothilde zu schützen, sah er sich völlig unerwartet der hochaufgeschossenen Gestalt des Sachsen gegenüber. Der Abt hielt ihn augenblicklich auf Abstand, indem er ihm die Spitze seines furchterregenden indischen Schwerts am ausgestreckten Arm an die Kehle hielt.

»Ein Schritt weiter, und du bist ein toter Mann«, warnte ihn Erwin mit erschreckend ruhiger Stimme.

Ohne daß er sich überhaupt zu rühren vermocht hätte, wurde Robert noch im selben Augenblick von der Zwinge zweier kräftiger Arme bewegungsunfähig gemacht – der Forstaufseher Remi hatte an der Eingangstür ausgeharrt und den Angreifer bei seinem Eindringen sofort gebändigt. Zur Gegenwehr außerstande, entwich Roberts Lippen ein grauenhaftes Knurren, während ihm Schaum vor den Mund trat und er einem Wahnsinnigen gleich die Augen verdrehte. Plötzlich sackte er zusammen, und sein Schwert fiel ihm vor die Füße.

Alberich und Chlothilde hatten die ganze Zeit im hinteren Teil des Raumes mit gezücktem Dolch dagestanden und das Schauspiel ruhig beobachtet. Kaum daß das junge Mädchen einen leisen Schrei ausgestoßen hatte, als Robert ins Haus gedrungen war. Nun aber wandten sie sich einander zu, ein glückliches Lächeln auf den Lippen, er eine stolze Erscheinung von hohem Wuchs, mit streng geschnittenem Gesicht, golden schimmerndem Haar und leuchtendblauen Augen; sie mit ihrer pechschwarzen, von einem Band im Nacken zusammengehaltenen Haarpracht, den samaragdgrünen Augen und einem Leib, dessen berückende Formen die Männertracht eher noch betonte, statt sie zu verbergen. Und während der angelsächsische Abt sein Schwert zurück in die Scheide steckte, dachte er bei sich, daß es die Mühe wert war, zwei solche Gottesgeschöpfe vor dem Tod gerettet zu haben.

Nun traten Frebald, Badfred und Melior herein, von den Gefolgsleuten der Missi inzwischen entwaffnet, sowie Doremus, Timotheos und Graf Ermenold, während Remi den noch immer bewußtlosen, von Zuckungen geschüttelten Robert weiter fesselte. Alle schienen wie vom Schlag gerührt.

Erwin hatte sich den beiden jungen Leuten zugewandt.

»Bestimmt hattet ihr eure Gründe, um Hals über Kopf zu fliehen ...« sagte er in strengem Ton zu ihnen. »Doch kommt jetzt!«

Er forderte sie auf, ihn bis zur Türschwelle zu begleiten, und zeigte ihnen dort das Schlachtfeld, auf dem heftige Kämpfe gewütet hatten. Childebrand und seinen Wachen war es derweil mit einiger Mühe gelungen, die Nibelungen und die Geroldinger zunächst zu trennen und dann auf Abstand zu halten. Eine furchtbare Stille war nach dem Getümmel eingetreten, in die nur noch einige laute Befehle fielen; hier und da war fernes Gewimmer und Wehgeschrei zu hören. Der Sachse deutete mit der Hand nacheinander auf jeden einzelnen Körper im Gras.

»Schaut nur, ja, schaut es euch genau an!« befahl der Missus dominicus. »Hier seht ihr nun Aufruhr, Leid und Tod! Sicherlich ist euer unbesonnener Streich nicht die wesentliche und wahre Ursache dieses Unheils hier. Sicherlich seid ihr nicht schuld an der blinden Raserei desjenigen, der sich geschworen hatte, euch zu töten. Ich will auch gerne glauben, daß ihr nur geflohen seid, weil ihr von seinen verbrecherischen Absichten erfahren oder sie bloß erahnt habt und ihm entrinnen wolltet. Doch hattet ihr nicht die Möglichkeit, euch dem auf andere Weise zu entziehen? Indem ihr etwa uns, die Gesandten des Herrschers, benachrichtigt hättet, wenn ihr euch euren Familien schon nicht eröffnen konntet, zu denen ihr ganz offensichtlich kein Vertrauen mehr hattet?«

Erwin hielt kurz inne, blickte starr in die Ferne und setzte wieder an:

»Aber vielleicht war ja der Gedanke, endlich miteinander allein sein zu können, nur noch euch beiden zu gehören ...«

»Nein, ehrwürdiger Vater!« verwahrte sich Chlothilde.

»... jedenfalls frei zu sein, um gemeinsam ein Abenteuer zu bestehen, so verlockend? Vielleicht hat diese Aussicht euer Verhalten bestimmt? So war es doch, nicht wahr?«

Der angelsächsische Abt musterte den jungen Mann und das Mädchen mit kaltem Zorn im Blick.

»Erregend für euch«, herrschte er sie an. »Aber verhängnisvoll und tödlich für die da!«

Abermals zeigte er auf die Leiber der Toten und Versehrten.

»Und für dieses Verhängnis – oh, widersprecht nur ja nicht! – tragt ihr sehr wohl die Verantwortung! Ihr beide seid schuld daran, daß das schwelende Feuer von neuem aufloderte!« fügte er in schneidendem Ton hinzu.

Dann murmelte er:

»Wolle Gott, daß ein so furchtbares Unglück wenigstens für irgend etwas gut sein mag!«

Nun gingen Erwin und alle anderen, einschließlich Remi, der Robert gleichsam wie einen Sack Mehl geschultert hatte, vom Forsthaus zu Graf Childebrand hinüber. Der Graf war auf dem Schlachtfeld geblieben, um über Ruhe und Ordnung zu wachen und die dringend gebotenen Maßnahmen einzuleiten. Er hatte Hermant mit seiner leichten Reiterschar zu sich gerufen und im Umkreis der Wiese in Stellung gehen lassen, damit sie jeden Fluchtversuch vereiteln sollten. Darüber hinaus hatte er bereits Boten nach Dilo entsandt, um dort zwei Ochsenkarren für die Opfer wie auch die notwendige Ausrüstung und Verpflegung für ein Nachtlager zu beschlagnahmen, weil es überhaupt nicht in Frage kam, die erschöpften Männer und abgehetzten Pferde noch in der Dämmerung aufbrechen zu lassen und ohne ausgedehnte Rast nach Auxerre zurückzukehren. Außerdem hatten die Boten den Auftrag, Verbandszeug, Salben, Wundheilmittel, Kräuterabsude und andere Arzneien für die Behandlung der Verletzten aus dem Marktflecken mitzubringen und, falls möglich, irgend jemanden aufzutreiben, der als Medicus und Feldscher herhalten konnte.

Als der Abt bei seinem Freund Childebrand eintraf, ließ dieser seine Blicke über Erwins eigenartigen Geleitzug schweifen. Alberich und Chlothilde – die man nun getrennt hatte – gesund und wohlauf vor sich zu sehen erfüllte ihn mit Zufriedenheit, während es ihn einigermaßen verwunderte, Frebald, Badfred und Ermenold so traut vereint vorzufinden, was im übrigen sicher nur daran lag, daß sie von den Ereignissen allzu erschüttert waren und nicht einmal mehr die Kraft hatten, sich feindselig zu geben. Des Missus Blick verharrte schließlich auf dem sonderbaren Bündel, das Remi mit sich trug und nunmehr unsanft ablegte, wodurch der ohnmächtige Gefangene wieder leidlich zur Besinnung kam.

»Ein hübscher Fang«, brummelte der Graf vor sich hin. Dann wandte er sich hinter vorgehaltener Hand an Erwin und sagte halb erleichtert, halb gezwungen:

»Ich bin sehr glücklich darüber, daß du heil aus der Sache herausgekommen bist.«

»Auch mich macht es glücklich, dich unversehrt zu sehen«, erwiderte der Sachse. »Und du bist größere Gefahren eingegangen als ich.«

»Pah«, stieß der Graf achselzuckend aus. »Allerdings haben manche weniger Glück gehabt.«

Mit gesenkter Stimme zählte er auf:

»Die Geroldinger haben einen toten Waffenmann zu beklagen, das ist der da drüben, mit dem Mann an seiner Seite, der für ihn betet, und zwei Verletzte, einer davon schwer. Auf seiten der Nibelungen gab es einen Toten, einen Verwundeten in äußerst schlechtem Zustand, und Justin, einer von Heriberts Söhnen, ist ebenfalls arg zugerichtet.«

»Und bei den Unsrigen?«

»So gerüstet und bewaffnet, wie sie waren ... Ein einziger hat etwas abbekommen. Eine Kleinigkeit, da wird nichts zurückbleiben ... Indes ...«

Childebrand strich, scheinbar zögernd, mit der rechten Hand über seinen Schnurrbart. Schließlich überwand er sich:

»Einerlei, ich muß es loswerden«, meinte er unvermittelt. »Wenn du mich rechtzeitig benachrichtigt hättest ...«

»Wie hätte ich das tun sollen?« hielt Erwin ihm vor, ohne die Stimme zu heben. »Du kannst dir doch denken, wenn ich eine Möglichkeit gehabt hätte ... Nur wo sollte ich dich erreichen, und wie? Konnte ich überdies denn ahnen, welche Wendung die Dinge nehmen würden?«

»Trotzdem hättest du dich bei deinem Eintreffen hier vielleicht bemerkbar machen können.«

»Das habe ich auch getan. Ich habe meine Wachen sofort losgeschickt, um dich zu benachrichtigen. Der Kampf war aber bereits entbrannt. Sie sind mitten ins Getümmel geraten. Als ich dann bei dem Forsthaus ankam, hatte ich keinen Augenblick zu verlieren. Ich hörte Roberts Gebrüll und seine furchtbaren Axthiebe. Remi hat mir ein Fenster geöffnet, durch das ich ins Haus gelangen konnte, und dann stand ich auch gleich, sozusagen Auge in Auge, diesem Wahnsinnigen gegenüber ...« – er deutete auf Robert – »... der gerade die Tür eingeschlagen hatte. Ich hatte gerade Zeit, blankzuziehen und meine Waffe vorzuhalten. Eine schwache Verteidigung. Zum Glück hat Remi mir kräftig beigestanden, und das kann man getrost wörtlich nehmen: Wie ein Bär hat er ihn umschlungen!«

Erwin blickte seinem Freund beinahe schelmisch in die Augen und schloß: »So war das!«

Childebrand wischte sich über die Wange und sah betreten drein.

»So war das, ja, so war das!« murmelte er.

Doch plötzlich hellte sich sein Gesicht auf, und er brach in schallendes Lachen aus.

»Übrigens, wie hast du eigentlich erfahren, daß unsere beiden Ausreißer in diesem Waldhaus Zuflucht gefunden hatten?« fragte der Graf seinen Freund. »Durch welches Wunder hast du sie rechtzeitig aufspüren und retten können?«

»Durch dasselbe Wunder, das dich nicht minder rechtzeitig hergeführt hat«, antwortete Erwin. »Durch Jagdgespür, die Erkenntnisse des Geistes und den Beistand des Allerhöchsten!«

Während der Abend allmählich niedersank, trafen die Ochsenkarren mit der Ausrüstung und Verpflegung für das Nachtlager sowie mit Arzneien und Verbandsmitteln ein. Gelenkt und begleitet wurden sie von etlichen Dörflern, Männern wie Frauen, die zwar eilfertig ihre Hilfe antrugen, doch vor allem von Neugier herbeigetrieben worden waren. Der Zusammenstoß hatte sich bereits herumgesprochen, wie auch der anrührend unbesonnene Streich der beiden edlen Verliebten, die Gegenwart sagenhafter Persönlichkeiten inmitten von »tausend Waffenmännern« … Sie schauten mit großen Augen und konnten sich vor Stolz kaum fassen, daß sie den hohen Herren so nahe waren und ihnen dienen durften.

Die beiden Missi trafen die nötigen Vorkehrungen für die Nacht. Den Nibelungen und Geroldingern wurden getrennte Lagerplätze zugewiesen. Posten wurden zwischen ihnen aufgestellt und Wachrunden eingeteilt. Alberich mußte sich zu den Seinigen gesellen. Chlothilde hingegen kehrte in das Forsthaus zurück, in dem sie, von zwei Frauen aus Dilo bedient und unter dem Schutz von Childebrands Leuten, die sich im Wechsel vor ihrer Tür ablösten, die Nacht verbringen sollte. Die Verwundeten brachte man behutsam auf eine angrenzende Lichtung, wo Abt Erwin sie aufsuchte, um ihnen Trost zu spenden. Eine ältere Hebamme und Heilerin aus dem Marktflecken ließ den Leidenden die Wohltaten ihrer Begabungen angedeihen. Die Toten legte man auf einen der Karren und deckte sie mit einem Tuch zu. Robert wurde von den anderen abgesondert und gefesselt unter Bewachung gestellt.

Die Nacht brach herein. Überall flammten die wärmenden Feuer auf. Nachdem die lärmige Betriebsamkeit beim Aufschlagen des Lagers und dem anschließenden abendlichen Mahl verebbt und die Dörfler gegangen waren, störten nur noch die Stimmen der umherstreifenden oder sich ablösenden Wächter die Stille der Nachtruhe.

KAPITEL VII

Ganz Auxerre war an den Fenstern, auf den Türschwellen oder auf den Gassen, um die aus dem Landstrich Othe Zurückkehrenden zu begrüßen. An der Spitze ritten zwei Krieger und der Bannerträger der kaiserlichen Gesandtschaft. Dahinter kamen Graf Childebrand und Abt Erwin, Graf Ermenold und die drei Gefolgsleute der Missi – denn Bruder Antonius hatte sich dem Troß beim Einzug in die Stadt angeschlossen. Frebald und Isembard ritten Seite an Seite, gefolgt von Badfred, Bernard, Theobald und Heribert, die sich, den Blick in die Ferne gerichtet, gegenseitig mit Nichtachtung straften. Hinterdrein ritten die Nibelungen und Geroldinger, von Wachen umrahmt, zwar ruhmlos und unbewaffnet, doch zum allerersten Male friedlich vereint. Die beiden Toten waren jeweils nach Luchy und Escamps überführt worden, um »zu Hause« bestattet zu werden. Die Verwundeten hatten im *valetudinarium* der Abtei Saint-Germain Aufnahme gefunden, und Robert war in geheimer Haft festgesetzt worden. Alberich und Chlothilde hatten geradenwegs die Herberge der Missi dominici aufgesucht, wo die Gesandten des Herrschers mit ihnen sprechen wollten.

Unter Mithilfe ihrer Gefolgsleute setzten Childebrand und Erwin die Untersuchung noch am selben Tage fort und brachten sie rasch und gründlich zu Ende. In Ermanglung eines Geständnisses von Robert, der nur noch unzusammenhängendes Zeug redete, mal auf den Knien, mal erregt auf und ab gehend, stützten sie sich dabei auf zahlreiche Aussagen, die so überzeugend erschienen, daß schon bald eine Gerichtssitzung ausgerichtet werden konnte, um die Ermordung von Wadald und Malier wie auch den Anschlag auf Badfred und Roberts Angriffe auf Alberich, Chlothilde und Abt Erwin, den Missus dominicus, zu erörtern.

Die anberaumte Verhandlung lockte aus dem gesamten Landstrich eine große Menge Neugieriger nach Auxerre, unter die sich, von den stadtbekannten Gaffern ganz abgesehen, all jene mischten, die aus solchen Gelegenheiten ihren Vorteil schlugen, wie Händler, Gaukler, Liebesdienerinnen und auch ein Paar Beutelschneider und Taschendiebe. Hermant hatte früher bereits mehrfach beobachten können, mit welcher Macht sich das Gewühl an Schaulustigen, die einer Verhandlung unter dem Vorsitz seiner Gebieter beiwohnen wollten, in der Umgebung eines Gerichtshauses zusammenzuballen vermochte. Daher stellte er am Tag der Eröffnung des Verfahrens einen Trupp Ordnungshüter auf, um die Flut all derer einzudämmen, die sich gewaltsam Zutritt zum Gerichtssaal von Auxerre verschaffen wollten. Gleichwohl konnten diese Vorkehrungen nicht verhindern, daß es zu heftigem Schubsen und Drängeln, ja sogar zu Zank und Handgreiflichkeiten kam. Der Saal war unter großem Getümmel schon bald brechend voll, so daß sich die zu ihrem Leidwesen vor der Tür Gebliebenen mit den Berichten zufriedengeben mußten, die über die entscheidenden Geschehnisse des Verfahrens nach draußen gelangten und von Mund zu Mund weitererzählt wurden.

Als hinter dem Bannerträger der kaiserlichen Gesandtschaft, den zwei Wachen mit blankem Schwert umrahmten, Graf Childebrand im vollen Staat, Abt Erwin in schlichter Gewandung und strenger Haltung sowie die *scabini* mit den Kennzeichen ihres Amtes endlich im Saal erschienen, trat jählings Stille ein. Die Missi dominici erklommen die fünf Stufen einer Art Bretterbühne, auf der ein langer Tisch aufgestellt worden war, und nahmen feierlich daran Platz. Die sieben Scabini ließen sich zu ihrer Linken und Rechten nieder. Hernach kamen die drei Gefolgsleute der Missi hinzu und stellten sich hinter ihren Gebietern auf. Graf Childebrand zog sein Schwert aus der Scheide und legte es vor sich auf den Tisch. Dann erhob er sich und verkündete:

»Im Namen unseres Kaisers Karl des Gerechten, des Königs der Franken und Langobarden, erklären wir, Gesandte des Herrschers, die Sitzung dieses von uns einberufenen Gerichts für eröffnet, vor dem nunmehr unter unserem Vorsitz und kraft unserer Vollmachten die Fälle verhandelt werden, die wir im Anschluß aufrufen. Daß den Zeugen keinerlei falsche Rede, sondern nur lautere Wahrheit über die Lippen kommen möge, denn Lug und Trug würde mit den schlimmsten Strafen geahndet! Jedermann soll wissen, daß wir hier in aller Billigkeit, doch unerbittlich Recht sprechen werden!«

Der Graf gebot daraufhin dem als Notarius dienenden Diakon Dodon, alle dem Urteil des Gerichts unterliegenden Missetaten und Verbrechen zu verlesen. Nach einem kurzen Gebet wurde dann der erste Zeuge aufgerufen. Benoild, der Verwalter der Geroldinger, trat vor das Podium.

Sichtlich beeindruckt, sprach er mit zögerlicher Stimme, ohne auf Einzelheiten einzugehen, die Streitigkeiten zwischen den Geroldingern und den Nibelungen an, wobei er besonders hervostrich, wie sehr es ihm doch stets am Herzen gelegen habe, diese Fehde zu beschwichtigen. Aus diesem Grunde habe er auch aus eigenem Antrieb Fühlung mit Malier aufgenommen, der damals nicht minder bestrebt schien, dem ganzen Hader ein Ende zu machen. Unter erheblichen Schwierigkeiten sei schließlich ein Zusammentreffen zwischen je einem Vertreter der beiden Häuser ausgerichtet worden. Ursprünglich sollten die Geroldinger auf Isembards Entscheidung hin von dessen Bruder Robert vertreten werden.

»Wer hat denn eine so übel beleumdete Stätte wie diese Teufelsfurt als Ort der Begegnung auserwählt?« fragte Childebrand.

»Robert selbst. Er meinte, diese Furt und die annähernd fünfzig Schritt des gemeinsamen Weges, der zum Ouanne führt, stellten gewissermaßen eine Art Niemandsland dar. Ich glaube aber, ihn lockte dabei auch der besondere Ruf.«

»Wie das?«

Der Verwalter kratzte sich am Ohr, bevor er antwortete:

»Seit einiger Zeit – so schien es mir jedenfalls – war er irgendwie anders, sonderbar, wenn man so sagen darf, manchmal niedergeschlagen und bisweilen richtig zornig! ... Sogar sein Gesicht hatte sich verändert. Er war ...«

»Ja nun?«

»... wie besessen«, murmelte Benoild.

Ein Geraune erhob sich unter den Zuhörern.

»Sei's drum!« fuhr der Missus fort. »Indes, ob Robert nun besessen war oder nicht, es bleibt noch immer ungeklärt, weshalb Wadald zu diesem Treffen ging.«

»Robert und Wadald verstanden sich gut, zumindest sah es so aus«, sagte Benoild. »Oder besser gesagt, der Vasall war seinem Gebieter völlig ergeben. Meiner Meinung nach dürfte Robert seinen Waffenmann mit Leichtigkeit dazu gebracht haben, ihn zu vertreten. Im übrigen hat ihm das auch sicherlich geschmeichelt, ich meine Wadald. Und außerdem hatte Robert ihm versprochen, ihn zu begleiten.«

»Sieh an! Wie kannst du dir dessen so sicher sein?«

»Der Stallknecht, den du dort drüben siehst, wird dir bestätigten, daß Robert an jenem Tag nach seinem Pferd verlangt hat und kurz nach Wadald auf demselben Weg davongeritten ist.«

Der Stallknecht nickte eifrig.

»Da hat ja noch einer sein Gedächtnis plötzlich wiedererlangt«, meinte Childebrand. »Aber sage mir, war Robert bewaffnet?«

»Ja, Gebieter, mit einem Kurzschwert«, antwortete der Stallknecht mit donnernder Stimme, was die Versammlung zum Lachen brachte.

Der Graf wandte sich erneut Benoild zu und fragte:

»Doch aus welchem Grund hat Robert Wadald denn nun eigentlich begleitet?«

»Er hat sich sicher etwas dabei gedacht, als er sich diese Furt aussuchte und Wadald begleiten wollte.«

»Erkläre dich näher!«

Benoild zögerte zunächst und brachte dann mit zitternder Stimme vor:

»Es könnte doch sein, daß er sich vielleicht vom … Leibhaftigen helfen lassen wollte?«

»Was soll denn das nun wieder heißen?«

»Wer hätte einem Mann … so die Kehle durchschneiden können … auf so abscheuliche Weise … und mit einer solchen Kraft …« stammelte der Meier.

»Und wer hat deiner Meinung nach Wadald dann ermordet?« donnerte Childebrand.

»Was soll ich dazu noch sagen, Herr? Ich bin ja nicht dabeigewesen. Ich habe dir alles gesagt, was ich weiß.«

Graf Childebrand dankte dem Verwalter der Geroldinger und rief die Kolonen Emil und Clemens auf. Während sie immer wieder ängstlich zu Graf Ermenold hinüberblickten, bestätigten die beiden, daß sie tatsächlich drei Reiter auf dem Weg zur Teufelsfurt gesehen hatten, zwei vom Besitz der Geroldinger her und einen, etwas später, auf den Ländereien der Nibelungen. Außerdem versicherten sie, sie hätten in der Dämmerung nur einen einzigen wieder fortreiten sehen, und zwar über das Land der Geroldinger, und keinen der drei erkannt.

Auf Verlangen der Missi verlas Dodon nun die Einlassungen Theobalds, worin dieser zugab, daß er selbst dazu auserkoren worden war, die Nibelungen bei den Verhandlungen zu vertreten.

Nach einer kurzen Unterbrechung wurde die Sitzung mit der Aussage des Grafen von Auxerre fortgesetzt. Ermenold machte ziemlichen Eindruck, als er sämtliche Feststellungen und Anhaltspunkte, die Doremus bei der Furt, auf dem Erdhügel und bei der Beschau von Wadalds Leichnam gewonnenen und dem Grafen eingeflüstert hatte, so darlegte, als ob es seine eigenen gewesen wären. Erwin drehte sich hin und wieder mit dem Ausdruck großer Anerkennung im Blick zu seinem Gefolgsmann um, dessen Verdienste mit Stillschweigen übergangen worden waren, da Doremus um einer erfolgreichen Tätigkeit willen auch weiterhin unauffällig im Hintergrund bleiben sollte.

Der Graf von Auxerre war mittlerweile bei »seinen« Schlußfolgerungen angelangt.

»Sicher ist, daß Wadald in Roberts Begleitung über den nördlichen Weg zur Teufelsfurt ritt«, behauptete Ermenold voller Überzeugung. »Um die Umgebung besser beobachten zu können und gegen Überraschungen gefeit zu sein, sind sie den Hügel hochgeritten, woraus sich auch die reichlich vorhandenen Pferdeäpfel erklären. Dort sind sie dann abgesessen. Und während Wadald, mit dem Rücken zu Robert, den Weg zur Furt überwacht, zieht dieser plötzlich sein Schwert, stürzt sich auf den unglücklichen Vasall und schneidet ihm die Kehle durch. Wahrlich ein leichtes für einen kampferfahrenen Krieger. Wadalds Blut ergießt sich in nur wenigen Augenblikken auf die Erde; wie es ja die schwärzlichen Lachen auf dem Gras und auch die blutgetränkte Kleidung des Toten beweisen. Nach verübter Tat schleift der Mörder den Körper bis zum Bach, wahrscheinlich um glauben zu machen, es hätte ein Kampf mit dem Boten der Nibelungen stattgefunden. Dies sind die Ergebnisse meiner Nachforschungen.«

Laute Bemerkungen und Ausrufe störten für einen Augenblick den ruhigen Ablauf der Verhandlung. Der Graf von Auxerre hatte die Zuhörer schwer beeindruckt. Vor allem die Kolonen, die Ermenolds Verhör gekostet hatten, standen mit großen Augen da und bekamen vor Verwunderung den Mund nicht mehr zu. Schließlich stieg der Graf stolz gebläht von dem Bretterbühne, um sich wieder an seinem Ehrenplatz niederzulassen.

Nun hieß man Theobald vortreten. Er erklärte, er wolle auf die Heilige Schrift schwören und unter Eid Zeugnis ablegen.

»Du weißt, wozu du dich dadurch verpflichtest«, warnte ihn der Missus. »Du kennst die Strafen, mit denen nach einem solchen Schwur ein Meineid geahndet wird, hienieden und droben im Himmel!«

»Wer die Wahrheit sagt, dessen Herz ist frei von jeder Furcht«, entgegnete Theobald. Frebalds Sohn schilderte zunächst, wie er durch Malier über die laufenden Gespräche unterrichtet und später von seinem Vater dazu bestimmt worden war, mit einem Bevollmächtigten der Geroldinger zusammenzutreffen, wobei er im übrigen zum damaligen Zeitpunkt noch nicht gewußt hatte, um wen es sich dabei handelte. Danach erzählte er von seiner Ankunft bei der Furt und der Entdeckung des auf der Böschung liegenden Leichnams. Theobald gestand ein, er habe in Anbetracht der Umstände sogleich gefürchtet, eines Mordes bezichtigt zu werden, der ganz offenkundig mit Heimtücke ausgeführt worden war und ihm in die Schuhe geschoben werden sollte. Er habe zu lange geschwiegen, erklärte er, und wolle nunmehr öffentlich sein Bedauern kundtun.

Graf Childebrand runzelte die Stirn.

»Ich muß dich daran erinnern, daß jede Verheimlichung gegenüber Ermittlern einen schwerwiegenden Verstoß darstellt, insbesondere, wenn sich die Untersuchung auf eine Verletzung des Königsbanns bezieht«, erläuterte der Missus streng. »Das Gericht wird unter Berücksichtigung deiner späten Beichte noch den Preis dafür abzuwägen haben. Und jetzt laßt den Herrn Isembard aufrufen!«

Als das gerade eingetroffene Oberhaupt der Geroldinger den Sitzungsraum durchschritt, um sich vor den Richtern einzufinden, wandten sich ihm alle Blicke zu.

»Auf die Umstände des Mordes brauchen wir nicht mehr zurückzukommen«, beschied ihm Childebrand. »Was es nunmehr zu erhellen gilt, ist die Frage, weshalb Robert überhaupt den Plan gefaßt hat, einen deiner Vasallen hinzumeucheln, der ihm angeblich doch so nahestand.«

»Wie könnte ich mich dazu mit Gewißheit äußern?« hob Isembard an. »Ich muß zugeben, mein Bruder hat sich in letzter Zeit sehr verändert. Er ist stets argwöhnisch und jähzornig gewesen. Doch ganz offensichtlich haben sich diese Wesenszüge gefährlich verschlimmert ...«

»In einem Maße, daß er grundlos und auf geradezu viehische Weise über Wadald herfiel?« verwunderte sich Childebrand.

»Selbstverständlich nicht!«

In diesem Augenblick stand Erwin plötzlich auf und trat an den Rand der Bretterbühne.

»Können wir nun vielleicht auf das Verhältnis deines Hauses zu dem der Nibelungen zu sprechen kommen? Dieser Punkt ist nämlich von erheblichem Belang für das Verständnis der unseligen Geschehnisse, die sich zugetragen haben«, sagte der Abt.

»Ich würde lügen, wenn ich behauptete, die Beziehungen zwischen unseren beiden Geschlechtern wären stets von Herzlichkeit geprägt gewesen«, räumte Isembard ein. »Gleichwohl ist es uns, auf beiden Seiten, immer wieder gelungen, die Gemüter zu beruhigen.«

Der Sachse konnte sich eines Lächelns nicht erwehren.

»Einschließlich Roberts Gemüt?« meinte er. »Na, hör mal! Wir haben zahlreiche Aussagen zusammengetragen, die bestätigen, daß er kaum mehr an sich halten konnte vor lauter schimpflichen, ja unflätigen Beleidigungen und Anschuldigungen gegen die Nibelungen. Willst du das etwa ableugnen?«

Isembard brummelte eine unverständliche Bemerkung.

»Willst du etwa ableugnen, daß Robert seinen Waffenmann zu der Schmährede auf Frebald und Adelinde angestiftet hat, die vor mir zu halten Wadald auch noch die Stirn besaß?« fuhr der Abt fort.

»Noch heute empfinde ich Scham darüber«, behauptete Isembard.

»Darum geht es überhaupt nicht!« herrschte ihn der Sachse in zornigem Ton an. »Es geht um den Haß, den Robert den Nibelungen entgegenbrachte, und um den verabscheuungswürdigen Plan, zu dem ihn sein Haß wahrscheinlich angeregt hat. Als die Umstände des Mordes an Wadald bekannt wurden, waren doch viele der Ansicht, er könne allein den Nibelungen zugeschrieben werden, weil diese nach Wadalds Schmährede und um Frebalds und Adelindes Ehre willen angeblich Rache üben wollten, wofür ja auch Theobalds Anwesenheit am Ort des Verbrechens sprach! Antworte endlich!«

»Ja«, erwiderte Isembard schließlich mit kaum hörbarer Stimme.

»Man darf also wohl zu Recht annehmen«, hämmerte Erwin, »daß Robert diese Schandtat, diesen vorbedachten Mord begangen hat, um den Nibelungen ein so ungeheuerliches Verbrechen anzulasten?«

Isembard versuchte sich noch immer in Winkelzügen.

»Ich fragte dich, können wir Robert diesen Plan, der ja beinahe geglückt wäre, mit Fug und Recht unterstellen? Ja oder nein? Ich gebiete dir, mir zu antworten!«

Der Herr der Geroldinger senkte den Kopf. Dann aber richtete er sich jäh wieder auf, um diesmal laut und vernehmlich zu sagen:

»Welche Demütigung und welche Schande, o Herr, deine Frage mit Ja beantworten zu müssen!«

Isembards Zugeständnis löste im Saal einen solchen Aufruhr aus, daß die Sitzung unmöglich fortgesetzt werden konnte. Daher ordnete Graf Childebrand etwas verfrüht eine Unterbrechung für das mittägliche Mahl an, weil er meinte, die Befriedigung des Magens würde die Gemüter sicher besänftigen.

Tatsächlich herrschte bei der Wiederaufnahme der Verhandlung erneut gespannte Stille im Saal, als der Graf verkündete, man werde sich nun dem Mord an Malier widmen. Als erster Zeuge trat daraufhin ein Knabe von ungefähr zwölf Jahren in

Begleitung seines Vaters vor. Dem Jungen war deutlich anzusehen, welche Furcht ihm das sich machtvoll zur Schau stellende Gericht und vor allem Childebrands Schwert auf dem Tisch einflößte. So stieg Erwin von dem Podium herunter und ging auf das Kind zu.

»Hab keine Angst, Lucian«, sagte der Sachse behutsam. »Alle hier Anwesenden sind deine Freunde und auch die deines Vaters und sämtlicher Bewohner deines Dorfes. Antworte nur, wie du es verstehst ...«

Der Abt schaute Lucian mit wohlwollendem Blick in die Augen.

»Du bist ein guter Reiter«, bemerkte er. »Das weiß jeder.«

»So gut nun auch wieder nicht, ehrwürdiger Vater«, antwortete der Knabe.

»Na, na, jetzt aber still!« fuhr Erwin lächelnd fort. »Dein Vater Julian behauptet es doch, und ich weiß, daß er recht hat. Erinnerst du dich noch an den Tag, als du nach Auxerre geritten bist und dem Mann da drüben, dem mit dem Bartkranz, eine Botschaft überbracht hast?«

»Ja, ehrwürdiger Vater. An den erinnere ich mich.«

»Und bist du unterwegs nicht von einem Reiter aufgehalten worden?«

»Doch, nicht einmal eine halbe Meile von Diges entfernt ist ein Mann zu Pferd auf mich zugekommen. Er hat mich gefragt, was ich denn machen würde. Ich habe ihm geantwortet, daß ich keine Zeit zu verlieren hätte, weil ich doch eine Nachricht zu überbringen hatte.«

»Hat er dich denn bedrängt, um zu erfahren, vom wem und für wen diese Botschaft war?« erkundigte sich Erwin.

»Ja, ehrwürdiger Vater«, antwortete Lucian nun selbstbewußt. »Weil ich ihm aber nicht getraut habe und ihm nichts sagen wollte, habe ich meinem Pferd die Sporen gegeben. Erst hat es so ausgesehen, als wollte er mir folgen. Dann hat er es sich aber anders überlegt und ist nach Diges galoppiert.«

»Man hat dir doch einen Mann in einem Verlies gezeigt. War er es, der dich angehalten hat?«

»Ja! Das war er.«

»Danke, Lucian«, sagte der Abt. »Du hast dich sehr klar geäußert und uns sehr geholfen.«

Erwin erklomm wieder die Bretterbühne und erklärte, an die Zuhörer gewandt, mit kräftiger Stimme:

»Dieser Mann war ... ist Robert!«

Die Zuhörer gerieten bei dieser Enthüllung erneut in Aufregung, und Childebrand mußte harsch um Ruhe bitten.

Sodann sagte auch Lucians Vater Julian aus und wiederholte, was er gegenüber Bruder Antonius erklärt hatte. Im Anschluß meldete sich ein nicht vorgeladener Zeuge zu Wort und teilte mit, er sei Robert zwei- oder dreimal in Escamps begegnet; außerdem habe er ihn sogar einmal im Gespräch mit Malier gesehen, und zwar nach Wadalds Ermordung.

Nachdem die Sache mit dem »Braunen auf der Lichtung« kurz angesprochen worden war, wurde Isembard abermals vor das Gericht gerufen. Die Aufmerksamkeit der Anwesenden steigerte sich zu atemloser Spannung, als sich der Abt wiederum erhob, von dem Bretterboden herabstieg und auf den Herrn der Geroldinger zuschritt. Den Blick in die Ferne gerichtet, blieb Erwin eine Weile wortlos vor Isembard stehen. Dann erst schien er ihn zu bemerken und fuhr ihn an:

»Kannst du unter Eid schwören, daß keiner der Deinigen Meier Malier nach dem Leben getrachtet hat?«

Isembards Kiefermuskeln verkrampften sich.

»Nein!« antwortete er.

Dieses Geständnis sorgte im Saal für verblüffte Stille.

»Und warum nicht?«

Da er keine Antwort erhielt, fügte Erwin in aller Ruhe an:

»Vielleicht kann ich dir ja auf die Sprünge helfen. Viele hier kannten Meier Malier. Alle von mir Befragten haben es einhellig als unwahrscheinlich angesehen, daß Malier Wadald überrumpeln und ums Leben bringen konnte. Hast nicht auch du erklärt, so etwas wäre völlig unmöglich gewesen? Und selbst für den Fall, jemand hätte den Mord rächen wollen, hast du nachdrücklich ausgeschlossen, daß man sich hierfür ausgerechnet an diesem Meier vergriffen hätte, nicht wahr?«

»Das habe ich in der Tat gesagt.«

»Und wem hat Volkes Stimme den Mord an Malier dann angelastet?«

»Das war doch nur schändliches Gerede, Herr, das hier wiederzugeben sich nicht ziemt«, antwortete Isembard, dem sichtlich unbehaglich zumute war.

»Wie? Das hier wiederzugeben sich nicht ziemt?« empörte sich der Sachse. »Hat es denn nicht allem Klatsch und Tratsch Nahrung gegeben? Es ziemt sich ganz im Gegenteil, dieses Gerede hier in Betracht zu ziehen, um dessen Aberwitz und Schändlichkeit aufzuzeigen ... und auch noch aus einem anderen Grund, auf den ich nun zu sprechen komme.«

Erwin wandte sich Frebald zu.

»Zweifelsohne zeugt dieses alberne Geschwätz, das ich notgedrungen in Erinnerung bringen muß, von Gemeinheit, zweifelsohne hat es dich schmerzlich getroffen ... Dennoch muß es sein ... Die Verleumder haben also zunächst behauptet, Malier hätte über alles Bescheid gewußt, insbesondere über Theobalds Anwesenheit an der Teufelsfurt ungefähr zum Zeitpunkt des Verbrechens; und dann haben diese Leute zusammengedichtet, ihr alle, ja, du und deine Söhne, hättet diese Tatsache um jeden Preis verschleiern wollen, weil ihr gefürchtet habt, Theobald könne der Mord angelastet werden ...«

Der Herr der Nibelungen war so bleich wie der Tod geworden.

»... Sie haben ihre Heimtücke noch auf die Spitze getrieben und behauptet, du selbst hättest die Ermordung deines eigenen Verwalters angeordnet, um ihm die Lippen für immer zu versiegeln.«

Alle Blicke hatten sich Frebald zugewandt. Sein Sohn Bernard mußte ihn stützten, weil er einer Ohnmacht nahe war.

Mit bemüht ruhiger, doch vor Zorn zitternder Stimme herrschte der Sachse, auf Frebald deutend, Isembard an:

»Sieh hin, damit sich dies Bild deinem Geist unauslöschlich einprägt! Sieh diesen Mann an, der einst ein wackerer Krieger und Weggefährte eines Königs war! Sieh dir diesen von unserem Herrscher vielgeliebten Vasallen an! Sieh dir diesen edlen Mann an, der in seiner Ehre und somit in allem, was sein Leben ausmacht, tief verletzt wurde! Dies vermögen Niedertracht und Verleumdung anzurichten! Wem konnte daran gelegen gewesen sein, solche Wunden zu schlagen? Wer konnte auf den Einfall gekommen sein, Malier in einer Art und Weise zu töten, daß das Haus der Nibelungen dadurch auf ewig besudelt erscheinen sollte?«

Isembard hatte die ganze Zeit über reglos dagestanden, während der Missus ihm mit seinen Fragen zusetzte. Nun schien er allmählich aus einer schmerzlichen Zwiesprache mit sich selbst hervorzukommen.

»Und soll jetzt mein Haus beschmutzt werden?« erwiderte er und blickte den Missus fragend an. »Nur weil ein Menschenwesen erst seine Seele und den Verstand verloren und dann einen von ungeheuerlichem Haß eingegebenen Plan ersonnen und ausgeführt hat? Kann denn wirklich ein ganzes Geschlecht durch die Schandtat eines dämonischen Bankerts befleckt werden?«

»Gewiß nicht!« antwortete der Sachse in besänftigendem Ton. »Gleichwohl hast du eben mit Nein geantwortet, als ich dich fragte, ob du beschwören könntest, daß keiner der Deinigen Malier ermordet hat.«

»Robert gehörte doch trotz alledem meinem Hause an«, bemerkte Isembard niedergeschmettert.

Erwin kehrte gemächlich an seinen Platz zurück. Nach diesem harten Zweikampf, der den gesamten Saal in Erregung versetzt hatte, wurde eine kurze Unterbrechung angeordnet. Als die Sitzung schließlich fortgesetzt wurde, waren die Zuhörer noch immer so aufgewühlt von dem gerade Erlebten, daß sie sich weiterhin leise unterhielten und Graf Childebrands Schlußfolgerungen nur beiläufig Beachtung schenkten. Der Missus dominicus schilderte in allen Einzelheiten Roberts Vorgehensweise, wie dieser sich über Maliers Ortswechsel Aufschluß verschaffte und ihm nachstellte, wie er, von einem unseligen Zufall begünstigt, von der Verabredung in Diges Wind bekam, den Verwalter schließlich überraschte, ihn tödlich verletzte und das Weite suchte.

Der Anschlag auf Badfred fand nun keine besondere Anteilnahme mehr. Auch er wurde, ohne eindeutige Beweise im übrigen, Robert zugeschrieben, weil auch dieser Anschlag offensichtlich den Nibelungen angelastet werden sollte. Alle warteten nun ungeduldig darauf, daß endlich Alberichs und Chlothildes Abenteuer, das die Phantasie der Leute bereits so sehr beschäftigt hatte, zur Sprache kommen mochte; ebenso gespannt war man auf den Bericht von dem »Wunder im Wald« (so nannte der Volksmund Erwins wundersames Einschreiten) und »der Schlacht von Dilo«. Würde Chlothilde selbst Zeugnis ablegen? Die Missi dominici hatten dazu nichts verlauten lassen.

Zunächst wurde jedoch Remi aufgerufen. Der Forstaufseher schilderte, wie er die beiden völlig erschöpften Flüchtigen am späten Abend aufgenommen, »in aller Ehre« – so betonte er ausdrücklich – beherbergt und während ihres Schlafs über sie gewacht hatte. Sodann kam er auf die Kampfhandlungen zu sprechen und berichtete von Roberts unvermutetem Auftauchen, von seinen Drohungen, seinem Ansturm, dem plötzlichen Erscheinen des Missus dominicus in der äußersten Not, von dem gewaltsamen Eindringen des Wahnsinnigen und von Erwins vernichtender Gegenwehr, die Remi erlaubt hatte, den »Besessenen« zu bändigen. Zweifelsohne, erklärte er, seien die dämonischen Geister, die Robert bis zu diesem Augenblick in ihrer Gewalt gehabt hätten, vom Schwert des angelsächsischen Abtes jäh bezwungen worden, denn noch in seinen Armen sei Robert zusammengebrochen, »als sei die Höllenmacht, die ihn bis dahin bewohnt habe, mit einemmal aus ihm herausgefahren«.

Bei diesen Worten wurde in der Zuhörerschaft das Gemurmel von Gebeten laut.

Remi beendete seine Aussage unter kräftigem Beifall, und Childebrand kündigte an, daß Chlothilde nun selbst vor das Gericht treten werde, was zu erneutem Gedrängel führte, da jeder dem Mittelgang, durch den man den Verhandlungsraum durchschreiten mußte, so nah wie möglich kommen wollte. Die Leute erwarteten beinahe schon, Chlothilde würde in der Männertracht erscheinen, die sie bei ihren Ritten durch Wald und Flur zu tragen pflegte. Statt dessen aber sah man im Gefolge der Mutter Hilderude ein junges Mädchen vortreten, in einem blaßblauen und sehr schlichten Obergewand, mit einem reichverzierten Gürtel um den Leib. Über ihr pechschwarzes Haar hatte Chlothilde einen zarten mandelgrünen Schleier gelegt, den ein gesticktes Band mit Edelsteinen hielt. Was aber zuallererst an ihr bestach, waren ihre eigenartigen smaragdgrünen Augen, die das etwas blasse Gesicht strahlen ließen. Die Männer wurden von ihrer Anmut, der stolzen Haltung, dem geschmeidigen Gang, von ihrer ganzen Schönheit sogleich in Bann geschlagen. Und die Frauen waren heftig angerührt, als sie diese Tochter aus einem hochedlen Geschlecht und Heldin eines aus Mut und Leidenschaft erwachsenen Abenteuers so nah an sich vorbeikommen sahen. Chlothilde indes schritt ungezwungen, den Blick in die Ferne gerichtet, durch den Raum. Vor dem Bretterpodium angelangt, grüßte sie die Missi dominici lediglich mit einer leichten Verneigung des Kopfes. Dann senkte sie den Blick und harrte ruhig ihrer Fragen.

Nach einigen ermutigenden Worten, deren es kaum bedurft

hätte, da sie keinerlei Anzeichen von Unsicherheit erkennen ließ, fragte Childebrand:

»Kannst du, Chlothilde, Tochter von Isembard und Hilderude, beide hier anwesend, uns sagen, aus welchen Gründen und unter welchen Umständen du Luchy in Gesellschaft Alberichs, des Sohnes von Theobald und Gerberga, ebenfalls hier anwesend, verlassen hast, um dich bei Dilo, im Landstrich Othe, in ein Waldhaus zu flüchten?«

»Glaube mir, Herr«, antwortete sie, »dies tat ich keinesfalls aus einer Grille heraus und noch weniger, um irgendwelche unwürdigen, meinem Geschlecht Schande machenden Taten zu begehen, sondern um einer großen unmittelbaren Gefahr zu entrinnen.«

»Wirst du uns auch sagen, worin diese Gefahr bestand?«

»Ja, nur laßt mich euch erst bestätigten, daß ich, wie es meine Pflicht war, meinem Vater zuvor meinen innigsten Wunsch anvertraut hatte: nämlich den edlen Alberich zum Gatten zu erhalten. Nichts stand dem entgegen, weder die Ehre noch der Stand.«

»Nichts, außer …«

»Ja, leider! Nichts außer dieser Zwietracht zwischen unseren beiden Häusern, dieser Feindschaft, die wahrscheinlich auf uralte Zeiten zurückgeht, doch unablässig durch neue Auseinandersetzungen geschürt wurde.«

Erwartungsvoll und in atemloser Stille lauschten die Versammelten Chlothildes ruhig vorgetragenen Worten:

»Wie nun mein Oheim erfuhr, was lediglich meiner Mutter bekannt war und ich allein meinem Vater gebeichtet hatte, weiß ich nicht. Doch von diesem Zeitpunkt an mußte ich zusehends heftigere Anwürfe erdulden. Eines Tages machte er sich die Abwesenheit meiner Mutter zunutze und platzte in meine Kammer, um mir zu sagen, er werde sich mit allen in seiner Macht stehenden Mitteln meinem, wie er meinte, ›unwürdigen und schmählichen‹ Vorhaben widersetzen. Dann drohte er uns mehrmals mit dem Tode – Alberich und mir. Nach den Morden an Wadald und an Malier war Robert wie irre geworden. Ich wage gar nicht, seine Beleidigungen oder das verächtliche Los, das er mir verhieß, vor diesem Gericht hier auszusprechen. Ich muß jedoch gestehen, als ich ihn so völlig außer sich, wild herumfuchtelnd und brüllend wie ein Dämon vor mir sah, da bekam ich Angst ... um mich ... um Alberich. Wir sahen unser Heil nur noch in der Flucht ...«

»Konntest du denn nicht mit deinen Eltern über alles reden, ihnen die Augen öffnen?«

Chlothilde drehte sich zu ihrem Vater um.

»Hätten sie mir denn geglaubt?« erwiderte sie ohne Zögern. »Mein Oheim hat sich wohlweislich gehütet, seinen rasenden Zorn vor meinen Eltern zum Ausdruck zu bringen. In ihrer Gegenwart tat er stets honigsüß. Hätten sie denn nicht angenommen, ich sei nur der Spielball einer allzu lebhaften Einbildungskraft oder hätte mir diese Mär gar nur ausgedacht, um sie zu etwas zu nötigen, um sie dazu zu bringen, mir ihre Einwilligung zu geben?«

Sie blickte Graf Childebrand und Abt Erwin nacheinander an.

»Ich vermochte einfach nicht darüber hinwegzusehen, wie grimmig und hartnäckig mein Vater meiner Absicht entgegenstand«, sagte Chlothilde.

»Könnte man indes nicht auf den Gedanken kommen«, griff der Sachse nun ein, »daß eure Flucht, welche Gründe dafür auch immer bestanden haben mögen, nicht doch – wie soll ich sagen – so etwas wie einen Versuch darstellte, jene zu nötigen, die alle Rechte über dich haben?«

Mit einem leichten Lächeln um die Mundwinkel entgegnete das junge Mädchen:

»Sicherlich könntest du dies mit einigem Recht annehmen, wenn ich wie gewisse Mägde wäre, die ihrer Tugend nur wenig Wert beimessen. Ich habe zu große Achtung vor mir selbst, und auch Alberich hat zu große Achtung vor mir – was allgemein bekannt ist –, als daß ich mit meiner Flucht einen so schändlichen Winkelzug verfolgt hätte.«

Diese Erwiderung machte Eindruck. Selbst Erwin war sprachlos.

»Wenn du dich den Deinigen schon nicht eröffnet hast, so wären doch zumindest wir, die Missi dominici, imstande gewesen, dir den erforderlichen Schutz zu bieten«, setzte Childebrand wieder an.

»Zu diesem Zeitpunkt wußte ich doch noch nicht, wie scharfblickend, beherzt und gerecht ihr Herren seid.«

Und mit einer leichten Verbeugung fügte sie hinzu:

»Heute würde ich mich ohne Zögern auf euch verlassen ... so wie ich mein Schicksal nun in eure Hände lege.«

»Dein Schicksal liegt in den Händen deiner Eltern!« grollte Erwin. »Was euer Ausreißen angeht, so muß ich dir nochmals sagen: Es hat unermeßlichen Schaden angerichtet, und du kannst dir darauf wahrlich in keiner Weise etwas zugute halten! Bist du nun fertig mit deiner Aussage?«

»Mit meiner Aussage, ja!« antwortete sie.

»Dann darfst du dich zurückziehen.«

Chlothilde verließ den Gerichtssaal jedoch nicht, sondern nahm in der ersten Reihe, zwischen Isembard und Hilderude, Platz.

Wie Alberich schließlich als letzter Zeuge vortrat, schaute er sie im Vorbeigehen mit einem Blick voller Liebe und Zuversicht an. Seine Darlegungen vervollständigten Chlothildes Aussagen. Er erläuterte, unter welchen Bedingungen sie den Beschluß zu ihrer gemeinsamen Flucht gefaßt hatten, um Roberts verbrecherischem Wahn zu entrinnen. Zu der Wahl ihrer Zuflucht gab er an, er sei zuvor mehrere Male zur Hirschtreibjagd in dem Waldstück unterhalb von Dilo* gewesen, das zum

* Dem Bois des Centaines.

Benefizium der Nibelungen gehörte. Und bei dieser Gelegenheit hätten sie die Bekanntschaft des als Obertreiber dienenden Forstaufsehers Remi gemacht. Alberich wußte, daß man auf ihn, auf seine Ergebenheit und Verschwiegenheit bauen konnte. Sodann beschrieb er die verschiedenen Abschnitte ihrer Flucht, die Ankunft im Forsthaus, Remis Gastlichkeit und schließlich den Überfall auf das Forsthaus, bei dem Robert von Abt Erwin, dem er nun von ganzem Herzen dankte, bezwungen worden war.

Alberich beendete gerade seine Aussage, als Chlothilde sich unerwartet erhob, zu ihm hinüberging und, die Missi dominici anblickend, mit fester Stimme erklärte:

»Hört mich an, ihr Herren. Ihr wart doch gerade Zeuge der abscheulichen Auswirkungen eines völlig aberwitzigen Hasses ... all die Toten, die vielen Versehrten ... wofür das alles, lieber Gott? ... die noch zu den etlichen Schandtaten und Wirren hinzukommen ... und das seit so vielen Jahren ... Ihr, die ihr euch Recht und Ordnung zur Aufgabe macht ... und auch das Blut der Vasallen zu schützen habt, das allein für Karl, den Kaiser, fließen darf ... ihr Herren, seht uns an! Ist Alberich, Sohn eines edlen Geschlechts, meiner unwürdig? Und ich, muß ich mich meines Hauses schämen, bin ich seiner unwürdig? Durch unseren Bund zwei Familien vereinen zu wollen, die sich zu beider größtem Schaden schon so lange gehaßt und bekriegt haben, zeugt das von Irrsinn – oder Vernunft? Sagt, ihr Herren, ist das Vorhaben, Geroldinger und Nibelungen zu einen, nicht eines Herrschers würdig, seiner allmächtigen Stellvertreter würdig? Oh! Weder Alberich noch ich werden irgendwelche schändlichen Listen anwenden, um unseren Bund zu besiegeln, denn dies würde nur uns nutzen, wo doch weitaus Bedeutsameres auf dem Spiel steht. Indem sie in unsere Vermählung einwilligten, würden unsere Häuser endlich ihre Versöhnung besiegeln!«

Chlothilde kniete vor der Bühne nieder, verneigte den Kopf,

richtete sich dann wieder auf, um den Missi dominici in die Augen zu sehen, und rief:

»Helft ihnen, ihr Herren! Helft uns!«

Am Abend nach der Verhandlung fanden sich bei einem Festgelage um Graf Childebrand und Abt Erwin deren Gefolgsleute, die Scabini, Hermant, dessen Vertreter und Diakon Dodon zusammen. Da Graf Ermenold den Gesandten des Herrschers letzten Endes, ob nun aus freien Stücken oder nicht, einen Dienst erwiesen hatte, war auch er mit seinem Vicecomes Heloin dazu eingeladen worden. Die Geroldinger und die Nibelungen hingegen waren wieder zu ihren Wohnsitzen zurückgekehrt.

Während des Mahls wurden es die Scabini nicht müde, sich lobend über die kluge Verhandlungsführung auszulassen, dank der, wie sie meinten, Robert überführt und alles ans Licht gebracht worden sei. Ermenold konnte sich jedoch nicht zurückhalten, etwas gallig hinzuzufügen:

»Freilich wurde bei der Urteilsverkündung ein wenig gemurrt. Was wollt ihr da machen, die Leute im Gerichtssaal erwarteten eben eine harte Strafe und die Vollstreckung vor den Toren der Stadt. Und die es für nötig erachten, daß grauenvolle Verbrechen mit Körperstrafen geahndet werden ...«

»... und vor allem an der Marter Gefallen finden ...« flocht Doremus halblaut ein.

»... sind enttäuscht gewesen, als sie erfuhren, daß Robert an das kaiserliche Gericht in Aachen weiterverwiesen wird.«

Childebrand warf dem Grafen von Auxerre einen erzürnten Blick zu.

»Ich teile diese Meinung überhaupt nicht«, fügte Ermenold eilfertig hinzu. »Im Gegenteil, ich denke ...«

»Was man denken soll?« hämmerte Erwin, indem er ihm ins Wort fiel. »Nichts anderes als folgendes: Die Schwere der von Robert verübten Taten, die Art seiner Verbrechen sowie gewisse sonderbare Vorkommnisse und vielleicht auf höllische Kräfte zurückgehende Geschehen machen es unerläßlich, daß in Aachen über ihn gerichtet wird, wo, sofern erforderlich, insbesondere der Erzkaplan und die hohen Geistlichen zu Rate gezogen werden können! Das muß allen begreiflich gemacht und als richtig und wahr erkannt werden!«

Nachdem mehrere Trinksprüche auf das Wohl des Kaisers und seiner Familie, auf den Ruhm und das Gedeihen aller Reiche ausgesprochen worden waren, fiel es Childebrand zu, das Gastmahl mit einer kurzen Ansprache zu beschließen, von denen er mehrere, zu den jeweiligen Umständen seiner Missionen passende parat hatte. Für diesmal wählte er eine Lobrede auf die Gerechtigkeit, Ordnung und Treue.

Am nächsten Morgen begaben sich Erwin und Childebrand in die Abtei Saint-Eusèbe, in der Robert eingekerkert war, und versuchten, mit ihm zu reden. Wieder in ihrer Herberge, empfingen sie zunächst Isembard und unterrichteten ihn über die Entscheidungen hinsichtlich des Wergelds für Wadald und das für Malier, wofür die Geroldinger aufkommen mußten, da ihr Oberhaupt die Verantwortung seines Hauses für Roberts Missetaten anerkannt hatte.

Anschließend riefen die Missi Frebald zu der weiteren Aussprache hinzu. Sie hießen die beiden Herren auf die Heilige Schrift schwören, allen Fehden umgehend ein Ende zu machen und jeden Ruf nach Rache, der im Namen der in der »Schlacht bei Dilo« Getöteten und Verletzten ergehen könnte, zu ächten und zu ahnden. Des weiteren hoben die Gesandten hervor, es werde über sämtliche, im Grunde genommen ja unbedeutende Besitzstreitigkeiten gerecht und billig entschieden, wobei sie ihnen die Unversehrtheit ihrer Ländereien unter der Bedingung zusicherten, daß jeder diesbezügliche Zwist augenblicklich beendet würde. Sollten die beiden Häuser aber in irgendeiner Weise gegen diesen Friedensschwur verstoßen, zöge dies schwere Strafen nach sich, bis zur Aberkennung der

Vasallenschaft durch den Kaiser und folglich dem Entzug ihrer Benefizien.

Die Unterredung mit dem Grafen von Auxerre verlief sehr unerfreulich. Childebrand und Erwin hatten ihn zu sich gerufen, um ihn wieder in all seine Rechte einzusetzen, die sie ihm für die Dauer der Untersuchung und der Verhandlung entzogen hatten. Doch anstatt ihnen dafür Dank zu zollen, wiederholte Ermenold seine galligen Worte zu der Art und Weise, wie die Ermittlungen geführt worden waren, und zur »Nachsicht des Gerichts«.

»Wie war das möglich?« rief er erregt. »Der Aufruhr bei der Kirche Saint-Amâtre wurde mit keinem Wort erwähnt, die Rädelsführer der Aufständischen sind überhaupt nicht behelligt worden! Die hätten doch der Folter unterzogen, vor Gericht gestellt und hart bestraft werden müssen, um allen deutlich vor Augen zu führen, daß jeder, der sich wider die *auctoritas* des Herrschers, die ich selbst in dieser Grafschaft vertrete, erhebt, den Tod verdient. Statt dessen aber ...«

»Nach allem, was hier geschehen ist? Diesen Aufruhr hast du doch selbst heraufbeschworen!« fuhr ihm Childebrand ins Wort, dem es vor Empörung schier den Atem verschlug. »Dir mangelt es wirklich nicht an Dreistigkeit! ... Willst du etwa der Bevölkerung von Auxerre das Schauspiel langwieriger Erörterungen über ein verabscheuungswürdiges Beispiel bieten, über einen Aufstand, der zwar gegen uns gerichtet war, aber die höchste Macht zur Zielscheibe hatte? Solch unerhörte Wirren gehören nicht vor ein Gericht, sondern unterliegen der unmittelbaren Gerechtigkeit des Schwertes! Sie müssen so eingedämmt und niedergeschlagen werden, wie wir es getan haben. Nur zur Abschreckung kann eine öffentliche Verhandlung und eine anschließende Hinrichtung unter Qualen erforderlich sein.«

»Und worauf wartet ihr, diesem Rädelsführer Bigaud den Garaus zu machen?« hielt der Graf von Auxerre dagegen.

»Da liegt also der Hund begraben!« schritt Erwin ein. »Bigaud weiß zuviel über dich, über deine Machenschaften, über deine hinterhältigen Unternehmungen. Aber ... hältst du uns denn für Narren? Bildest du dir tatsächlich ein, wir würden uns um einen solchen Zeugen bringen? ... Weißt du eigentlich, wie lange wir geschwankt und es um des Friedens in diesem Landstrich willen schließlich für vorteilhafter erachtet haben, dich nicht mit nach Aachen zu nehmen und wegen Verschwörung vor das Gericht des Kaisers zu stellen? Wir haben dich an der Spitze dieser Grafschaft belassen; dessenungeachtet bleibt deine Treue und Rechtschaffenheit in unseren Augen weiterhin fragwürdig. Das ist einer der Gründe dafür, weshalb der Zeuge Bigaud so lange sein Leben behalten wird, bis der Teufel sich seine Seele holt. So verlangt es die Sicherheit des Reiches. Wir werden ihn wohlverschnürt und lebend mit nach Aachen nehmen, wo er ... sicher sein wird. Wenn du jedoch tatsächlich Wert darauf legst, können wir auch dich dorthin geleiten!«

Graf Ermenold blickte daraufhin nur unwirsch drein und blieb eine Antwort schuldig.

Auch Adelinde war von den Gesandten des Herrschers einbestellt worden und traf am frühen Nachmittag in der Herberge ein. Die Frau, die bei ihrer ersten Begegnung in Escamps auf Childebrand so selbstsicher gewirkt hatte, trat hier nun zögernd und mit sorgenvollem Gesicht, das deutlich ihr Alter verriet, vor die Missi.

»Ich danke euch, daß ihr euch bei der Untersuchung und dem Prozeß bemüht habt, die Ehre der Nibelungen zu bewahren, und daß ihr meinen Namen bei aller Sorge um die Wahrheitsfindung herausgehalten habt.«

»Du bedankst dich zu Recht für unsere Zurückhaltung und unsere Weisheit«, erwiderte Erwin. »Ich bezweifle jedoch, ob wir auch für unsere Suche nach der Wahrheit ein solches Lob verdienen. Die Zuhörerschaft schien völlig zufrieden zu sein mit den Erklärungen. Aber werden sich die kaiserlichen Ämter, denen wir Rechenschaft ablegen müssen, ebenfalls damit begnügen? Das ist fraglich! Schließlich ist Robert noch nicht verurteilt worden. Sicher, seine Schuld wurde zweifelsfrei bewiesen. Doch wie steht es um seine Beweggründe? Die Richter des Kaisergerichts und der Erzkaplan, den sie unweigerlich hinzuziehen werden, benötigen für die Urteilsfindung mehr als grobe Mutmaßungen. Je nachdem, ob man darauf erkennt, daß Robert tatsächlich unter dem Einfluß des Bösen gestanden hat oder nicht, wird sein weiteres Los sehr unterschiedlich aussehen. Das Verfahren der Teufelsaustreibung ist nicht sonderlich sanft, und es ist trotz alledem ein Sohn Alards, eines der Edelsten unter den Edlen, der diesem womöglich unterzogen wird!«

»Mein Gott!« murmelte Adelinde und schlug die Hände vors Gesicht.

»Nun haben während der Verhandlung viele behauptet, und das häufig mit großem Nachdruck, daß Robert nur deshalb so gehandelt haben konnte, weil er nicht mehr er selbst gewesen sei, weil ihn höllische Mächte beherrscht hätten. Glaubst du das?« fragte der Sachse.

»Seine Schandtaten waren so grauenerregend! ...« antwortete sie.

»Einige haben freilich zu bedenken gegeben, welchen Stand Robert bei den Geroldingern hatte, welchen Quälereien und Verletzungen er deswegen zwangsläufig ausgesetzt war, wenngleich niemand gewagt hat, sich breiter darüber auszulassen. In Isembards Augen war Robert letztlich ein Bankert, und das dürfte ihm mehr als einmal einen Stich versetzt haben. Man versäumte wahrlich keine Gelegenheit, ihn dies spüren zu lassen. In aller Härte, wie ich selbst bezeugen kann.«

»Aber reicht diese Erklärung aus? Liegt hierin die alleinige Ursache für seine Raserei?« fügte Childebrand an. »Trotz aller

Gemeinheiten und trotz seines jähzornigen Wesens hat er doch bislang nie irgendwelche verbrecherischen Anwandlungen an den Tag gelegt. Warum sollte ihn seine uneheliche Geburt, die er bis zu seinem sechsundvierzigsten Lebensjahr recht und schlecht ertragen hat, mit einemmal dazu getrieben haben, entsetzliche Greueltaten zu begehen?«

»Wir haben bei unseren Ermittlungen herausfinden können, ab wann Robert diesem Irrsinn verfiel, der ihn zum Schlimmsten verleitet hat«, fuhr Erwin wieder fort. »Er geht genau auf den Tag zurück, an dem Robert Besuch von seiner alten Amme Konstanze erhielt, des einzigen mütterlichen Wesens, das er je gekannt hatte. Wahrscheinlich weil diese über siebzigjährige Frau damals spürte, daß sie bald aus dem Leben scheiden würde – und leider hat sie uns inzwischen auch verlassen –, kam sie eigens zu einem letzten Besuch nach Luchy. Sie war so schwach, daß sie den weiten Weg von Senlis in kurzen Tagesstrecken im Wagen zurücklegen mußte. Sie hatte ihrem Ziehsohn wohl irgend etwas überaus Wichtiges anzuvertrauen, wenn sie sich unter solchen Bedingungen, ja sogar auf die Gefahr hin, unterwegs und fern ihrer Heimat zu sterben, zu dieser beschwerlichen Reise aufgemacht hat. Wußtest du von diesem Besuch, Adelinde?«

Scheinbar in Gedanken verloren, nickte sie nur beiläufig.

»Was wollte sie ihm mitteilen, ihm vielleicht enthüllen?« fragte der Sachse. »Es ist dir nicht verborgen geblieben, nicht wahr? Du hast es gleich darauf erfahren … und auf recht ungestüme Weise, wie ich glaube!«

»Na, komm, edle Base, du mußt jetzt reden«, sagte Childebrand sanft zu ihr.

Adelinde richtete sich auf ihrem Sitz auf und atmete tief ein. Endlich antwortete sie mit nunmehr festerer Stimme:

»Konstanze kam nach Luchy, um Robert vor ihrem Gang in die andere Welt das Geheimnis seiner Geburt zu offenbaren, wonach er bis dahin stets vergebens verlangt hatte. Sie hat ihm erklärt, er sei im achten Jahr der Herrschaft Pippins* aus der Liebschaft Alards und einer jungen Frau aus edlem Geschlecht in Senlis geboren. Seine Mutter sei noch im Kindbett gestorben und habe ... Adelheid geheißen! Von da an ...«

Childebrand wandte sich baß erstaunt Erwin zu. Der ferne Blick und das unerschütterliche Gesicht des Abtes drückten ebenfalls Verwunderung aus.

»Adelheid!« rief der Graf aus. »Großer Gott! ...«

»Alard, oder besser gesagt: die Hebamme, die der unglücklichen Adelheid beigestanden hatte, vertraute Robert dieser Konstanze an«, fuhr die Nibelungin fort. »Die Amme nährte das Kind zwei Jahre lang, bis Helma, Alards rechtmäßige Gemahlin, endlich einwilligte, diesen Bankert in ihrem Heim aufzunehmen, was allerdings in der Folge nicht ohne Schwierigkeiten mit Isembard, dem ehelichen Sohn, abging.«

Adelinde war derweil stark errötet, doch sie setzte tapfer wieder an:

»Muß ich erneut an so viel Leid rühren? Und wozu ... Als Robert irgendwann nach dem Geheimnis seiner Geburt forschte, fand er einiges über die wirren Anfänge meines Lebens und über die Gründe heraus, die mir die Verbannung in ein Kloster eingebracht hatten. Bei den Geroldingern begnügte man sich indes damit – wenn ich so sagen darf –, diese Erkenntnisse nur als Beweis für meinen Mangel an Tugend auszuschlachten. Doch nun kam diese Konstanze unter großen Mühen, an der Schwelle ihres Todes, zu ihm, um ihm sein Geheimnis zu enthüllen! Adelheid ... Adelinde ... Das war eine überwältigende Offenbarung für ihn! Er machte sich rasch kundig: Der Zeitpunkt seiner Geburt und der meiner Klosterhaft bestärkten ihn noch in seiner Überzeugung. Und dann erst der Umstand, daß diese geheimnisvolle Mutter im Kindbett gestorben sein soll! ... Für ihn gab es keinen Zweifel mehr: Er ist mein Sohn!

* Demnach im Jahre 758.

Er, der geschmähte, verachtete Bankert, er ist größer und edler als alle anderen: Er vereint in sich zwei hochrühmliche Geschlechter, Geroldinger und Nibelungen!«

»Unglaublich!« verwunderte sich Childebrand. »Und dann ist er flugs zu dir gestürzt, um diese sagenhafte Ahnschaft bestätigt zu bekommen?«

»Gewiß, und mit welcher Heftigkeit! Er sah sich bereits als höchster Herr, der über alles bestimmt, alle gängelt und zwei miteinander verschmolzenen Gütern vorsteht, die er mit Sicherheit noch vergrößern und ertragreicher machen könnte, so daß der Ruf seiner Großtaten unweigerlich bis hinauf nach Aachen widerhallen müßte. Welch eine überwältigende Genugtuung für einen Bankert!«

»Und du allein besaßest den Schlüssel zu diesen irrwitzigen Träumen? Was für eine Versessenheit muß er an den Tag gelegt haben, um die Bestätigung seiner Abkunft von dir zu erhalten!«

»Versessenheit? Wenn es sich doch nur darum gehandelt hätte! Nach Konstanzes ›Offenbarungen‹ kam er mehrere Male nach Escamps und verlangte, mich zu sehen. Zunächst trug er sein Ersuchen zwar überspannt, aber im Grunde doch mit recht gewöhnlichen Worten und mit seiner Meinung nach unanfechtbaren Begründungen vor. Da ich ihm aber verständlicherweise stets eine Abfuhr erteilte, verschärfte sich der Ton von Unterredung zu Unterredung: Aus seinen Bitten wurden Forderungen, dann ging er zum ausdrücklichen Befehl über, wurde heftig, beleidigend und drohte mir schließlich: Er wollte die ganze Stadt, ja die gesamte Grafschaft die Wahrheit über seine Geburt wissen lassen! Auf die Art wäre ich öffentlich bloßgestellt worden! ›Damit wirst du dem Klatsch und Tratsch, der seit so vielen Jahren schon über mich in Umlauf ist und dem keiner mehr Glauben schenkt, nur neuen hinzufügen‹, sagte ich zu ihm. ›Welchen Beweis könntest du für deine Behauptungen beibringen? Man wird sie deinem Groll, deiner

Boshaftigkeit und sogar einem unseligen Wahn zuschreiben! Du allein wirst darunter zu leiden haben!‹ Ich hatte geglaubt, ihn mit meinen Worten wieder auf den Pfad der Vernunft zurückzuführen. Ich muß gestehen, daß ich seinen Zorn und seinen Haß nur noch verschlimmert habe, die sich daraufhin gegen das gesamte Geschlecht der Nibelungen richteten ... Da es ihm verwehrt wurde, einer der Unsrigen zu sein, wollte er uns demütigen, belasten, unseren Ruf zuschanden machen, uns vernichten!«

»Hätten dich derartige Drohungen nicht ängstigen müssen? Hättest du nicht Vorsichtsmaßnahmen treffen oder deinen Leuten dazu raten sollen?« fragte Childebrand nach.

»Zunächst glaubte ich, das seien alles nur ... wie soll ich sagen ... Ausgeburten eines Fieberschubs, unbeherrschte Reden, wie man sie im Zorn führt, ohne ihnen Taten folgen zu lassen, wenn der Zorn verraucht ist. Gleichwohl riet ich den Meinigen zur Wachsamkeit, indem ich vorschützte, unser Verhältnis zu den Geroldingern hätte sich erneut verschlechtert, so daß wir besser Vorsicht walten lassen sollten.«

»Ich verstehe. Aber was war nach dem Mord an Wadald?«

»Nie hätte ich mir ausmalen können, daß Robert den Waffenmann, der ihm angeblich am nächsten stand, ermordet hatte, dazu noch auf so viehische Weise! Allerdings wußte ich, daß kein Nibelunge ein solches Verbrechen hatte begehen können. Mein Gemahl verriet mir, mit welchem Auftrag Theobald betraut worden war; mein Sohn schilderte mir schließlich seine Erlebnisse, wie er es dann auch euch gegenüber tat. Der Mord an Wadald blieb ein Rätsel. Ich ließ mir tausend Vermutungen wieder und wieder durch den Kopf gehen. An Robert habe ich dabei überhaupt nicht gedacht!«

»Und nach dem Mord an Malier?« drang Childebrand weiter.

»Oh! Sicher, zunächst war ich versucht, diese Tat der Rachsucht der Geroldinger zuzuschreiben«, räumte Adelinde ein.

»Doch schon sehr bald wurde mir klar, daß dem nicht so sein konnte. Zum einen hat sich unser Meier stets um Befriedung bemüht, weshalb er im übrigen ja auch Fühlung mit deren Meier, Benoild, aufnahm, um Verhandlungen in Gang zu bringen. Und vor allem hielt ich Malier genausowenig wie alle anderen für fähig, Wadald zu töten. Es wurde ja schon etliche Male gesagt: Um Rache zu üben, hätte man nicht ihn ausgewählt! Indes muß ich gestehen, die Gerüchte, die dieses Verbrechen uns nachsagten, aus so widerwärtigen Gründen, daß mein Mund sich weigert, sie in Erinnerung zu rufen, die muteten mich allmählich doch recht seltsam an. Und zwar in zunehmendem Maße, vor allem nach dem Anschlag auf Badfred, den man uns ja mit Leichtigkeit in die Schuhe schieben konnte.«

»Warst du denn nicht imstande, einen Zusammenhang zwischen Roberts ausfälligen Reden, seinem grimmigen Haß auf die Nibelungen und den gerade verübten Verbrechen herzustellen?« fragte Childebrand.

Erwin wandte sich seinem Freund zu und fragte:

»Haben wir selbst das denn getan? Wie du dich erinnerst, hatte ich festgestellt, es spreche alles gegen die Nibelungen. Doch zuviel ist zuviel, nicht wahr. Es sprang mir jäh in die Augen, daß dies der Schlüssel zu der ganzen Angelegenheit sein mußte, und das nicht etwa, mein Freund, weil ich der Ansicht gewesen wäre, sie seien auch schuldig. Im Gegenteil. Ich begriff, man müsse wohl von dem Gedanken ausgehen, daß einer oder mehrere ihrer Feinde ihren Ruf zugrunde richten, sie verderben, vernichten wollten, indem sie ihnen die Schuld für gräßliche, eigens zu diesem Zweck begangene Verbrechen aufzuhalsen versuchten. Ich wurde in dieser Überzeugung noch bestärkt durch die Tatsache, daß diese Morde auf betont aufsehenerregende, besonders abscheuliche Weise und unmittelbar zu Beginn unserer Gesandtschaft, sozusagen vor unseren Augen, verübt wurden. Um den Deinen, Adelinde, den größtmöglichen Schaden zuzufügen, mußten sich Missi dominici in

Auxerre aufhalten und dazu gebracht werden, sich mit der Untersuchung zu befassen. Und obwohl ich gegen manche Widerstände ...« – Erwin warf Childebrand ein Lächeln zu – »... bis zu dieser Erkenntnis gelangt bin, war ich außerstande, hieraus zu folgern, daß Robert hinter alldem stecken mußte ...«

»Du hättest dich auch früher darüber aussprechen können«, brummelte der Graf.

»Das bekenne ich auch ... Und vor allem hätte ich der Bedeutung von Wadalds Schmährede gegen dich, Adelinde, und deinen Gemahl mehr Beachtung schenken müssen, damals, bei Isembards Festgelage. Insbesondere nach den beiden Morden hätte ich begreifen müssen, daß diese Rede den Dreh- und Angelpunkt der gegen die Nibelungen ausgeheckten Falle bildete und daß Wadald zu dieser dreisten Herausforderung angestiftet worden war, zu der Melior bemerkte, sie werde Wadald noch das Leben kosten, weil Beleidigungen stets gerächt würden. Das hätte mich eigentlich auf die Spur desjenigen bringen müssen, der seinem Waffenmann Wadald doch angeblich so nahestand, auf Roberts Spur! Ja, ich hätte ... doch der einzige, den ich einen Augenblick verdächtigte, war eben Melior!«

Und an Childebrand gewandt, fügte der Sachse lächelnd hinzu:

»Du siehst, mein Freund ... Nein, ich war wirklich nicht sehr scharfsinnig ...«

»Doch wann genau hast du, Adelinde«, fragte der Graf, »die ganze Wahrheit erkannt?«

»An dem Tag, an dem Alberich zu mir kam und mir von Chlothildes Ängsten erzählte. Demnach hatten ihre Heiratsabsichten Robert zur Raserei getrieben. Wem seine Raserei auffiel, fragte sich nur, wieso es dazu gekommen war. Für mich aber war es wie eine Erleuchtung. Ich begriff sogleich, was ihn derart aufbrachte: Daß nämlich der Nibelunge Alberich und Chlothilde, die Tochter aus dem Haus der Geroldinger, im Angesicht der Welt und in der Blüte ihrer Jugend genau das zuwege brächten, was er durch seine vermeintliche Geburt doch bereits darzustellen wähnte. Die beiden würden ihn seiner Einzigartigkeit berauben. Allerorten, und womöglich sogar in Anwesenheit von Kaiser Karl, würde man die Verbindung zweier hochrühmlicher Geschlechter feierlich begehen. Und er, er würde endgültig in den demütigenden Stand des unehelichen Bankerts zurückgeworfen. Daher steigerte sich sein Irrsinn in eine solche Raserei, daß man in der Tat glauben konnte, er wäre nun unter den Einfluß höllischer Mächte geraten … Und mir …«

Adelinde mußte sich einen Ruck geben, um hinzuzufügen:

»… mir fiel es plötzlich wie Schuppen von den Augen. Ich begriff zugleich, welch verbrecherisches Vorhaben er nun ins Auge gefaßt haben mußte und was für Greueltaten er im Dienste eines … teuflischen Plans bereits begangen hatte.«

Von einem Weinkrampf überwältigt, brach sie zusammen. Erwin rief nach einer Dienerin, um Adelinde einen beruhigenden und stärkenden Weißdornaufguß bringen zu lassen. Als sie wieder in der Lage war, weiter Zeugnis abzulegen, befragte Erwin sie, ohne Roberts Umtriebe noch einmal ansprechen, zur Flucht der beiden junge Leute.

»Irgend etwas sehr Ernstes, sehr Beängstigendes, eine unmittelbare Gefahr, mußte sie dazu genötigt haben«, befand die Nibelungin. »Vielleicht war es jener vermummte, bei Nacht umherstreifende Reiter gewesen? Gerberga hat dir ja sicherlich davon erzählt. Hat Alberich Robert in ihm erkannt, von dessen Drohungen und Tobsuchtsanfällen Chlothilde ihm zweifellos berichtet hatte? Mein Enkelsohn hat mich erst im letzten Augenblick von ihren Absichten in Kenntnis gesetzt. Ich habe ihn davon abzubringen versucht. Doch vergebens. ›Es ist eine Frage von Leben und Tod‹, hat er erwidert, und zwar in einem solchen Ton, mit einem solchen Gesichtsausdruck, daß ich ihm keine weiteren Einwände mehr entgegensetzte. Außerdem weiß ich ja, wie besonnen und ernsthaft er trotz seiner jungen Jahre ist. Einen so folgenschweren Entschluß hatte er sicherlich nicht leichtfertig getroffen. Ich bat ihn nur, mir im Vertrauen den Ort ihrer Zuflucht zu nennen …«

»Warst nicht eher du es, die ihm den Ort vorschlug?« fragte Erwin.

»Die Hauptsache war, daß ich ihn dir nennen konnte.«

Daraufhin erhob sie sich und erklärte mit feierlichem Ernst:

»Dir, ehrwürdiger Vater, der durch ein Wunder mit dem Schwert in der Hand zwischen einem wahnsinnigen Angreifer und diesen Kindern stand, und auch dir, Graf Childebrand, der du zu verhindern wußtest, daß ein Zusammenstoß in ein Gemetzel ausartete, schulde ich den Dank einer sorgenden Ahnfrau. Ihr habt das Leben Alberichs gerettet, der mir lieb und teuer ist, und das von Chlothilde, einem jungen, schönen und tugendsamen Mädchen von edler Geburt, das mir ebenfalls ans Herz gewachsen ist. Leider weiß ich nur zu gut, welchen Preis unsere beiden Häuser für ihre Irrungen bezahlt haben. Mögen die zurückliegenden Kümmernisse die letzten gewesen sein. Möge der Himmel mich erhören!«

Adelinde hatte sich, durch ihre Beichte recht mitgenommen, vor dem Rückweg nach Escamps eine Weile ausgeruht. Sie schickte sich gerade zum Aufbruch an, als sich der angelsächsische Abt unvermutet ankündigen ließ und sich mit der Bitte, sein Drängen entschuldigen zu wollen, in ihrer Kammer einfand.

»Es ist mir bewußt, wie beschwerlich diese Befragung für dich gewesen sein dürfte, doch ich kann andererseits nicht aus den Augen verlieren, daß Roberts Schicksal nun in unseren Händen liegt, denn die Schwere seiner Strafe wird, wie ich dich erinnern muß, von der Beurteilung seiner Richter in Aachen abhängen. Und dies betrifft mich persönlich. Die geistlichen Gelehrten werden sich nämlich an mich, in meiner Eigenschaft als Abt, wenden, um sich eine Meinung zur folgenden Kernfrage zu bilden: Gehen die von Robert verübten Taten auf den Einfluß dämonischer Kräfte zurück oder nicht?«

»Ist dir zu diesem Casus nicht schon alles bekannt, was man darüber nur zu wissen vermag?« erwiderte Adelinde müde.

»Nein, ich denke nicht!« versicherte Erwin recht barsch. »Um sich so hemmungslos auf einen so abscheulichen Weg zu begeben, im Glauben, du, die Nibelungin, wärst seine Mutter, mußten Robert noch andere Gründe bewegt haben als eine bloße Namensähnlichkeit und eine gewisse Übereinstimmung bei Geburtstagen und Orten; er hat sich doch sicher an irgendeinen Beweis geklammert. An welchen?«

Adelinde senkte den Kopf, ohne zu antworten.

»Meinetwegen, dann muß ich eben deutlicher werden«, sagte der Sachse. »Als Robert, nach Konstanzes Besuch, von dir nichts erfuhr, begab er sich nach Senlis und nach Compiègne. Wie und von wem er schließlich die Auskunft erhielt, nach der er strebte, weiß ich nicht. Er hat also erfahren, daß du ehedem nicht nur deshalb in ein Kloster gesperrt wurdest, weil man dich von den Liederlichkeiten am Hofe fernhalten wollte ... sondern vor allem, weil du damals ein Kind erwartet hast! War dem so? Du mußt mir antworten!«

»Ja«, erwiderte sie endlich mit kaum hörbarer Stimme.

Der Missus musterte sie lange und stellte ihr dann die entscheidende Frage:

»War Alard der Vater?«

Erwin sah, wie Adelinde sich mit unvermuteter Kraft wieder aufrichtete und ihr Gesicht einen ganz anderen Ausdruck hatte als noch kurz zuvor – es erinnerte nun trotz der Falten und des weißen Haars an die so kühne, unverfrorene, auf alle Freuden wild versessene Jugendliche von einst.

»Ob Alard der Vater war? Ich habe keine Ahnung!« versetzte sie mit einem gewissen Trotz. »Soll ich mich denn fast ein halbes Jahrhundert danach noch immer dessen schämen? Nein, ehrwürdiger Vater, ich habe mein Teil an Gewissensbissen und Kummer aufgebraucht! Ich habe wirklich keine Ahnung, und weißt du, Mann Gottes, weshalb? Weil unsere Ausschweifungen damals, im gnädigen Schutz nächtlicher Dunkelheit, so unerhört waren und unsere Spiele so verderbt, daß ich es einfach nicht wissen kann. So war ich eben, Abt, ja, so war es! All die Jahre der Tugendhaftigkeit haben nichts davon in meiner Erinnerung getilgt. Nicht das Geringste!«

So jäh ihr einstiges Gesicht zum Vorschein gekommen war, so plötzlich setzte Adelinde, unter dem verblüfften Blick des Sachsen, das der weisen und geachteten Ahnfrau wieder auf.

»Oh! Ich wurde wahrlich genug gestraft«, fuhr sie fort. »Das Kind, das ich zur Welt brachte, lebte nicht … Als man mir seinen Leichnam zeigte, wäre ich vor Leid fast gestorben. Ich habe geweint, so sehr geweint, wochenlang … monatelang …«

Nachdenklich fügte sie hinzu:

»Vielleicht bedurfte es dieses Leidenswegs, damit ich zu der wurde, die ich heute bin: Frebalds würdige und treue Gemahlin, die ehrwürdige und liebende Mutter meiner Kinder …«

Erwin ging ein paar Schritte auf und ab.

»Wie kannst du dir so sicher sein«, fragte er unvermittelt, »daß der Leichnam, den man dir hinhielt, tatsächlich der deines Kindes gewesen war?«

»Hast du denn noch immer nicht verstanden, daß ich mir bei gar nichts sicher bin?« rief sie erregt. »Oh! Ich habe darüber nachgegrübelt, bis ich beinahe den Verstand verlor! Es hat mich immer wieder heimgesucht … über Jahre hinweg! Und wenn mir Robert zunächst als Kind und dann als Heranwachsender bisweilen über den Weg gelaufen ist, wie oft habe ich da sein Gesicht gemustert und mich gefragt: Ist das nicht mein Sohn? Und selbst heute noch … Die Hebamme, die mich entbunden hatte, hat mir versichert, es sei eine Totgeburt gewesen. Ich habe sie hundertmal danach gefragt. Sie hat immerzu wiederholt, das bejammernswerte leblose Körperchen, das sie mir gezeigt habe, sei tatsächlich ... O Gott!«

»Handelte es sich um einen Knaben?«

»Was beweist das denn, wenn es nicht mein Kind war!« erwiderte sie heftig. »Was beweist das denn, wenn mein Sohn oder meine Tochter lebendig und gesund einer Amme anvertraut wurde ... wie etwa Konstanze!«

»So daß Robert, alles in allem, doch ...«

Adelinde warf Erwin einen finsteren Blick zu und schrie, ihm ins Wort fallend:

»Ja, und? Was hätte ich tun sollen? Obwohl ich doch keinerlei Gewißheit erlangen konnte, weder in die eine Richtung noch in die andere, hätte ich in Robert den Sohn Alards erkennen sollen, der vielleicht – und mehr als vielleicht vermag ich leider nicht zu sagen – der Liebhaber einer flüchtigen Unzüchtigkeit gewesen war? Stell dir die Auswirkungen vor! Zwei Häuser vernichtet, eine furchtbare Wirrnis, Schande und Schmach, Verderben und Untergang! ... Nur wegen eines ›vielleicht‹ hätte ich ein solches Unheil heraufbeschwören sollen? Und mit welcher Rechtfertigung?«

Erwin nickte bedächtig.

»Ja, mit welcher?« sagte er versonnen. »Doch erst jetzt erfasse ich die ganze Wahrheit ...«

Der angelsächsische Abt bedachte Adelinde mit einem barmherzigen Blick.

»Du hast ihn doch von Anfang an verdächtigt, nicht wahr ... Streite es nicht ab ... Bei allem, was du über seine Ansprüche wußtest, über seine Gehässigkeit, seine Gewalttätigkeit und die Drohungen ... Aber ihn deswegen verraten? Auf bloße Vermutungen hin denjenigen bezichtigen, der ›vielleicht‹ dein Sohn war?«

Adelinde senkte niedergeschmettert den Kopf.

»Doch was würde es nutzen, dir jetzt noch wegen deiner Vergangenheit, die dich unaufhörlich gequält hat, und der abscheulichen Dinge der Gegenwart Vorhaltungen zu machen?« setzte Erwin hinzu. »Versuchen wir doch lieber, diesen Wirrwarr nicht noch weiter zu mehren. Wie hätte sich Robert, einmal ganz abgesehen davon, was er zu wissen wähnte, denn nicht durch deine Langmut in seinen Überzeugungen bestärkt sehen sollen? Ist es wirklich unabdingbar, zu behaupten, er sei von Höllenmächten besessen gewesen, um seine Raserei und seine Verbrechen zu erklären?«

»Nein«, murmelte sie, während sie unter großen Mühen ihre Tränen zurückhielt.

»Seine Strafe wird unweigerlich streng ausfallen«, fügte der angelsächsische Abt hinzu, »aber vielleicht gelingt es mir ja durchzufechten, daß er nicht zu den allerschlimmsten Qualen verurteilt wird.«

Der Missus dominicus erhob sich nun, um sich zu verabschieden.

»Ich weiß, gewisse Wunden werden sich wohl niemals wieder schließen«, meinte er. »Die Sühne für deine Schuld von einst und von heute bestand und besteht auch weiterhin darin, den Schmerz still ertragen zu müssen. Gleichwohl, Adelinde, besitzt du eine vielköpfige und würdige Nachkommenschaft, der du ein Vorbild bist und bleiben mußt.«

»Wirklich, ein schönes Vorbild!«

»Der Allmächtige wird darüber urteilen. Du aber solltest an die Deinigen denken, vor allem an Alberich und an Chlothilde, zumal du sie ja liebst und weil sie nach ihrer Rettung ihre ganzen Hoffnungen in deine Hände gelegt haben! Was ihre Vermählung angeht, die der Aussöhnung ihrer beider Familien so förderlich wäre, so werde ich mich bemühen, den Kaiser höchstselbst zu einer dringenden Empfehlung zu bewegen.«

Die Missi dominici verlängerten ihren Aufenthalt in Auxerre und halfen nun nach Kräften mit, den zwischen Geroldingern und Nibelungen eingetretenen Waffenstillstand zu festigen und in eine dauerhafte Eintracht umzuwandeln. Außerdem konnten sie nun endlich die Aufgaben, derentwegen sie ursprünglich in die Stadt und die Grafschaft gekommen waren, zu einem guten Ende führen. So bereitete Childebrand, mit Doremus' Mithilfe, die Einberufung der Krieger für das Maifeld vor, während sich Erwin zusammen mit Bruder Antonius erneut in die Abtei Saint-Germain begab, um die dortige Bibel nach der von Alkuin erstellten Fassung der Heiligen Schrift zu überarbeiten, damit sie sodann dem gesamten Sprengel und selbst über dessen Grenzen hinweg als maßgebliche Vorlage diene. Timotheos setzte derweil sein Verhandlungsgeschick und seine Überredungskünste ins Werk, um sämtliche zwischen den beiden Häusern noch offenen Streitigkeiten in Besitz- und anderen Fragen zu bereinigen.

Vor dem endgültigen Aufbruch der Gesandtschaft wurde Bruder Antonius von den Leuten in Diges noch zu einem Festmahl geladen und dankte es ihnen auf seine Weise, indem er einem burgundischen Eintopf tüchtig zusprach und sich den Burgunderwein in nahezu schaudererregenden Zügen einverleibte. Timotheos kehrte emsig in der Herberge von Meister Gerard ein, um es sich bis spät in die Nacht bei langen Gesprächen mit Agathe wohl ergehen zu lassen. Und Doremus begab sich noch einmal zu den Friesen, wo er von dem endlich wieder genesenen Ältesten, Van, und den anderen Leibeigenen des Weilers freudig empfangen wurde. Auch sie hatten ihm ein Mahl aus Wildbret, Fischsuppe, Milchspeisen und Fladen bereitet, das den »Markgrafen der Lichtungen« an die glücklicheren Tage des einst von ihm angeführten Aufstands erinnerte. Er konnte ihnen verkünden, Frebald fühle sich ihnen zu Dank verpflichtet, weil sie Theobald nicht verraten hatten, obwohl sie ihn damals doch zur Teufelsfurt hatten reiten sehen, und habe daher entschieden, die Familien nicht auseinanderzureißen und den Kindern der friesischen Eltern bei ihrer

Volljährigkeit die Freiheit zu schenken, womit er großen Jubel und Freudentränen auslöste.

Graf Childebrand und Abt Erwin gelang es dank geduldiger Beharrlichkeit, geschickten Vorgehens und einigem Nachdruck, die ehemaligen Widersacher, die sich in Jahrzehnten des Hasses gegeneinander verschworen hatten, ohne große Zwischenfälle bei einem Festgelage zusammenzubringen. Drei üppige, von gehaltvollen Weinen begleitete Gänge lösten die anfängliche Spannung allmählich, und einige Tafelgäste rangen sich sogar zu einem Lächeln durch. Nur Adelinde hatte die Einladung der Missi ausgeschlagen.

Als die beiden Sendboten des Kaisers und ihre Gefolgsleute nebst Hermant an der Spitze des Trosses aus Wachen und Dienern Auxerre endlich verließen, um sich auf den Weg nach Norden zu machen, wandte sich Childebrand an Erwin und deutete auf den Planwagen, der Robert, vor Blicken geschützt, zu seinen kaiserlichen Richtern bringen sollte. Bigaud hingegen hatte man auf einem offenen Karren angekettet; und wiewohl er dadurch den Beschimpfungen der Menge wehrlos ausgeliefert war, trotzte er seiner Lage mit einem gewissen Hochmut.

»Ich hätte mir gewünscht, einen anderen auf diesem Platz zu sehen«, sagte der Sachse. »Der Dienst zum Wohle des Reiches zieht bisweilen äußerst schmerzliche Ungerechtigkeiten nach sich.«

»Freund, über uns kann er sich nun wirklich nicht allzusehr beklagen«, erwiderte Childebrand. »Haben wir ihm denn nicht das Leben gerettet und, besser noch, ihn vor grausamen Bestrafungen bewahrt? Und außerdem ist er ja kein Engel ...«

Der Graf hielt sein Pferd an, um dem Sachsen lächelnd zuzuflüstern:

»Die verfluchte Furt, Robert und Bigaud, Ermenold und vor allem auch Wadald nicht zu vergessen – da hatten doch wirklich sämtliche Teufel ihre Hand im Spiel!«

»Vergessen wir die Teufelinnen nicht!« fügte Erwin, sanft nickend, mit unergründlicher Miene hinzu.

In Aachen schließlich vermochte der angelsächsische Abt trotz allem nicht zu verhindern, daß das Kaisergericht nach Stellungnahme der höchsten kirchlichen Gelehrten, darunter auch des Erzkaplans, zu der Schlußfolgerung gelangte, der so vieler abscheulicher Missetaten schuldige Robert – als schlimmstes und unverzeihliches Verbrechen galt dabei der Angriff auf einen Missus dominicus – habe unter dem Einfluß höllischer Kräfte gehandelt; überdies sei er immer noch von Dämonen besessen, wie es seine irren Äußerungen und sein Verhalten, dieser dauernde rasche Wechsel zwischen äußerster Niedergeschlagenheit und rasender Erregung, bewiesen. Um diese Dämonen also auszutreiben, wurde er dazu verurteilt, daß ihm Augen und Ohren zerstochen und die Zunge herausgerissen werden sollten, auf daß er sich weder durch Blicke, noch durch Worte oder übers Gehör je wieder mit der Höllenbrut verständigen konnte. Hernach sollte er, nur noch auf sich selbst gestellt, als Sühne für seine Schandtaten hingerichtet werden. Getreu seinem Versprechen setzte Erwin dank eindringlicher Bemühungen schließlich durch, daß man Robert nach einer gewaltlosen Teufelsaustreibung, bei der die vorgesehene Marter lediglich vorgetäuscht wurde, gnädig durch Erdrosseln hinrichtete.

Was endlich die beiden Ausreißer anging, so trug des Kaisers Einschreiten entscheidend dazu bei, die letzten Widerstände innerhalb ihrer Familien zu bezwingen. Ihre Vermählung fand mit großem Prunk in der Kirche Saint-Jean statt.

NACHWORT

Die karolingische Gesellschaft

DAS KAISERREICH

Ausdehnung

Im Frühling des Jahres 804, als Pfalzgraf Childebrand und der angelsächsische Abt Erwin nach Auxerre entsandt werden, hat das karolingische Imperium durch Eroberungen und Bündnisse seine größte Ausdehnung erreicht. Es erstreckt sich von Mittelitalien und Katalonien im Süden bis hinauf zur Nord- und Ostsee, vom Donau-Tiefland und dem Elbland im Osten bis zur Bretagne und der atlantischen Küste im Westen.

Vielfalt und Sprachen

Die der Autorität des Kaisers unterstehenden Länder sind indes weit davon entfernt, ein homogenes Ganzes zu bilden, woran Karl sich allerdings um so weniger stört, da er sie als sein Eigen und das seiner Familie ansieht und demnach unter seinen Erben aufteilen könnte. Karl, seit 768 König und vom Weihnachtstag des Jahres 800 an Kaiser, hat die politischen, rechtlichen, sozialen und kirchlichen Eigenheiten jedes seiner Teilreiche also weitgehend beibehalten.

Dies kommt vor allem bei den Namen und den sprachlichen Eigenheiten zum Ausdruck. Die Personennamen erinnern nach wie vor an die unterschiedliche Herkunft der einen und anderen: Die Namen mit westgotischer, langobardischer, bayrischer, fränkischer, burgundischer und anderer Lautfolge haben die lateinischen noch nicht verdrängt. Latein ist zwar die offizielle Sprache, die der Rechts- und Verwaltungsakte, des Schriftwechsels, der Diplomatie wie auch größtenteils noch die Sprache der Kultur und der Religion. Doch am Hofe Karls des Großen wird vor allem das Fränkische, eine germanische Sprache, gesprochen. Die burgundischen, friesischen, alemannischen und langobardischen Sprachen, ganz zu schweigen vom Baskischen oder Bretonischen, sind in ihren verschiedensten Mundarten noch immer sehr lebendig. Und was das in den gallo-römischen Landen im Volk gesprochene »Vulgärlatein« angeht, so hat es sich bereits zu romanischen Dialekten entwickelt, die zunehmend eigenständiger werden. Das ansonsten gebräuchliche »Mittellatein« wird schließlich vom Volk nicht mehr verstanden, was zwischen denen, die es schreiben und sprechen, und den anderen zu einem beträchtlichen sozialen wie kulturellen Unterschied führt. Somit hat die Schaffung eines ausgedehnten Reiches unter der Krone eines einzigen Herrschers trotz allem erhebliche Unterschiede zwischen den einzelnen Teilgebieten und Völkern fortbestehen lassen.

DIE HERRSCHAFT

Der Kaiser

Im Mittelpunkt des gesamten Machtapparates stehen der Kaiser und sein Hof, das heißt der Kanzler und die Kanzlei mit ihren Schreibern, den Notarii, die die Kapitularien abfassen, den Briefwechsel versehen, das Archiv betreuen etc. Dann der Kämmerer oder Kammerherr, der Aufseher der kaiserlichen Wohnstatt und des Schatzamtes; der Seneschall oder Truchseß (ehemals Oberkoch) und der Schenk oder Mundschenk; der Stallgraf oder Marschall (lat. *comes stabuli*, frz. *connétable*), dessen Untergebene, die Pferdeknechte, sich um die Stallungen kümmern, der selbst aber zunehmend zum stellvertretenden

Befehlshaber des Kaisers wird ... Nicht zu vergessen Karls Söhne, Töchter, Vettern und andere Anverwandte, seine Vertrauten und zahlreichen Freunde. Unter diesen finden sich etliche Gelehrte, Hochgebildete, Dichter, Kleriker, Geschichtsschreiber und viele andere, die der Kaiser zu gewinnen und an sich zu binden versteht und deren Beste er in einer Art Akademie der Geistesgrößen – der Hof- oder Palastschule (»Schola Palatina«) – versammelt hat, wie etwa Alkuin, ein Angelsachse, der führend an der sogenannten »Karolingischen Renaissance« mitwirkt.

Karl dem Großen und seinen Weisen geht es insbesondere darum, das Abendland zum strahlenden Mittelpunkt des Christentums zu machen, die Kenntnis und das Studium der lateinischen, ja auch griechischen Dichter, Philosophen, Historiker und Gelehrten zu erneuern und zu vertiefen. Und, grundlegender noch, in den Bischofsstädten und an den Klöstern zahlreiche Schulen zu eröffnen, damit das Reich über angemessen gebildete Geistliche, Schreiber, Notarii, Verwaltungsbeamte und Schöffen verfügen möge; über Bischöfe, die Gottesdienste liturgiesicher zu zelebrieren und zu predigen verstehen; über fähige Äbte; über Markgrafen und Grafen, die zu regieren imstande sind.

Die Aufgabe ist ungeheuer. Was die Mittel angeht, so gilt es zuvorderst, dem Mangel an Handschriften abzuhelfen. Die sakralen Texte, die Bischöfen, Priestern, Äbten und Mönchen zu Anfang zur Verfügung stehen, sind meistens ungeordnet, fehler- und lückenhaft. Und was die Schriften der lateinischen Klassiker betrifft, so weisen sie die gleichen Makel auf und bieten lediglich noch einen schwachen und verzerrten Abglanz der antiken Kultur. Folglich ist es zunächst unerläßlich, die Bibliotheken mit neuen Handschriften auszustatten, um eine vertiefte, umfassende, aufgeklärte Kenntnis dieser Kultur überhaupt zu ermöglichen. Diese Handschriften müssen jedoch erst einmal – häufig für Goldes Wert – erstanden und unter sicherer Bewachung befördert werden. Ebenso sind verläßliche, vollständige und wohlgeordnete sakrale Texte zu beschaffen. Erst dann können die im Besitz des Reiches befindlichen Werke berichtigt werden. Und von all diesen Handschriften sind zahlreiche und getreue Abschriften anzufertigen. Erst dann können Lehrbücher zum Gebrauch aller erstellt werden, die ausdrücklich eingeladen sind, die Grundlagen des Wissens zu studieren: die Kinder (hauptsächlich aus der Oberschicht), deren Eltern, die Großen, die Leute des Hofes, denen Karl der Große im übrigen mit seinem Beispiel vorangeht (wobei er selbst, ein begabter Redner, des Lateins und Griechischen, des Rechnens und vieler anderer Dinge mächtig, erst spät und unvollkommen schreiben lernt).

Der Hof

Dreh- und Angelpunkt dieser beachtlichen Anstrengungen bilden wiederum Karl der Große und sein Hof. Da der Kaiser bis auf die letzten Jahre seiner Herrschaft beständig auf Feldzügen ist, handelt es sich hierbei weitestgehend um einen umherziehenden Hofstaat (»Reisekönigtum«). Mit der Zeit jedoch wird Aachen, wo Karl sich ein wahres Wunder an Kapelle hat errichten lassen, zu seiner bevorzugten Pfalz, gewissermaßen zur Hauptpfalz, zumal es immer schwieriger wird, die stetig umfangreicheren »Realien« einer zentralen Verwaltung von einer Pfalz zur anderen zu verbringen. Aachen wird unter Karl zum Mittelpunkt der karolingischen Welt, wo etliche die Nähe eines Monarchen suchen, dessen Herrschaft und Reich in vielem als außergewöhnlich betrachtet wird.

Um den unerläßlichen Zusammenhalt in einem derart heterogenen und riesigen Reich herzustellen und beizubehalten, hat Karl der Große beinahe allen Reichsgebieten eine weitgehend einheitliche Verwaltung aufgezwungen, die auf zwei Säulen fußt: auf den Grafen (den Markgrafen an den Grenzen, den »Marken«) und auf den Missi dominici. Jeder Landstrich wird folglich von einem »Gefährten« oder »Vertrauten« des Herrschers verwaltet, lateinisch *comes* (dt. Graf, frz. *comte),* der im allgemeinen einer großen fränkischen Familie entstammt. Er wird im Prinzip vom Kaiser ernannt, erhält von diesem Amt und Land (Lehen, die jedoch bereits unter Karl oft schon erblich sind). Der Graf muß für seinen Unterhalt und den seiner Familie selbst sorgen und kann vom Herrscher abgesetzt werden. Seine vom Kaiser nur delegierten Vollmachten umfassen die Aufrechterhaltung der Ordnung, das Gerichtswesen, die Gestellung von Soldaten für das Heeresgebot (Heerbann) und die Arbeiten zum gemeinen Wohl. Der Graf erhebt die Abgaben und Zölle und gewährleistet die Ausführung der kaiserlichen Kapitularien (Erlasse). Er selbst kann für seine Grafschaft eigene Kapitularien erlassen, erhält Abgaben zum eigenen Gebrauch, insbesondere einen Anteil der Geldstrafen, die sein Gericht verhängt; vor allem aber Einkünfte aus den Erträgen der Benefizien, des Landes, das ihm als Lehen zugestanden wird, und den Herren- oder Frondiensten, die er allen auferlegen kann, die diese Güter bewirtschaften.

Dem Grafen stehen in einigen Reichsgebieten ein *vicecomes* (frz. Vicomte), dessen Ernennung vom Kaiser bestätigt werden muß, und weitere untergebene Beamte wie Vikare oder Zentenare zur Seite. Vicecomes und andere versehen die Aufgaben, die der Graf ihnen bei der Verwaltung des »Gaus« delegiert. Jeder von ihnen kann widerruflich ein eigenes Lehen erhalten (niederer Adel).

Da Grafschaft und Bistum indes häufig dieselben Grenzen miteinander teilen, konkurrieren die Vorrechte und Amtsbefugnisse des Bischofs – der ebenfalls vom Kaiser ernannt wird und seinen Weisungen untersteht – bisweilen mit denen des Grafen; zumal Karl der Große den einen wie den anderen seiner Stellvertreter privilegieren kann. Trotz der im Prinzip bestehenden Unterschiede zwischen weltlicher Macht und geistlicher Macht betrachtet der Kaiser *seine* Bischöfe als Verwalter, die den weltlichen in vielem ähneln.

Die Missi dominici

Um seine Reiche unter Kontrolle zu halten, verfügt der Kaiser über ein zu fürchtendes und gefürchtetes »Instrument«, den »Gesandten des Herrn«, den Missus dominicus, bekannter unter dem Plural Missi dominici, denn diese Abgesandten treten fast immer zu zweit auf: ein Graf und ein Bischof oder Abt. Der Herrscher weist seinen Sendboten bei jeder ihrer »Inspektionen« ein Gebiet zu, in dem sie für sämtliche Bereiche und Probleme der Verwaltung, Bewirtschaftung, des Rechts-, Abgaben- und Wehrwesens, in Eigentums-, Personenstands- und sogar in kirchlichen Angelegenheiten weitreichende Vollmachten besitzen. Die Missi dominici müssen nicht allein die erforderlichen Untersuchungen und Überprüfungen durchführen, sondern sich auch der ihnen angetragenen Streitfälle annehmen, um entweder selbst Recht zu sprechen oder aber jene Fälle, die über ihre Zuständigkeit hinausgehen, an das Gericht des Kaisers zu verweisen. Diese Vollmachten der Missi werden durch Erlasse (Kapitularien) der Kanzlei mit kaiserlichem Siegel festgelegt.

Die »Großen«

Die karolingische Gesellschaft besteht im wesentlichen aus zwei Kategorien von Personen: den »Großen« und dem Volk. Die Großen (lat. *potentes)* bilden eine Adelsschicht, die die hohen weltlichen und geistlichen Würdenträger stellt: die Männer der Hofämter, Heerführer, Grafen und Markgrafen, Bischöfe und Äbte etc. Sie sind in der Regel, aber nicht zwangsläufig, fränkischer Herkunft, und viele von ihnen sind, wenn auch entfernt, mit dem Kaiser verwandt. Sie stehen Ländereien vor, die erhebliche Ausmaße erreichen können: Tausende und sogar Zehntausende von Hektaren, wenn es sich um Verwandte des Herrschers und enge Vertraute handelt, um große Familien und mächtige Abteien, nicht zu reden von den Besitzungen der Krone.

Bereits in der Frühzeit der Karolinger entwickelte sich das Vasallentum heraus. Der Vasall schuldet seinem Herrn Treue und Dienst und erhält im Gegenzug von diesem Schutz (durch »Commendatio«) und Land für seinen Unterhalt. Jeder Herr von einem gewissen Rang umgibt sich folglich zum Erhalt und zur Stärkung seiner eigenen Position mit Vasallen. Die karolingischen Könige, wie auch Karl selbst, schaffen sich ein Netz unmittelbarer Vasallen oder von Lehnsleuten, die ihnen in Kriegs- und Friedenszeiten beständig und unbedingt zur Verfügung stehen. Diese sind im übrigen häufig durch Verwandtschaftsbeziehungen mit der Familie des Königs verbunden oder haben sich in den Schlachten an der Seite des Herrscher ausgezeichnet. Sie verfügen über eigenes Land, das ihnen als »Benefizium« oder »Feudum«, Lehen, verliehen wird, auf dem sie eine eingeschränkte Gerichtsbarkeit ausüben dürfen.

Hufenwesen

Im Mittelpunkt des Agrarsystems steht, was die direkte Bewirtschaftung angeht, die Hufe (oberdt. Hube) oder Manse (lat. *mansio*, »Wohnstätte«): die bäuerliche Hofstätte mit Acker- und Weideland, Gemüse- und Obstgarten, Unterholz (die Berechtigung am Gemeingut – »Allmende«) und natürlich mit Wohngebäude, Stall, Scheune ... von einer Gesamtfläche, die für die Lebenshaltung einer Familie als ausreichend angesehen wird. Tatsächlich variiert ihre Größe von einem Land zum anderen, von einer Gegend zur anderen beträchtlich. Sie bewegt sich um die zehn Bunuarien (wobei ein Bunuarium – das selbst regional schwankt – ungefähr einem Hektar und vierzig Ar, also 14000 m^2, entspricht).

Grundherrschaft

Die Besitzungen eines Grundherrn (zum Beispiel eines Grafen) bestehen gewöhnlich aus zwei Arten von Ländereien: denen, die er selbst bewirtschaftet oder vielmehr durch Leibeigene bewirtschaften läßt, und dem Land, das er Pächtern (bzw. Lehnsleuten) oder Kolonen überantwortet. Handwerkliche Tätigkeiten, Unterhalt und Ausbau der Wohnstätte des Grundherrn, Domestikentätigkeiten, Hof-, Stall- und Scheunenarbeiten etc. werden von Leibeigenen versehen.

Das Volk

Das Volk besteht de jure aus zwei Ständen: den Freien und den Unfreien. Die ersten verfügen demnach frei über sich und ihre Familien. Die Unfreien hingegen haben beinahe keine Rechte, werden als Eigentum betrachtet und sind den mehr oder minder harten Diensten, Zwängen – ja auch Launen – ihres Herrn unterworfen.

Sie leisten dem Kaiser den Treueid, schulden diesem den Dienst beim Heerbann, dem »Aufgebot zum Heere«, können an seinem Gerichtswesen teilhaben. Zu Kriegszeiten (was bei Karl fast immer der Fall war) ruft der Herrscher jedes Jahr mittels der örtlichen Obrigkeiten und der Missi dominici einen gewissen, von den jeweiligen Feldzügen abhängigen Prozentsatz an wehrfähigen Männern (Edle und Vasallen) zum Waffendienst. Der Ort dieser Heeresversammlung heißt bis 755 Märzfeld (»Campus Martius«, also eigentl. Marsfeld), dann Maifeld, da Pippin diese Truppenschau in den Mai verlegte.

Jeder Wehrpflichtige muß sich mit seinem Pferd und seinen Waffen einfinden, also mit Langschwert, Kurzschwert, Lanze, Schild, Bogen und zwölf Pfeilen; und die Anführer zusätzlich mit Panzer oder Brünne (ein mit Metallplatten besetztes Panzerhemd) und Helm. Desgleichen muß er für drei Monate Verpflegung mit sich führen. Das Ganze geht zu Lasten und Kosten des Wehrpflichtigen und entspricht ungefähr dem Gegenwert von fünf Goldsou oder karolingischen Schilling, eine beträchtliche Summe also. Die sie besitzen, sind voll wehrpflichtig. Doch zumeist können gerade einmal vier Hufen für die Ausrüstung eines einzigen Kriegers aufkommen. Daher tun sich die übrigen zusammen, so daß einer aus ihrer Mitte zum Heerbann gerufen werden kann. In den Grafschaften und Landstrichen kann ein Teil des Truppenaufgebots insbesondere durch die Missi dominici zur Bildung örtlicher Wehren herangezogen werden.

Die Freien sind häufig bemüht, dieser Pflicht des Heerbanns zu entrinnen, der schwer auf dem Reich lastet – Karl der Große hat in den sechsundvierzig Jahren seiner Herrschaft mehr als fünfzig Feldzüge unternommen. Doch Dispense sind selten. Manch einer versucht, sich bei den gräflichen Ämtern mit Geld freizukaufen, einen Vertreter zu bezahlen oder sich in die Wehr des Ortes einziehen zu lassen. Zur Zeit Karls des Großen wird die Pflicht des Waffendienstes scharf überwacht. Sich ihr zu entziehen wird streng geahndet: eine Geldstrafe über sechzig Schilling, Knechtschaft bei Zahlungsunfähigkeit. Und Fahnenflucht wird mit dem Tod bestraft.

Der Stand der Freien ist überaus vielschichtig zusammengesetzt. Er umfaßt sowohl Handwerker und Kaufleute als auch Landwirte, Stadt- wie Landbewohner. Freie Bauern verfügen mindestens über eine Hufe. Sie können jedoch auch weiteres Land erwerben oder zur Pacht nehmen. Manche von ihnen bewirtschaften somit mehrere Hufen und werden zu kleinen Junkern. Andere wiederum leben mehr oder minder kümmerlich dahin, von der Gier der Mächtigen bedroht: Manche Großen versuchen nämlich, sich den Besitz von Freien teilweise oder ganz anzueignen oder diese sogar in den Stand von Kolonen zu versetzen – wobei sie sich ihrer Vollmachten in mißbräuchlicher Weise bedienen.

Kolonen

Kolonen sind Minderfreie, das heißt erblich an das Land gebundene Pächter verschiedenster Herkunft. Dabei kann es sich etwa um ehemalige Freie handeln, die sich beispielsweise durch Verschuldung gezwungen sehen, sich als Grundhörige einem Herrn zu unterstellen; aber auch um freigelassene Leibeigene auf eigenen Lehen, die ihnen zur Urbarmachung zugeteilt werden.

Manchmal verfügen diese Kolonen über eine Hufe oder auch mehrere je Familie, manchmal sind diese Hufen aber auch in mehr oder minder ertragreiche Parzellen unterteilt. So kommt es dazu, daß drei oder vier Kolonenfamilien eine einzige Hufe bewohnen und bewirtschaften und die Lebensbedingungen dieser Minderfreien je nach Lehen und zu entrichtenden Abgaben stark variieren.

Leibeigene
Unfreie machen einen nicht unerheblichen Anteil an der Bevölkerung des Kaiserreichs aus, da Karls Eroberungen – seine Unterwerfung von Völkerschaften und Stämmen und deren Kriegsgefangenschaft – sowie Schuldknechtschaft stetig neue hervorbringen. Leibeigene sind alle, die von leibeigenen Eltern – auch bei nur einem unfreien Elternteil – geboren werden; des weiteren können Gerichte bei Schulden oder schweren Straftaten auf Entzug der persönlichen Freiheit entscheiden, was im übrigen zu zahlreichen Mißbräuchen führt.

Leibeigene haben so gut wie keine Rechte und müssen sich den von ihrem Herrn auferlegten Diensten und Zwängen bedingungslos fügen. Dieser kann nach Belieben ihre ehelichen Bündnisse auflösen, ihnen die Kinder entziehen, jeden einzelnen oder ganze Familien verkaufen. Unfreie dürfen nach Lust und Laune ihrer Eigentümer gezüchtigt werden, wenngleich sich die Kirche bemüht, diesbezüglich Mäßigung zu predigen.

Neben den bereits erwähnten Tätigkeiten auf dem herrschaftlichen Gutshof bewirtschaften die Leibeigenen auch die Ländereien ihres Herrn. Indes gibt es zur Zeit Karls des Großen zahlreiche Bauern, befreite Leibeigene oder Unfreie, die »untergebracht« sind, das heißt, die Haus und Pacht erhalten und gewissermaßen zu Kolonen werden.

Bei näherer Betrachtung erscheint der Status der einen wie der anderen jedoch weniger festgefügt, als es vom rechtlichen Gesichtspunkt den Eindruck machen könnte, da allmähliche Auf- oder Abstiege stets möglich sind. Was sich dabei aber kaum ändert, sind die Abgaben, Pachtzinsen und Dienste, die jeder auf einem Lehnsgut Lebende seinem Herrn schuldet: Geflügel und Eier, Vieh und Milch, Korn, Gemüse, Heu, gegebenenfalls Wein etc. und sogar kleinere Geldsummen. Sie müssen für Beackerung, Saat, Ernteeinfuhr, Heumahd, Aufsicht und Pflege der Herden sorgen; Fuhren und Frachten jeder Art wie auch häufig den Verkauf auf den Bauern- und Landmärkten übernehmen und überdies an großen Bauvorhaben und dem Unterhalt der Verkehrswege etc. mitwirken.

Steuerwesen

Freie unterstehen grundsätzlich der Abgabenpflicht, was nicht heißt, daß Kolonen dieser unbedingt entgehen. Tatsächlich aber werden die Steuern, die unmittelbar dem kaiserlichen Schatzhaus zustehen, bisweilen recht unregelmäßig eingezogen, wobei deren Eintreibung häufig den Grafen zufällt. Diese Steuern bestehen zunächst in einem »Zensus« (entweder pro Kopf oder auf Habe und Erträge), der jedoch allmählich verschwindet. Was nicht für den »Zehnt« gilt, der ausschließlich der Kirche zusteht und unweigerlich erhoben wird.

Die wesentlichen Steuereinkünfte stammen aus den Wege- und Marktzöllen – Mautgelder und Gebühren auf Transporte über Land und Wasser, auf die Durchfahrt durch Häfen und Schleusen, den Zugang zu Märkten etc. Im Prinzip soll mit diesen Abgaben lediglich der Handel besteuert werden. Tatsächlich aber bieten die Wege- und Marktzölle, die an Ort und Stelle von oftmals habgierigen Amtsleuten erhoben werden, häufig Gelegenheit zu Mißbrauch und somit einen steten Anlaß zu Unmut und Klagen im Volk.

Gesondert erwähnt werden müssen die »Schenkungen«, welche die Krone von den Mächtigen verlangt, eine Art Vermögenssteuer auf vorgeblich freiwilliger Basis, die im Grunde genommen Pflicht ist (die Pflicht der Grafen etwa, den König in seinen Pfalzen zu versorgen). Von den Einkünften aus seinen eigenen Gütern abgesehen, kann der Kaiser noch auf die Gewinne aus der Münzprägung zählen, die in mehreren Städten des Reiches ausgeführt wird, und auf die von der Kanzlei erhobenen Abgaben und Gebühren. Des weiteren erhält der Herrscher die Kriegsbeute, die er aber größtenteils zur Belohnung von Treue und Tapferkeit verwendet.

Das Rechtswesen betrifft beinahe ausschließlich die freien Untertanen, da die Unfreien größtenteils der Willkür ihrer Herren ausgeliefert sind – allerdings steckt das Gewohnheitsrecht auch hier Grenzen. Es gibt keinen für alle und im gesamten Reichsgebiet geltenden Kodex. Über jeden Untertan muß seinem rechtlichen Status gemäß gerichtet werden, einem Status, den ihm seine ethnische Zugehörigkeit verleiht: Die salischen Franken sind dem Salischen Gesetz (»Lex Salica«) unterworfen, die Burgunder der von König Gondobad um 500 festgeschriebenen Lex Gundobada oder Burgundionum, die Galloromanen dem römischen Gesetz etc. Dieses personenbezogene »Volksrechtswesen« führt zu großer Vielfalt an möglichen Strafen und setzt bei den Richtern eine umfassende Kenntnis der jeweiligen Gesetze und Bräuche voraus.

Grafending – Bann des Kaisers

Im Bereich der Justiz nimmt der Graf als Sachwalter der Autorität des Königs einen wesentlichen Platz ein. Vor sein Gericht gelangen alle Fälle der Hochgerichtsbarkeit, insbesondere die Strafsachen, da die Fälle geringerer Bedeutung der Zuständigkeit von Untergebenen – Vikaren oder Zentenaren – unterliegen. Diese gräfliche Gerichtsversammlung, »plaid« im galloromanischen Raum, »Ding« im germanischen genannt, besteht neben dem Grafen aus Beisitzern, den »Rachinburgen« (»rechnende Bürgen«), lateinisch *boni homines*, die sich mit Notabeln – Honoratioren – oder Schiedsleuten übersetzen ließen. Nach und nach werden sie wegen der Komplexität des Rechts durch eine Körperschaft aus berufsmäßigen Gerichtsbeamten ersetzt, den *scabini* oder amtlichen Schöffen, die dem Grafen bei der Urteilsfindung helfen sollen.

Jede Misse- oder Straftat muß dem Gericht durch einen Kläger zugetragen werden, außer in Fällen, bei denen die Autorität oder Person des Kaisers oder die Belange des Reiches angetastet sind und die das gräfliche Gericht somit eigenständig verfolgt. So verhält es sich bei Vergehen wider den »Königsbann«, das heißt die vom Herrscher erlassenen Gebote und Befehle, die insbesondere die Angriffe auf die öffentliche Ordnung oder auf fremdes Gut, Menschenraub, Abgabenhinterziehung, Geldschmuggel und Falschmünzerei, Fahnenflucht etc. betreffen. Hier handelte es sich also um ein sehr ausgedehntes Rechtsgebiet, das sich mit der Zeit sogar noch ausweitet.

Gerichtswesen

Das Gerichtsverfahren stützt sich zumeist auf Aussagen unter Eid, wobei Falschaussagen und Meineide hart bestraft werden; auf Geständnisse, die oftmals durch peinliche Befragung oder Folter erzielt werden können; und häufig auf das Gottesurteil, das Ordal. Der Beklagte kann hierbei der Feuer- oder Eisenprobe durch glimmende Kohlen oder glühendes Eisen, der Kaltwasser- oder der Heißwasserprobe und vieler anderer mehr unterzogen werden ... Wenn zwei Gerichtsfähige oder Gerichtsuntertanen radikal gegensätzliche Standpunkte vertreten, kann auf den unter Gerichtsaufsicht stattfindenden Zweikampf (nur unter Standesgleichen) zurückgegriffen werden, bei dem vorausgesetzt wird, daß Gott dem Gerechten zur Seite steht; der Sieger wird für unschuldig erklärt, der Unterlegene, sofern er nicht tot ist, verurteilt. Erwin der Sachse hingegen gehört einer neuen Schule an, die zeitgleich mit den traditionellen Verfahren damit beginnt, sich der Beweisermittlung zu bedienen, um Schuld oder Unschuld zu bestimmen. Allerdings verfügt er hierfür auch über die gesamte Autorität eines »Gesandten des Herrschers«.

Die Missi dominici besitzen nämlich weitreichende Gerichtsvollmachten. Sie können dem Gericht der Grafschaft vorsitzen oder auch außerordentliche Geschworenengerichte einberufen. Die Missi können über alle Vertreter des Königs auf dem zugewiesenen Gebiet ihrer Missio Recht sprechen, einen Urteilsspruch des Grafen aufheben und zur Berufung anstehende Fälle verhandeln. Sie allein dürfen bei Erbfolgestreitigkeiten ein Urteil fällen ... Sofern es sich um Angelegenheiten von besonderer Tragweite handelt, vor allem wenn »Große« des Reiches anbelangt sind, können die Sendboten beschließen, sie dem Gericht des Kaisers zuzutragen. Dieses richtet dann in letzter Instanz, wie auch bei allen Rechtsfällen, die von kirchlichen Gerichten nicht entschieden wurden. Nur bei den allerwichtigsten – oder als solche von ihm betrachteten – Angelegenheiten und bei Streitfällen in Glaubensfragen führt der Herrscher höchstselbst den Vorsitz dieses Königsgerichts.

Urteile

Vom Prinzip her bestehen die verhängten Strafen bei Missetaten, Überfall, Gewalttaten und sogar Mord in geldlichen Entschädigungs- oder Ablösungszahlungen (als Abgeltung der Blutrache), sofern es sich um Freie handelt. Deren Höhe richtet sich nach einem sehr genauen und detaillierten Spiegel, im Verhältnis zur Schwere des Schadens, der Verletzungen oder des Mords. Zum anderen wird der Betrag dem sozialen Status des Opfers gemäß festgelegt. Ein jeder besitzt seinen eigenen geldlichen Wert: bezeichnet als »Wergeld« (Sühnegeld). Je »größer« man ist, desto mehr Wert besitzt man, desto besser ist man geschützt. Vor allem, wenn der Beklagte kein Freier ist oder wenn das Verbrechen als außerordentlich schwer erachtet wird, können jedoch auch weitaus härtere Strafen verhängt werden: Klosterhaft, Knechtschaft, Körperstrafen, Ausstechen der Augen (Blenden) ... und natürlich die Todesstrafe unter allen möglichen, mehr oder minder grausamen Formen. Hierzu sei noch angemerkt, daß der Graf, sofern sein Gericht eine Geldbuße auferlegt, einen Teil davon als Entlohnung für seine Dienste einbehält, was einleuchtend erklärt, daß er hierbei gerne und kräftig »zulangt«.

DAS ALLTAGSLEBEN

Der Alltag im ehemaligen Gallien zu Beginn dieses 9. Jahrhunderts verbindet die aus der gallo-römischen Vergangenheit ererbten Sitten und Bräuche und die der eingefallenen Völker mit den harten Erfordernissen der Zeit – Auswirkungen der Schäden und Verheerungen, der Nöte und Verelendungen als Folge der unablässigen Kriege, wenn auch durch Karls Herrschaft mittlerweile merkliche Verbesserungen eingetreten sind. Auf dem Boden dieser uneinheitlichen Grundlagen bildet sich schließlich eine originäre Zivilisation heran, der erste Ansatz einer späteren Feudalgesellschaft, die ihre Eigenständigkeit beim Haus- und Siedlungsbau, in Kleidung, Speisen und ihren verschiedenen Bräuchen auf politischem, rechtlichem und kulturellem Gebiet beweist.

Wir möchten an dieser Stelle nochmals daran erinnern, daß der Tag auf jedem Breitengrad und zu jeder Jahreszeit in zweimal zwölf Stunden unterteilt war, wobei Tages- bzw. Nachtstunden jeweils von Sonnenaufgang bzw. Sonnenuntergang gezählt wurden, so daß diese von einem Tag zum anderen und je nach Ort unterschiedlich lang waren. Zur Zeitmessung verfügten die Karolinger über Sonnen-, Sand- und mehr oder minder ausgefeilte Wasseruhren. Drei Stärkungen oder Mahlzeiten begleiteten den Tag in der Frühe, zur Mittagszeit und bei Einbruch der Nacht.

Was die Entfernungen angeht, so haben wir sie in – gallischen – Meilen angegeben, die jeweils ungefähr vier Kilometern entsprechen. Des weiteren zählten wir einen Meter zu drei Fuß …

Was die wesentlichen Aspekte des Alltags unter Karl dem

Großen angeht, so hofft der Autor, daß seine Erzählung diesen lebendig heraufzubeschwören vermochte. In der noch immer harten und bisweilen grausamen Welt der Karolingerzeit läßt dieser Alltag bereits eindeutig die künftige Feudalgesellschaft erahnen. Auch erhellt er manche Wesenszüge unserer eigenen Zivilisation, die in diesen Zeiten des Aufbaus eines vereinten Europas eine späte Erbin jener karolingischen Renaissance ist.

Marc Paillet

An dieser Stelle möchte ich Monsieur Jean-Pierre Soisson, dem Bürgermeister von Auxerre, und Madame Monique Ragon, seiner Büroleiterin, herzlich danken, da sie mir meine Recherchen und die Suche nach der erforderlichen Dokumentation für meine Erzählung beträchtlich erleichtert haben.

Danken möchte ich auch Madame Maillard, Beauftragte zur Bewahrung des Kulturerbes bei den Archiven des Départements Yonne, und Madame Michaut, Konservatorin an der Stadtbibliothek Auxerre, für ihre effiziente Hilfe und ihren wertvollen Rat.

Marc Paillet

GLOSSAR

Awaren: Kriegerisches Nomadenvolk aus Asien, gegen das die fränkischen Heere mehrere Feldzüge unternahmen. Ihr Reich lag in der Theißebene, dem Donaugebiet im heutigen Ungarn und Niederösterreich.

Benefizien: Sing. Benefizium; Land, das zum eigenen Unterhalt gegen Leistungen von Diensten und Abgaben verliehen wird; Lehen, auch Pfründe.

Brünne: Panzer aus Eisen oder auch mit Metallplatten besetztes Panzerhemd aus Leder; zumeist von der fränkischen Kavallerie getragen.

Bunuarien: Regional schwankendes Feldmaß. In diesem Fall entspricht ein Bunuarium circa 14 000 m^2.

Cervesia: Gallisch, eine Art Bier.

Commendatio: Ergebung in den Schutz. Begründung eines Vasallen- bzw. Lehnsverhältnisses, bei der ein Mann kniend seine gefalteten Hände in die des Herrn legt und dabei den Treueid leistet.

Denar: Fränkische Silbermünze, $^1/_{12}$ Solidus oder Schilling.

Gefolgsmann: Als Gefolgsleute werden hier alle direkten und abhängigen Untergebenen eines Höheren bezeichnet; im weiteren Sinne Gefolge, Dienstleute.

Große: Potentaten von lateinisch »Potentes«, Mächtige; hohe geistliche und weltliche Würdenträger und Adelige.

Heerbann, auch Heerfolge: »Aufgebot zum Heer« zur Teilnahme an einer Heerfahrt. Im Frühling stattfindende Sammlung der Wehrfähigen. Unter den Franken sowohl die militärische Hoheitsgewalt des Königs als auch das Heer selbst.

Hufe: Hofstätte mit Acker- und Weideland, ausreichend für den Unterhalt einer bäuerlichen Familie.

Königsbann und Gerichtsbarkeit: Die Vasallen und Lehnsleute des Kaisers verfügten auf ihrem Besitz für gewöhnlich über teilweise recht weitreichende Gerichtsvollmachten. Straftaten und Verbrechen wider den »Königsbann« aber, die also gegen die Herrschaftsgewalt des Kaisers und dessen Gesetze verstießen, fielen unmittelbar unter den »Gerichtsbann« – die Gerichtshoheit – des Kaisers und wurden entweder von dessen Gerichten selbst, von den gräflichen »Dingen« oder von den Missi dominici entschieden, die befugt waren, jede Strafsache entweder wegen ihrer Schwere oder wegen der Unzulänglichkeiten der örtlichen Gerichte an sich zu ziehen.

Kapitularien: Verordnungen, Verwaltungsanweisungen und Sendschreiben der karolingischen Herrscher.

Kolonen: Freie, aber erblich an das Land gebundene Pächter.

Maifeld: Versammlung der Großen des Reiches zwecks Heerschau im Rahmen des Heerbanns; der Versammlungsort selbst.

Missus dominicus, Pl. Missi dominici: Siehe Motto S. 5; lateinisch, Gesandter des Herrn.

Neustrien: Merowingisches und fränkisches Teilreich (561–687), das sich von der Nordsee bis zur Loire im Süden und der Schelde und der Maas im Osten erstreckte.

Northumbria: Nördlichstes, im 5. Jh. gegründetes Königreich der Angelsachsen, mit York als Hauptstadt. Im 8. Jh. Mittelpunkt der angelsächsischen Kultur.

Notarius: Lateinisch, amtliche Schreiber; Pl. *Notarii.*

Ordal, Gottesurteil: Ermittlung eines Urteils wie auch der Schuld oder Unschuld eines Beklagten durch ein Zeichen Gottes, so durch Losordal, Feuerprobe, Wasserprobe etc.

Peinliche, hochnotpeinliche Befragung: Peinlich ist von »Strafe, Höllenstrafe« abgeleitet; Strafen über Leib und Leben betreffend. Ein Verhör unter Folter.

Pippin: In diesem Fall Pippin der Jüngere, auch der Kleine genannt (714–768), Gründer der karolingischen Dynastie und Vater Karls des Großen. Was die Nibelungen – oder richtiger Burgunder – angeht, so waren sie über den gemeinsamen Ahnen Pippin den Mittleren (635–714), den Vater Karl Martells und Großvater von Pippin dem Jüngeren, mit den Karolingern eng verwandt.

Scabini: Beisitzer, Schöffen.

Stunde: Tage und Nächte waren zu jeder Jahreszeit und an jedem Ort gleichermaßen in zwölf Stunden unterteilt. Da von Sonnenaufgang bzw. Sonnenuntergang gezählt wurde, sind die Tages- und Nachtstunden per se und je nach geographischer Breite und Datum ungleich lang.

Valetudinarium: Krankenhaus, Lazarett.

Vicarius: Stellvertreter eines weltlichen oder kirchlichen Amtsträgers.

Vicecomes: Lateinisch, »Vizegraf«. Königlicher Offizier, Stellvertreter des Grafen.

Vulgata: Die von Hieronymus geschaffene und als authentisch betrachtete lateinische Übersetzung der Bibel.

Wegezoll: Steuer und Abgaben auf jede Form der Warenbeförderung; daneben gab es auch Marktzölle oder Platzgelder.

Wergeld: Sühnegeld, das bei einer Tötung zur Ablösung der Blutrache vom Täter oder seiner Familie an die Hinterbliebenen bezahlt wird; seine Höhe richtet sich nach dem jeweiligen Stand.

Zugriffsrecht: Recht auf Kost und Logis, Beschlagnahme von Pferden, Gütern etc., das vom Herrscher, seinen Stellvertretern oder Gesandten ausgeübt werden kann.